Diogenes Taschenbuch 22477

D1858973

Alfred Andersch

# *Meister-erzählungen*

*Mit einem Nachwort von Lothar Baier*

Diogenes

Umschlagillustration:
Karl Schmidt-Rottluff,
›Norwegische Landschaft (Skrygedal)‹,
1911 (Ausschnitt)
Copyright © 1992 ProLitteris, Zürich
Foto: Joachim Blauel/Artothek,
Peißenberg

Alle Rechte vorbehalten
Copyright © 1992
Diogenes Verlag AG Zürich
40/97/8/2
ISBN 3 257 22477 X

# *Inhalt*

# *Weltreise auf deutsche Art*

Den ersten Gestellungsbefehl seines Lebens erhielt der damals zweiundzwanzigjährige Johann Benedikt Zimmermann im Jahre 1899 in Monastir, wo er als Clerk und Handlanger von Monsieur Perrot, dem Aufkäufer einer lyoner Weingroßhandlung, tätig war. Er drehte unschlüssig das Blatt hin und her, das man ihm in das Zimmer des kleinen Hotels, in dem er wohnte, gebracht hatte, und blickte finster auf die Straße und in den balkanblauen Himmel des neunzehnten Jahrhunderts, der sich über den flachen Rohrziegeldächern der Häuser spannte. Der Brief, von der deutschen Botschaft in Konstantinopel an ihn ergangen, enthielt die unmißverständliche Warnung, sich nicht länger der Dienstpflicht zu entziehen, und war in Ton und Fassung endgültig. Johann Benedikt war wütend, weil ihm das mazedonische Leben gefiel, der Blick auf die Minarette, die Kneipen, in denen man an kleinen Tischen mit Serben, Griechen und Bulgaren dunkelgelben, schweren und öligen Wein trank, der Geruch nach Rosen und Hammelfett, der in den Gassen hing. Als er an Madame Perrot dachte, mit der er in den Nächten schlief, in denen sein Chef sich auf Geschäftsreisen befand, überlegte er, ob er nicht einfach bleiben solle. Sein Verhältnis mit ihr war gerade bis an den Punkt gekommen, wo ihn bereits der bloße Gedanke an ihre raschelnde Unterwäsche und ihr süßes, damenhaftes Gesicht unter den hochgesteckten Haaren unruhig machte. Erst sehr viel später kam ihm Barbara in den Sinn; das Hemd der Angélique Perrot war ihm in jenen Tagen näher als die Röcke der Barbara Weitz aus Kenzingen am Kaiserstuhl, die seine Braut war.

Er blieb in Monastir, um auf Monsieur Perrot zu warten, der sich gerade auf Reisen befand. Am dritten Tage entstieg der ältliche Grandseigneur mit wehendem Paletot und Zylinder der Reisekutsche, die ihn zu den Winzern der Umgebung gebracht hatte. »Ihr Kaiser braucht Sie«, sagte er und drückte Johann Benedikt mitfühlend die Hand. »Hoffentlich nicht gegen Frankreich«, setzte er nachdenklich hinzu. Er machte eine Pause. »Denken Sie an Madame, wenn Sie an Frankreich denken«, bemerkte er dann nachlässig, ohne die Miene zu verziehen. Johann Benedikts sonnenverbranntes Gesicht wurde noch dunkler, und er verbeugte sich tief vor Angélique, die etwas Rouge aufgelegt hatte.

Am nächsten Tag fuhr er mit der Bahn nach Saloniki und schiffte sich nach dem Goldenen Horn ein. Der altersschwache türkische Küstendampfer, auf dem er reiste, legte an einem Pier auf der stambuler Seite an, so daß Johann Benedikt über die Galatabrücke nach Pera hinüber mußte, wo sich die deutsche Botschaft befand. Die Brücke war erfüllt von kreisenden Staubwolken und grellem, flirrendem Sonnenlicht, aus dem fern und verschwimmend das Minarett der Sultan-Achmed-Moschee in den Himmel stach. Zahllose Kinder zerrissen den heißen, gelben Dunst mit ihrem Geschrei und klammerten sich bettelnd an die Schöße von Johann Benedikts schwerem Tuchjackett, unter dem auf der Weste die goldene Uhrkette baumelte. Er trug eine Melone auf dem Kopf, die Schweißtropfen quollen ihm darunter hervor und über den hohen steifen Kragen, und er schwang den Spazierstock zur Abwehr, was den Tumult um ihn zu verdoppeln schien. Müde, verschwitzt und hungrig tauchte er endlich im Gassengewirr auf der anderen Seite unter und fand nach einigem Suchen auch das Botschaftsgebäude. Man befahl ihm, in einem Zimmer zu warten, das bereits ein paar entlaufene deutsche Matrosen, Landstreicher und schäbig aussehende Weltbummler bevölkerten, lauter Leute, welche die Fahndung des Vaterlandes und der Rauch des Schuldbewußtseins, der aus verbrannten Gestellungsbefehlen aufsteigt, deutlich sichtbar hatte verkommen lassen. Unter ihnen nahm er sich in seiner korrekten Kleidung seltsam aus. Nach stundenlangem Warten riß ihn endlich die Stimme eines Sanitätsunteroffiziers scharf und wohl für immer aus Wachträumen, in denen er seinen Gehorsam bedauert und sich in Angéliques seidenhäutige Verwöhnung zurückgewünscht hatte. Eine lange, schikanöse Musterung begann, die am Abend plötzlich abgebrochen wurde. Ein Posten wurde vor die Tür gestellt, und man bedeutete ihnen, die Nacht auf dem Boden des Zimmers zu verbringen. Das auf türkische Weise zubereitete Essen, das man ihnen brachte, war ungenießbar. Am nächsten Vormittag erschien endlich ein Offizier, der die Musterung abschloß. »Sie geben einen guten Matrosen ab«, sagte er zu Johann Benedikt, nachdem er dessen große, kraftvolle Figur gründlich betrachtet hatte. Dieser dachte im stillen einen Augenblick an die kühlen Gewölbe, in denen er das Küferhandwerk erlernt hatte, und daran, daß es nun zwei Jahre länger dauern würde, bis er es zum Kellermeister gebracht hätte, aber dann fügte er sich in das Unvermeidliche und sagte sich, die zwei Jahre würden auch vorübergehen.

Die zum Kommißdienst Tauglichen wurden gleich zu einer kleinen Kolonne zusammengestellt und, von dem Sanitätsunteroffizier und zwei Matrosen eskortiert, in Marsch gesetzt. Wieder ging es über die Galatabrücke, wieder tobten die Kinder, aber diesmal fühlte Johann Benedikt keine Mühen, sondern nur ein leichtes Unbehagen. Sie begannen zu singen und warfen kleine Münzen unter die Kinder. Dann brachte sie eine Jolle an Bord von Seiner Majestät Schiff ›Loreley‹, einer Stationsjacht, die dem deutschen Botschafter in der Türkei diente und deshalb auf der Reede von Konstantinopel lag. Johann Benedikt machte sofort den Schiffskoch ausfindig und gab ihm Geld, worauf dieser mit Frankfurter Würstchen und Sauerkraut herausrückte. Heißhunger hatte Johann Benedikt überfallen, den er nun gierig stillte, in der Kombüse des Smutje verborgen. Erst nachdem er noch drei Flaschen Starkbier getrunken hatte, begab er sich wieder zu den anderen und ließ sich einkleiden. Seinen Zivilanzug packte er sorgfältig in den Koffer, den er bei sich trug, aber die Melone und den Spazierstock konnte er nirgends unterbringen. In einer plötzlichen Aufwallung rannte er an Deck und warf beides mit weit ausholendem Schwung in die Fluten. »Das

Zeug hätte ich brauchen können«, sagte bedauernd ein Maat, der in der Nähe stand, »hättest du es man mir gegeben!« Sie sahen zusammen den merkwürdigen Insignien eines anderen Lebens nach, wie sie, in den Sonnenuntergang hinein, auf den tänzelnden Wellen des Bosporus gegen die Ägäis zu abtrieben.

Am nächsten Tag begann der Dienst. Johann Benedikt wurde in die Rekruten eingereiht, die bei der nächsten Deutschlandreise der ›Loreley‹ einer Schiffsstammkompanie überstellt werden sollten. Da vorläufig von einer solchen Heimreiseorder nicht die Rede war, schliff man sie an Bord. Am meisten verabscheute Johann Benedikt den Teil des Drills, der den hochtrabenden Namen ›seemännische Ausbildung‹ trug, in Wirklichkeit aber fast nur aus Rudern bestand. Er rieb sich dabei auf den harten Bänken der Boote grausam die Arschbacken wund und lief den Rest des Tages mit schmerzendem Gesäß umher. Die Ausbildung an den Geschützen, den kleinzölligen Kanonen der ›Loreley‹, war, damit verglichen, eine Erholung. Am Abend saß er todmüde noch eine Weile auf dem Kojenrand und stierte in eine dunkle Ecke des Mannschaftslogis. Er dämmerte im Rauch seiner Pfeife vor sich hin und fühlte dumpf, wie sein Körper nicht hart und geschmeidig, sondern nur eben stumpf und empfindungslos wurde. Aber er hatte Glück, denn schon nach acht Wochen erschien eines Tages die Erlösung in Gestalt eines Militärarztes, der die Rekruten an Bord der ›Loreley‹ auf ihre Tropenfähigkeit untersuchte. Nach beendeter Musterung – auch Johann Benedikt war natürlich als brauchbar für den Dienst unter tropischen Breitengraden erkannt worden – verließ die Jacht den Hafen von Konstantinopel und steuerte durch die Straße von Gallipoli gen Süden. Ein Gerücht nach dem anderen ging unter der Mannschaft von Mund zu Mund, aber eines Morgens erblickten sie hinter einem zarten Schleier von Frühdunst die Umrisse der Küste Griechenlands. Im Piräus wartete bereits eine Flottille von Truppentransportern, die von Soldaten und Matrosen in Scharen bevölkert waren und alsbald in See stachen. Der lustige Betrieb an Bord, das aufgeregte Treiben von tausend Männern, die nicht wußten, wie ihnen geschah, erstarb in der feuchten Hitze des Suezkanals und des Roten Meeres. Langsam schoben sich die Schiffe an den flachen Rändern der Wüste und an den weißgrauen, wie von einer Pest gefleckten Häuserwürfeln von Ismailia und Aden vorbei, bis endlich der Indische Ozean dem flüssigen Blei eines träge unter der Hitze brodelnden Meeres ein wenig leichteres Blau beimischte, eine Brise aus Palmen und Vanille. Nun gab es keinen Zweifel mehr: der chinesische Krieg war es, der die Zehntausend-Tonnen-Frachter mit ihren von Soldaten besetzten Laderäumen magnetisch an sich zog. Johann Benedikt wunderte sich manchmal, daß er auf der ganzen Fahrt seine Augen meist auf den östlichen Horizont geheftet hielt, an dem eines Tages Singapore auftauchte oder die Küste von Sumatra, während er nur selten den Blick rückwärts wandte, in jene Gegend, in der, wie er wußte, das seit hundert Jahren fast völlig friedliche Europa lag, das er hatte verlassen müssen, um an den Gestaden eines durch und durch dschungelhaften, gefährlichen und kriegerischen Erdteils ausgesetzt zu werden. An einem düsteren Februarabend des Jahres 1900 fuhren sie in die Bucht von Kiautschou ein, in der das ostasiatische Kreuzergeschwader bereits vor Anker lag, in schneeweißer Bemalung mit gelben Aufbauten geradezu finster strahlend.

Sie blieben nicht lange in Tsingtau, sondern wurden mit Schiffen nach der Taku-Barre befördert, wo Lord Seymour das internationale Expeditionskorps aufstellte. Johann Benedikt hätte sich gern in den kleinen Dörfern und Städten um die Mündung des Pei-ho länger umgesehen. Die bunten Uniformen der Matrosen und Soldaten aus England, Frankreich, Deutschland, Rußland, Amerika und Japan glitten durch ein lehmgelbes Meer von geschweiften Dächern, Spruchbändern, undurchdringlichen Gesichtern und lauerndem Schweigen. Aber er wurde sofort einem Zug des deutschen Seebataillons zugeteilt, der die Aufgabe hatte, die im Bau befindliche Bahnlinie von Tientsin nach Peking zu sichern, soweit sie sich in der Hand der

Verbündeten befand. Manchmal gerieten sie in Feuergefechte mit Trupps der Fremdenfeinde, aber im allgemeinen waren die Chinesen ruhige und freundliche Leute, die sie höflich aufnahmen, so daß Johann Benedikt, wenn er darüber nachdachte, weshalb er sich eigentlich in diesem Land aufhielt, zu keiner Antwort kommen konnte, die ihn befriedigt hätte. Verglichen mit den Bewohnern des Balkans etwa, die, seinen Erfahrungen nach, sich einen Streit, den nicht ein Faustschlag oder das gezückte Messer beendete, gar nicht vorstellen konnten, waren diese, in glatte lange Kittel gehüllten, geduldigen Reisbauern ideale Partner für unendliche diplomatische Besprechungen, für Spiele mit verdeckten Karten, für Gespräche und leise Manöver, wie sie Monsieur Perrot hätte führen können. Da wurde irgend etwas falsch gemacht, dachte Johann Benedikt.

Nachts patrouillierten sie in kleinen Trupps an den Gleisen der Bahnstrecke entlang, um Anschläge zu verhindern. In einer der Nächte vernahmen sie in der Ferne verdächtige Geräusche auf dem Bahndamm. Sie lauschten an den Schienen. Schließlich wurden Johann Benedikt und ein weiterer Soldat vorgeschickt, um zu rekognoszieren und zu verhindern, daß die ganze Patrouille in eine Falle ging. Die Nacht war dunkel, und der Nebel schlug feuchte Schwaden von den Feldern auf den Bahndamm hoch. Nach einer Weile sahen sie einen Mann auf den Gleisen liegen. Er lag auf dem Rücken und hatte die Arme über den Kopf hochgeworfen und hinter sich in die Erde verkrallt. Sie beugten sich über ihn. Gerade als Johann Benedikt feststellte, daß dem Mann die Kehle durchgeschnitten war, vernahm er einen zischenden Ausruf und ein Ächzen neben sich und erhielt, noch ehe er sich aufrichten konnte, einen furchtbaren Schlag über den Hinterkopf. Er taumelte zurück, sah den Kameraden über den Toten gestürzt und vor sich schattenhaft die Gestalt eines riesigen Chinesen, der zum neuen Schlag ausholte. Er hatte den Hieb mit der Klinge eines mächtigen altertümlichen Schwertes geführt, und im matten Schimmer des Metalls sah Johann Benedikt die Runzeln eines Urzeit-Hauptes über dem blockhaften, wehenden Schwung des breiten Bauernkittels. Aber sein Bajonett, das er gelockert am Koppel trug, war schneller als der Säbel des Alten, und Johann Benedikt traf ihn so mächtig damit auf den blanken Schädel, daß er ihn bis zur Nasenwurzel spaltete. Eine Blutwelle überspülte seinen Matrosenkragen, und das Schwert des Riesen, der ihn im Tode zu umarmen schien, fiel hinter seinem Rücken zu Boden. Er stürzte hin und der Alte auf ihn, und das war Johann Benedikts Glück, denn der gewaltige Körper deckte ihn, als nun die Partisanen aus dem Dunkel heraus zu schießen begannen. Aber da waren nun auch die Kameraden heran und eröffneten das Feuer. Es waren meist gute Scharfschützen, die in Sekundenschnelle dorthin schossen, wo gerade das Mündungsfeuer einer der altertümlichen Flinten aufblitzte, und da die Chinesen noch nicht gelernt hatten, daß man sich nach jedem Schuß ein paar Meter auf die Seite rollen lassen muß, zählten die Infanteristen im Morgengrauen, als der Spuk sich verzogen hatte, zweiundzwanzig Tote, die in den Gebüschen und Gräben der Umgebung lagen. Sie selbst hatten nur einen einzigen Toten, den Mann, der Johann Benedikt begleitet und den der Säbel des Alten gut getroffen hatte, während er bei dem zweiten Schlag auf dem dikken, weichen Tuch von Johann Benedikts blauer Matrosenmütze ausgeglitten war und sich flach gelegt hatte, so daß dieser mit einer freilich gewaltig anschwellenden Beule davongekommen war. Sie betrachteten den riesigen Körper und verwunderten sich über die schwere, aufgetriebene Brust des Alten und über irgend etwas Weiches, das im Tode den Leib überzogen hatte. Als sie die Leiche untersuchten, entdeckten sie, daß sie ein riesenhaftes altes Weib vor sich hatten. Sie wurden stumm und blickten auf die Hünin hinab. Wie sie so dalag, schien sie tausend Jahre alt zu sein.

Die Sache hatte ein unangenehmes Nachspiel, indem man ihnen nämlich zum Vorwurf machte, daß sie, entgegen einem bestehenden Befehl, die Saboteure nicht lebendig eingebracht hatten. Man ließ eine Massenanklage fallen, aber ein englischer

Militärankläger kaprizierte sich auf den ›Fall‹ Johann Benedikts, da die alte Chinesin, wie sich herausstellte, eine berühmte und lange gesuchte Bandenführerin gewesen war. Das Expeditionskorps sammelte sich um diese Zeit wieder an der Taku-Barre, um sich zu dem berühmten Marsch nach Peking vorzubereiten. In diesem Zustand ungeduldigen Wartens lud sich die Luft wie von selbst mit nationaler Eifersucht und internationalen Reibereien. So fand sich Johann Benedikt eines Tages vor der ersten Instanz, einem überwiegend aus Engländern zusammengesetzten Militärgericht, das ihn zu achtzehn Stunden ›am Rad‹ verurteilte. Das brachte natürlich einen deutschen Einspruch in Gang. Die zweite Verhandlung fand vor einem gemischten Tribunal statt, und ein kleiner japanischer Anwalt war zum Verteidiger des Angeklagten bestellt worden. Er hielt ein Plädoyer von drei Stunden. Johann Benedikt saß stumm auf der Anklagebank und antwortete einsilbig auf die Fragen, die man ihm stellte. Sein breites, ruhiges, wenn auch nicht völlig gutmütiges Gesicht blickte verständnislos auf die Uniformen der hohen Offiziere, die der Verhandlung gespannt folgten. Man milderte das Urteil auf eine Strafdauer von vier Stunden, Johann Benedikt ging nach diesem Spruch in das Barackenlager zurück, in dem das Korps kaserniert war. In den deutschen Unterkünften brütete an diesem Abend eine dumpfe Stimmung des Unmuts. Die englischen Militärpolizisten, die am nächsten Morgen erschienen, um Johann Benedikt zu eskortieren, mußten sich ihren Weg durch eine Woge offener Drohungen bahnen. Sie führten ihn zu einer Kanone, die man inmitten des Lagers aufgefahren hatte, und banden ihn mit Riemen an eines der Räder. Da stand nun der unfreiwillige Weltfahrer und blickte in die Gesichter der Vorbeigehenden, die fast alle von dem Vorgang peinlich berührt waren oder sogar, wenn es Deutsche waren, die Faust in der Tasche ballten. Deutsche Offiziere traten auf Johann Benedikt zu und unterhielten sich ostentativ freundlich mit ihm. So wäre alles für ihn gut zu ertragen gewesen, wenn er nicht zu seiner eigenen Verwunderung sich immer wieder dabei ertappt hätte, daß er an die alte Chinesin denken mußte, die er erschlagen hatte. In diesen Stunden gruben sich ihre Züge unverlöschlich in sein Gedächtnis ein. Sie erschien ihm wie die Urmutter des ganzen Geschlechts der Chinesen, wie ein Weib aus einer alten Sage, das zu töten eine Art Gottesfrevel war. Daß das ausgerechnet mir passieren mußte, dachte Johann Benedikt und empfand die Radspeichen, die sich in seinen Rücken drückten, beinahe als angenehm, als Beginn der Buße für eine Schuld, die er sich nicht erklären konnte. Die Welt wurde immer rätselhafter für ihn.

Er verhielt sich darum schweigsam in dem lärmenden Haufen von deutschen Matrosen und Soldaten, der ihn in die Mitte nahm, als die vier Stunden am Pranger um waren. Im Triumph marschierten sie mit ihm vom Fleck weg zu einem der größten Teehäuser der Umgebung, in dem, wie sie wußten, die englischen Söldner sich besonders gern aufhielten. Sie besetzten das Lokal und nahmen sofort alle Mädchen in Beschlag, die noch frei waren. Eine gespannte Stimmung entstand. Die Mädchen wisperten aufgeregt, und ihre Kimonos raschelten papieren. Dann ging ein untersetzter, stämmiger deutscher Matrose, der kein Mädchen mehr gefunden hatte, auf einen der Briten zu, klopfte ihm auf die Schulter und griff nach dem Arm des kleinen, buntfarbigen Geschöpfs, das der Tommy, ein riesiger schottischer Hochländer, um die Taille gefaßt hatte. Der Schotte holte aus und pflanzte dem Matrosen die geballte Faust ins Gesicht. Das war das Signal. Mit einem gewaltigen Wutschrei entlud sich die deutsche Empörung über Johann Benedikts Erniedrigung, und man machte sich daran, die in der Minderzahl befindlichen Briten systematisch aus dem Teehaus hinauszuprügeln. Sie wehrten sich tapfer, aber endlich mußte auch der letzte von ihnen blutüberströmt das Feld räumen, gefolgt übrigens von den Deutschen, die sich klar darüber waren, daß nun jede Minute die Feldpolizei eintreffen und Verhaftungen vornehmen würde. Die ängstliche Klage einer kleinen Chinesin, deren kunstvolle Frisur gelitten hatte, schwebte noch eine Weile über dem Ort sanfter, doch nun zerstörter Lust, dem verletzten Idyll aus dünnen Porzellanschalen und zarten Reispuderwolken, die in friedlicheren Stunden als eine Art Rauchopfer aufzusteigen pflegten.

Der Vorfall hätte üble Folgen nach sich gezogen, wenn nicht in der gleichen Nacht noch der Befehl zum Abmarsch gekommen wäre. Aber die Verstimmung im englischen Oberkommando über diese Teehausgeschichte war tiefgehend und unheilbar, und die deutschen Matrosen und Soldaten lachten jedesmal verständnisinnig, wenn in den Wochen, die nun kamen, Wochen eines immer trübseliger und aussichtsloser geratenden Versuchs, sich eine Gasse in einen Ozean zu bahnen, dessen Wogen, wenn man sie zerteilt hatte, sich geräuschlos wieder hinter einem schlossen – die germanische Soldateska deutscher Zunge also grinste ein grimmiges ›Aha!‹, wenn in diesen Tagen einer steigenden Misere aus dem Zelt Lord Seymours immer wieder der Befehl erging: "The Germans to the front!" Obermaat Petersen, Johann Benedikts Zugführer, kleidete seinen Unmut über diese zweifelhafte und mit Gefahren verbundene Bevorzugung in eine Schimpfkanonade, die jedesmal mit den Worten schloß: »Hättet ihr geilen Böcke nicht den Tommys die Mädchen lassen können?« So zogen sie schimpfend und lachend durch China, aber langsam wurde aus dem Vorstoß ein Rückzug, auf dem sie Karrees bilden mußten, um sich gegen die anbrandenden Scharen der Bandenkämpfer zu verteidigen. Eines Tages befanden sie sich, statt in Peking, wieder an der Küste, wo sie ein langweiliges Garnisonsleben begannen. Im Juni mußten sie die Taku-Forts erstürmen, und es gab noch einmal eine Expedition ins Innere; sie verlief etwas erfolgreicher als die erste, und sie kamen diesmal, geführt von dem Grafen Waldersee, tatsächlich bis nach Peking. Aber eigentlich war es eine ruhige Zeit. Johann Benedikt, inzwischen zum Maat avanciert, denn er war ein guter Soldat, ruhig und zäh, gehörte zu einem kleinen Besatzungsdetachement in dem Städtchen Kianglin. Es gab nichts zu tun, und er begann damals ein Verhältnis mit einem Mädchen aus dem einzigen Teehaus von Kianglin. Als sie merkte, daß ihn der Tee trübselig stimmte, brachte sie ihm den Geschmack an dem feinen, bitteren Reisschnaps bei, den man gleichfalls in Teeschalen serviert. Aber in Wirklichkeit hatte er Sehnsucht nach einer Flasche badischen Weins, nach dem Kaiserstühler oder dem Blauburgunder, der an den westlichen Abhängen des Schwarzwalds gezogen wird. Er las mit Verlangen die Briefe, die regelmäßig jeden Monat von Barbara eintrafen; sie enthielten ein gleichmäßiges, ruhiges Gefühl und nur selten einen Ausruf von Ungeduld; er selbst schrieb zärtlich-warme Worte nach Kenzingen und freute sich darüber, daß das Jahr 1901 verstrich und der Tag seiner Entlassung näherrückte.

Und wirklich kam eines Tages, Anfang 1902, der Befehl zur Einschiffung für große Teile der in China stationierten deutschen Truppen. Auch Johann Benedikts Einheit befand sich darunter. Er kletterte mit einem Gefühl ungeheurer Erleichterung über die Gangway auf den Transporter. Die Schiffe fuhren wieder nach Singapore, nahmen aber, als sie die Malakkastraße hinter sich gebracht hatten, ihren Kurs nach Südsüdwesten. »Ihr werdet in Daressalam umgeladen«, erklärten die Leute von der Besatzung. »Wir haben Order, von dort nach Kiautschou zurückzukehren, damit der Rest schneller nach Hause kommt.« So überquerten sie denn den Indischen Ozean, an den Seychellen vorbei, und freuten sich, daß ihnen so billig noch ein Blick in den dunklen Kontinent geboten werden sollte. Auf der Reede von Daressalam lag eine ganze Flotte deutscher Schiffe, die alle den Heimatwimpel gesetzt hatten. Johann Benedikt kam mit zwei Zügen des 1. Seebataillons auf den Kreuzer ›Habicht‹. Am Abend durften sie an Land gehen; sie bestaunten die Fremdartigkeit der Bantu-Neger und die Schönheit der Inderinnen, deren helle Sarongs im Schatten der Palmen phosphoreszierten. Die Nacht verbrachten sie an Deck, unter der von Hitze zitternden Dunkelheit des afrikanischen Firmaments, in der die Bordlaternen leise schwankten, bewegt vom Rhythmus der See. Sie erwachten aus seltsamen Träumen erst, als sie sich schon auf hoher See befanden, und gewahrten mit Verwunderung, daß der Bug des Schiffes noch immer nach Süden gerichtet war. Johann Benedikt wurde mit den übrigen Chargen zusammen zum Kapitän gerufen und für den Dienst eingeteilt. »Maat Zimmermann, Sie gehen auf Munitionskammer eins«, sagte der Erste Offizier zu Johann Benedikt. Als sie kopfschüttelnd die Messe verließen, hörten sie an Deck den Ruf: »Alles auf Gefechtsstationen!« Johann Benedikt fühlte sich am Ärmel gepackt. »Sieh mal da hin!« rief einer der Kameraden ihm zu. Er deutete aufgeregt auf den Mast. Da sahen sie alle, daß S.M.S. ›Habicht‹ den Heimatwimpel gestrichen hatte.

Sie fuhren lange und umrundeten allmählich das Kap der Guten Hoffnung. Die Küste bekamen sie nicht zu Gesicht, aber sie errieten die Route daraus, daß das Schiff immer deutlicher auf Nordkurs ging. Die Reise wollte kein Ende nehmen. Eine tiefe Niedergeschlagenheit hatte sich ihrer bemächtigt, sie starrten auf die Wasserwüste. Wenn sie den Kapitän oder die Offiziere fragten, wohin die Fahrt ginge, bekamen sie ein Achselzucken zur Antwort: das Schiff fuhr mit versiegelter Order. Johann Benedikt blickte mit glanzlosen Augen am Morgen in den Aufgang einer gnadenlos gelb brennenden Sonne aus glühendem Sand, am Abend in das purpurdunkle Aufsteigen der Nacht. Nachdem sie etwa zwei Wochen unterwegs waren, tauchte eines Abends weit vor dem Bug eine feine, ebene Küstenlinie aus den Wogen. Zugleich stoppten die Maschinen, und eine tiefe Stille breitete sich aus. »Lüderitzland«, sagte ein Offizier, der neben Johann Benedikt an der Reling stand, und wies nach vorn. Da war nichts als dieser schmale Küstenstrich weit im Osten, über den sich jetzt die Nacht schob, das gleichmäßige Atmen einer aus den Weiten des Ozeans kommenden Dünung, und die Bordwände des Schiffes, gleich einem Abbruch von Felsen vor dem Abgrund eines Kontinents, vor dem Abgrund der Zeit. Rasselnd fuhr der Anker in die Tiefe.

In der Nacht wurden Gewehre und Munition ausgegeben und die Mannschaften für die Landungsboote eingeteilt. Als sich die Nacht im Westen verlor, sahen sie, daß auch die anderen Schiffe inzwischen im Angesicht der Küste vor Anker gegangen waren. Punkt sieben Uhr schwenkten überall die Boote aus und nahmen rasch Fahrt gegen den flachen Strand zu auf. Die Riemen schlugen ins Wasser, und die kleinen schwarzweißroten Fahnen am Heck knatterten im Fahrtwind. Johann Benedikt stand mit den Leuten der Gruppe, die er führte, in einem der Dingis und blickte gespannt auf die Küste, die ein paar Häuser herzuzeigen begann. Auf einmal erlosch sein Bewußtsein im pfeifenden Wirbel der Schüsse, der sie umbrandete. Er duckte sich mechanisch hinter den Körper eines der rudernden Matrosen, der plötzlich das Holz fahren ließ und sich mit einem schweren Aufseufzen über den Bordrand legte. Einer von den Marineinfanteristen stürzte, von einer Kugel getroffen, über Bord. Fast alle Boote gerieten ins Trudeln, weil niemand mehr die Ruder bediente. Mitten in die plötzlich entstehende Stille hinein hörten sie vom Ufer her Triumphschreie. Johann Benedikt tastete im Liegen vorsichtig nach einem der Riemen, andere folgten seinem Beispiel, und so brachten sie das Boot in Richtung zum ›Habicht‹ wieder in Fahrt. Sie hatten drei Tote und mehrere Verwundete, und auch Johann Benedikt begann den Herero-Krieg mit einem Streifschuß am linken Unterarm.

Gegen Mittag fuhren die Kanonenboote und der kleine Kreuzer näher an die Küste heran und eröffneten das Feuer mit ihren Schiffsbatterien. Mit dieser Hilfe glückte ein zweiter Landungsversuch. Gegen Abend hatten sie aus dem Küstensand der Namib die ersten Stellungen ausgehoben. Es war die erste Nacht in vielen Wochen, in der Johann Benedikt nicht mehr an eine mögliche Heimkehr dachte. Er verkroch sich hinter der Brustwehr, lauschte dem fernen Grollen von Gewittern und sah in das Aufzucken der Blitze, die irgendwo weiter im Lande drinnen in die Erde Afrikas schlugen. Sie brauchten bis zum Herbst des Jahres 1903, um den Aufstand der Bondelzwaarts niederzuschlagen, und als sie dies vollbracht hatten, schickte der Häuptling Samuel Maherero aus Okahandja, wo er residierte, seine

Hereros in Schwärmen gegen sie aus. Sie hatten längst die Namib hinter sich gelassen und waren über die Steppe nach Norden geschritten. Die Gnu-Herden wirbelten in der Ferne den Sand der Etoscha-Wüste auf. Mit Gefechten und Märschen ging es das ganze Jahr hindurch bis zur Schlacht am Waterberge. Wieder kam eine Regenzeit mit feuchter Hitze und Gewittergüssen. Johann Benedikt vernahm im Fieber die Nachricht vom Ende Mahereros, doch bis zum Jahre 1905 mußten sie gegen die wilden Scharen Hendrik Witboois kämpfen; in der einsamen, ausgestorbenen Lavawildnis des Naukluftgebirges erreichte sie keine Post mehr. Auch während der ganzen folgenden Regenzeit hörte Johann Benedikt nichts mehr von Barbara. Er trug jetzt einen Südwester, und um sein Gesicht, das abgemagert war, in dem die Augen tief in ihren Höhlen brannten, wucherte ein heller Bart, der Bart eines Menschen, der einmal breit und ruhig gewesen war. Wenn er durch eines der völlig verlassenen Dörfer ging, befiel ihn ein Grauen vor der Stille der halbkugelförmigen Pontoks, die den leeren Viehkral umschlossen. Und mit dem gleichen Gefühl, mit dem er vor Jahren in China die alte Partisanin betrachtet hatte, blickte er jetzt auf die Leichen der erschlagenen Hereros, die im Tode zwischen auseinandergerissenen Lippen die zugefeilten Zähne sehen ließen, indes das sandfarbene Abendlicht ihre ledernen Gewänder und ihren Eisenschmuck überspülte. Aber endlich hatte man die letzten in den Karasbergen und am Großen Fischfluß zusammengetrieben, und unter dem Kommando des Obersten von Deimling wurden sie von den Quellen verjagt, hinweggehetzt mit den Geschoßgarben weittragender und schnellfeuernder Gewehre von den letzten Wasserstellen, die sie noch besaßen. Sie wählten den Durstttod.

Das war wohl der Grund, warum sich Johann Benedikts Gesicht nicht zu einem Lachen verzog, obgleich doch lauter Jubel ihn umbrauste, als er an einem heißen Julitag des Jahres 1906 im Verband der heimgekehrten Schutztruppe über den Jungfernstieg in Hamburg marschierte. Sein Geist verharrte noch immer im Schatten einer Tamariske und lauschte den Klageschreien des verdurstenden schwarzen Volkes, die aus dem wasserlosen Sandfeld Omahehe zu ihm drangen. Er blickte in die Gesichter, spähte die Straße hinab und wunderte sich, daß sich die Welt seit 1899 nicht verändert hatte. Noch immer wehten schwarzweißrote Fahnen von den Häusern, noch immer waren die Gesichter rot und satt, und wie eh und je rafften die Frauen die Röcke zierlich über den Staub.

Nachdem er abgemustert und entlassen war, fuhr er nach Kenzingen, wo ihn Barbara vom Bahnhof abholte. Sie war auch nicht jünger geworden in den sieben Jahren, stellte er fest, aber ihr Gesicht unter den feinen braunen Haaren war noch immer schön und gut, und es befriedigte ihn sehr, daß ihre Zärtlichkeiten mit ihr zusammen fünfundzwanzig Jahre alt geworden waren. Sie bekamen gleich im ersten Jahr ihrer Ehe ein Kind, eine Tochter, und im Jahre 1910 einen Sohn. Johann Benedikt wurde Kellermeister in einer Sektkellerei in Emmendingen. Er prüfte die Weine und beobachtete die Gärung in den Flaschen. In gewissen Abständen trank er sich einen Rausch an. Dann ging er nicht nach Hause, sondern legte sich auf eine Wiese, ließ die Sterne über sich kreisen, und seine Gedanken machten die nächtliche Silhouette des Kaiserstuhls zum Umriß der Taku-Forts. Unbewußt verhütete er damit, daß er vor den Menschen ins Erzählen geriet. Er wurde vielmehr immer schweigsamer, und Barbara meinte, sie hätte ihn jetzt noch lieber als früher, denn sie wußte ja, daß er nicht sprachlos war, sondern nur verschwiegen. An den Sonntagen machten sie manchmal mit den Kindern Ausflüge. Sie besichtigten das straßburger und das freiburger Münster und blickten von der breisacher Höhe aus über das Elsaß und den Oberrhein. Unendlich klar und scharf gezeichnet stand die Nähe aus Weinlaub, Pappeln und hellen, südlichen Häusern vor dem zarten Dunst der Vogesenferne.

Aber am liebsten ging Johann Benedikt in den Sumpfwäldern des Rheinufers spazieren, wo die Mücken in der Hitze ihr Lied sangen und der Efeu sich um die Akazien wand. In der grünen

Wildnis, an einem der lehmbraunen Altwasserarme des Rheins sitzend, vergaß er die Zeit, abwechselnd aus seiner Pfeife rauchend oder ein Lied vor sich hinflötend.

So war das Dasein Johann Benedikt Zimmermanns beschaffen, als ihn im August 1914 der zweite Gestellungsbefehl seines Lebens erreichte.

## *Mit dem Chef nach Chenonceaux*

Für den Fahrer hatte Herr Schmitz als ersten Gang eine ›Terrine du Chef‹ bestellt – »Sie essen doch gern 'ne Suppe vorher, Jeschke!« –, aber man servierte zu ihrer Überraschung eine kalte Platte aus Geräuchertem, Wurst und Gänseleberpastete; der Garçon, vom Doktor herbeigerufen, erklärte in miserablem Deutsch, die befrackten Achseln leicht angehoben, dies sei in der Tat das Gewünschte. »Terrine«, grollte Herr Schmitz, »ich hätte geschworen, das wär 'ne Suppe!« Sie sprachen alle drei nicht Französisch, Herr Schmitz, der Fahrer und Doktor Honig, Französisch war des Doktors große Bildungslücke, aber Herr Schmitz hatte, als er ihn engagierte, großzügig erklärt: »Ist auch unnötig, der französische Markt ist für uns nicht interessant, Textil können die selber, da machen wir keine pöblik reläsch'ns« [er hatte ›pöblik‹ gesagt und ›relations‹ mit einem Kehlkopf-R ausgesprochen] – doch gerade weil er sich an dieses Zugeständnis erinnerte, empfand Doktor Honig es jetzt als Manko, daß er seinem Chef nicht behilflich sein konnte.

Jeschke, hager und schwärzlich, sicherlich überzeugter Kartoffelesser, musterte finster die Platte, gab aber nach einigen Versuchen zu, die Leberwurst sei ausgezeichnet, was angesichts seiner sonstigen Schweigsamkeit bemerkenswert war und Herrn Schmitz veranlaßte, seinen Appetit nicht weiter zu zähmen und sich Proben aus Jeschkes Horsd'œuvre zu fischen; er forderte auch den Doktor auf, Jeschke zu entlasten, aber Honig zog es vor, seine Weinbergschnecken abzuwarten und, bis sie kamen, den beiden Männern zuzusehen: dem steif aufgerichteten dürren Jeschke, der keinen Knopf seiner grauen Livreejacke öffnete und mit der Gabel von oben her im Aufschnitt stockerte, und dem in gesundes festes Fett verpackten Herrn Schmitz, der halb über seinem Teller lag und es fertigbrachte, zu reden, fast unablässig und dabei ganz gescheit zu reden, und dennoch intensiv und genießerisch zu essen, nicht etwa wie ein dicker Mann – auf eine so einfache Formel war er nicht zu bringen –, sondern ein Mann, der sich viele Jahre hindurch sorgfältig und nur vom Besten ernährt hatte, was, wie der Doktor überlegte, etwas ganz anderes ist als ein Mann, der sich vollfrißt. Übrigens hatte Herr Schmitz, ehe sie in die ›Anne de Beaujeu‹ eintraten, den Doktor gefragt, ob er sich sozial deklassiert fühle, wenn der Fahrer mit ihnen esse, und Honig hatte geantwortet, es sei schon eine ziemliche Zumutung, aber er wolle sich damit abfinden. Herrn Schmitz konnte, ja mußte man ironische Antworten geben, er haßte glatte Zustimmung – »Ich mag keine Ja-Sager um mich« –, und das war es, was den Umgang mit ihm erträglich, wenn auch ein wenig anstrengend machte.

Nach dem Essen fuhren sie über die Porte d'Orléans aus Paris heraus, in Herrn Schmitz' Dreikommazwo-Liter-BMW, Doktor Honig saß vorn neben dem Fahrer und Herr Schmitz hinten allein; die Polsterung war aus schwach zitronenfarbenem Leder, und Paris, draußen, hinter den Scheiben aus sorgfältig mit einem Kunststoffschwamm gereinigtem Sicherheitsglas, Paris war vergammelt, wie Herr Schmitz melancholisch meinte. Gestern, in Versailles, war Herr Schmitz beinahe explodiert, als er den Zustand des Schlosses gesehen hatte. »Nee«, hatte er gemeint, »so vergammeln darf man dat Ding nicht lassen.« Er nannte das Versailler Schloß »dat Ding«. Der Doktor hatte etwas von delikater Patina gesagt, aber Herr Schmitz hatte den Einwand nicht gelten lassen. »Das ist keine Patina«, hatte er entgegnet, »das ist Dreck. Wenn die Leute wirklich ihre Geschichte erhalten wollen, dann müssen sie das Ding so erhalten, wie es von Ludwig dem Vierzehnten gemeint war, nämlich neu, dann muß es funkeln, als sei es gestern gebaut.« Der Doktor hatte an Herrn Schmitz' funkelnde krefelder Fabriken gedacht und innerlich »aha!« gesagt, aber obgleich er Herrn Schmitz' Ansicht so entwaffnend fand, daß ihm gar nichts dazu einfiel, machte er – denn Widerspruch mußte sein – dennoch ein paar Bemerkungen über Schönheit und Verwitterung, über Ästhetik und Geschichte. Herr Schmitz war unbeugsam geblieben. »Kann schon sein, daß Sie's schön finden, wie es ist«, meinte er, »aber nur, weil Sie sich nicht vorstellen können, wie's ausgesehen hat, als es neu war.« Und dann hatte er ausgepackt: er wußte alles über die Technik des Gebäudeanstrichs im Hochbarock; der Doktor hatte gestaunt.

Na, das kann ja heiter werden, dachte der Doktor, während sie Paris hinter sich ließen. Frankreich, gesehen mit den Augen eines Deutschen-Wunder-Mannes, der da hinter ihm saß, allein im Fond eines funkelnden schwarzen Autos, auf schwach zitronenfarbenem Leder, aber nicht nur im Autofond allein, sondern überhaupt von einem unbestimmten Air des Alleinseins umgeben, das er offenbar nur schwer ertrug, denn er hatte den Doktor zu dem verlängerten Wochenende mitgenommen, weil er Gesellschaft brauchte. Deshalb in erster Linie. »Kommen Sie«, hatte Herr Schmitz gesagt, »lassen wir die Koofmichs mal zu Hause, und machen wir uns ein paar schöne Tage!«, aber Doktor Honig wußte, daß er nicht als Begleiter ausgewählt worden war, weil Herr Schmitz ihn sympathischer fand als die anderen Herren seines ›Führungsstabs‹. Der Chef lebte ganz gern mit den Leuten zusammen, die er ›die Koofmichs‹ nannte, wenn er auch zu einer Schlösser- und Kathedralenfahrt lieber denjenigen seiner Mitarbeiter aufforderte, den er dafür bezahlte, daß er was von Kunst verstand. [»Von Form«, pflegte der Doktor zu widersprechen, wenn er Herrn Schmitz ein Plakat von Huegi vorlegte und der Chef es mit den Worten genehmigte: »Na, von Kunst müssen Sie ja mehr verstehen als ich« – aber er konnte es Herrn Schmitz nicht abgewöhnen, von Kunst zu sprechen, sowenig er sich dagegen zu wehren vermochte, daß die Kollegen, die ›Koofmichs‹ und die leitenden Ingenieure, ihn den ›Kunst-Honig‹ nannten.] Nein, Herr Schmitz fand ihn weder sympathischer noch unsympathischer als die anderen Leute seiner Umgebung, Herr Schmitz war allein, aber er war es ungern, er hatte keine Freunde, aber er brauchte Gesellschaft, man hatte keine Freunde, man hatte Domestiken, einen fürs Auto, dachte der Doktor, und einen für die Kunst, und man erzog sie sich zum Widerspruch, weil kein Erfolg möglich war in einer Welt, die zu allem, was man tat und dachte, ja sagte. Wenn man so erfolgreich war wie Herr Schmitz, so war man dazu verdammt, im Fond seines Autos allein zu sitzen.

Es blieb natürlich eine offene Frage, warum Herr Schmitz dann nicht lieber mit einer Frau reiste. Daß er nicht mit seiner eigenen Frau reiste, war ohne weiteres zu verstehen: Herrn Schmitz' Frau war eine Gattin; sie verließ nur ungern ihr mit falschem Chippendale eingerichtetes Haus. Merkwürdiger war schon, daß Freundinnen Herrn Schmitz nicht nachzuweisen waren. Jedesmal, wenn Doktor Honig über diese Seite des Wesens seines Chefs nachdachte, sah er unwillkürlich auf dessen Hände: sie waren kurzfingrig, aber feingeformt und von blasser, zarter Haut überspannt; sie paßten nicht zu dem wohlgenährten, erfolgreichen Körper des Mannes – oder waren sie seine Tastinstrumente, die Fühler seines Erfolgs? Nur eine fast unmerkliche Härte jedenfalls unterschied sie von Damenhänden.

An der Kathedrale von Chartres hatte Herr Schmitz nichts auszusetzen. Schade war nur, dachte der Doktor, daß sie eine halbe Stunde zu spät hinkamen, abends, als der späte Oktoberhimmel schon grau geworden war, so daß die große Fensterrose nicht mehr recht leuchtete. Und außerdem war es seit heute morgen eiskalt, der Wind war fast unerträglich, und der Doktor spürte, daß er einen schweren Schnupfen vor sich hatte, während er die Figuren am Portail Royal bewunderte. Er trachtete danach, schnell wieder ins Auto zu kommen, aber Herr Schmitz war unermüdlich; begeistert umrundete er den vom Wind umpfiffenen Bau. Das Hotel in Tours hingegen war, obwohl première classe, so offenkundig vergammelt, daß Herr Schmitz vor dem Anblick der grauen, vor Alter brüchigen Voilegardinen und der fleckigen Tischdeckchen in den Zimmern sofort in den Speisesaal flüchtete, ein Speisesälchen eigentlich, ein Eßkabinett, im Stil der Touraine gehalten und mit einem blitzenden, glühenden Grill ausgestattet. Sie aßen Rebhühner à la chasseur. Den ersten, vom Kellner empfohlenen Wein wies Herr Schmitz zurück, er war ein im Fond harter, nachträglich überzuckerter Loire-Wein, aber Herr Schmitz war kein naiver deutscher Tourist, dem man einen solchen Wein anbieten konnte, er war der Sohn eines Mannes, der an der Mosel einige ausgezeichnete Lagen besessen hatte, und der Kellner begriff sogleich, daß er keinen Parvenu bediente, und brachte einen leichten, trockenen Barsac – »Kellertemperatur, nicht auf Eis!« hatte Herr Schmitz befohlen –, der auf sanfte Weise in ihnen zu blühen begann, nachdem sie ihn eine Weile tranken. Herr Schmitz redete wieder, wieder sprach er fast unablässig und dabei ganz gescheit, diesmal über Weine, über deutsche und französische Weine, er wußte alles über Weinbau, Weinpflege, Weinstockbeschnitt, Weinhandel und Namensgebung. Der Doktor nahm, in das leichte Fieber seines beginnenden Schnupfens eingehüllt, kaum auf, was Herr Schmitz an Fakten vor ihm ausbreitete, er staunte nur wieder, denn er, Honig, war ein Mann, der viel von Literatur und Kunst, von Public relations und Werbung verstand, aber wenig von Fakten. Herr Schmitz schloß sein Referat unvermittelt mit den Worten: »Reisen kann man eigentlich nur noch in Frankreich.«

»Na«, sagte Doktor Honig zweifelnd, »und wie ist es mit Spanien?« Man brauchte Herrn Schmitz nur ein Stichwort zu geben, um ihn zu einer längeren Rede zu veranlassen; er behandelte also eine Weile Spanien, ehe er sagte: »Frankreich ist viel feiner, vornehmer, stiller.« Überrascht konstatierte der Doktor die echte Besorgnis in Herrn Schmitz' Stimme, als der Chef hinzufügte: »Wenn sie's nur nicht weiter vergammeln lassen!«

Im Hotel aß Jeschke übrigens nicht mit ihnen zusammen. Der Doktor erfuhr einiges darüber, wie Chauffeure in Grand-Hotels lebten: sie bekamen kleine, aber komfortable Zimmer in den oberen Stockwerken und aßen feste Menüs in eigens für sie reservierten Räumen. Herr Schmitz beurteilte die Güte von Hotels nach der Güte des Essens, über das Jeschke ihm Rapport erstatten mußte. »Wenn Jeschke sagt, daß sein Essen nicht gut war, dann können Sie das Hotel ruhig abschreiben«, erzählte er dem Doktor, »ein Hotel, das daran spart, taugt auch sonst nichts.«

Als sie gegen elf Uhr nach oben gingen und sich vor Herrn Schmitz' Zimmer voneinander verabschiedeten, sah der Doktor durch die schon halb geöffnete Tür, wie Jeschke – noch immer in streng geschlossener Livree – dabei war, Herrn Schmitz' Nachtutensilien auszubreiten. Am Morgen bezahlte Jeschke die Hotelrechnung; er trug in seiner Brieftasche Herrn Schmitz' Reisekasse und verwaltete sie auf die gleiche sichere und schweigsame Weise, mit der er den schweren BMW fuhr. Eigentlich bin nur ich der Domestike, dachte der Doktor, während er mit heißem Kopf eine schlechte Nacht verbrachte, Jeschke ist etwas ganz anderes – ein Diener ist ein Mann, der mit seinem Herrn zusammenlebt, es ist ein Fall von Symbiose, wie die Verbindung von Regenpfeifer und Krokodil, man muß sehr reich sein, um einen Diener besitzen zu können, und Herr Schmitz war in der Tat ein reicher Mann, er war weder mittelreich, wie so viele, noch superreich, wie einige von den neuen Reichen, deren Bilder man in den Illustrierten sah – er war ein sehr reicher, ein richtig reicher Mann. Er war ein Krokodil.

Beim Frühstück hatte der Doktor einen dicken Kopf, er war ganz benommen von Fieber, Schnupfen und Halsschmerzen, aber draußen war ein kalter, sonniger Morgen, der ihm guttat, als sie in Tours spazierengingen. Die Kathedrale sah hoch und schlank aus, und die Palais im Kathedralenviertel lagen still und herbstlich hinter alten Hofmauern, durch deren Pforten Nonnen und Gärtner gingen. Die Loire floß breit und sandgelb an Tours vorbei. Sie verließen es und fuhren nach Chenonceaux. Herr Schmitz äußerte sich zu Chenonceaux weder pro noch contra, am stärksten interessierte ihn in dem langgestreckten Saal, unter dessen Fenstern der Cher hindurchfloß, eine Tafel, auf der geschrieben stand, daß hier im Ersten Weltkrieg Verwundete gepflegt worden waren. Er fand den Saal als Lazarett denkbar ungeeignet. Offenbar konnte Herr Schmitz sich einen Saal voller Verwundeter vorstellen, er vermochte das Stöhnen von Kranken in einem leeren, ungeheizten Schloß zu hören. Doktor Honig mußte sich gestehen, daß ihn selbst diese Erinnerungstafel zu keinem Nachdenken veranlaßt haben würde, wenn sein Chef sich nicht darüber verbreitet hätte. Schade, dachte er, weil er es vorgezogen hätte, mit Herrn Schmitz über Diane de Poitiers zu sprechen, über die er ausgezeichnet informiert war; es hingen ein paar schöne Porträts der Schule von Fontainebleau im Schloß.

Anschließend Amboise, danach Chaumont, und zum Mittagessen waren sie in Blois. In Amboise interessierte sich Herr Schmitz für Lionardos Wohnhaus weit mehr als für das Schloß hoch oben auf dem Felsen; die Modelle von Lionardos Apparaten regten ihn zu einigen fachmännischen Ausführungen an. Im Schloßhof von Chaumont fragte ihn der Doktor, den das Fieber in einen Zustand der Gereiztheit trieb, ob er diese Art Architektur nicht auch an sämtlichen Villen im Rheinland studieren könne, aber Herr Schmitz verstand diesmal die Ironie nicht, sondern ließ durchblicken, daß er den Loire-Stil noch in seinen Kopien aus der Gründerzeit bewunderte, was Honig um so merkwürdiger schien, als der Chef überall etwas auszusetzen fand. Besonders das Schloß in Blois war natürlich wieder völlig ›vergammelt‹, weil es altersschwarz und düster auf die Schieferdächer der Stadt und auf den flachen, trägen, chinesischgelben Fluß hinabblickte. Am Nachmittag fuhr Jeschke sie nach Chambord und weiteren Schlössern. Es war immer kälter geworden, ein eiskalter Wind pfiff über die Touraine hin, und jedesmal, wenn er aus der leicht und angenehm geheizten Limousine stieg, um wieder ein Schloß zu besichtigen, befürchtete der Doktor, seine Erkältung könne sich zu einer Lungenentzündung steigern. Er beneidete Jeschke, der nichts zu besichtigen brauchte, sondern beim Wagen bleiben, eine Tasse Kaffee trinken oder sich bei den Andenkengeschäften herumtreiben konnte, während er, Honig, mit dem Chef Sehenswürdigkeiten nach Sehenswürdigkeiten zu ›machen‹ hatte. Herr Schmitz war unermüdlich, und unermüdlich teilte er die Monumente von Frankreichs Vergangenheit in ›vergammelte‹ und gutgehaltene ein. Er rechnete, und er wurde im Laufe des Nachmittags immer melancholischer, weil die Summe seiner Addition dessen, was hier zu tun war, denn doch alles überstieg, was er erwartet hatte. Die Franzosen hatten sich in ihrer Vergangenheit zweifellos mit Bauten übernommen.

In Chambord gerieten sie beinahe aneinander. Der Doktor war starr vor Entzücken über den Manierismus der Dachlandschaft des Schlosses, die Bilder gewisser Surrealisten erschienen vor seinem geistigen Auge und verschmolzen mit Abbildungen aus dem Stundenbuch des Duc de Berry; Franz der Erste hatte in ein Fenster von Chambord die Worte geritzt ›Souvent femme varie‹, und das alles imaginierte ihm einen Plakatentwurf für Herrn Schmitz' krefelder Kunstseiden, den er sofort nach seiner Rückkehr mit Huegi in der Schweiz besprechen würde. »Wissen Sie, was Chateaubriand über die Dächer von Chambord gesagt hat?« fragte er Herrn Schmitz.

Der Chef schrak aus der düsteren Betrachtung einiger mit rohen Brettern vernagelter Fensterhöhlen im Parterre des Schlosses auf. »Was hat er denn gesagt?« fragte er.

»Chambord gleicht einer Frau, deren Haare vom Wind in die Höhe geweht werden«, rezitierte der Doktor, sozusagen stehend, freihändig, denn er hatte es vorhin in einem Prospekt gelesen.

»Quatsch«, sagte Herr Schmitz schroff. »Sie sollten sich lieber mal den Zustand des Schlosses ansehen!«

Der Doktor fühlte mit Besorgnis, daß eine Art persönlicher Antipathie gegen ihn, Honig, sich in die Stimme seines Chefs eingeschlichen hatte. »An dem Ding haben zwölf Jahre lang ständig zweitausend Arbeiter geschuftet«, fügte Herr Schmitz hinzu, »Frankreich hat geblutet für dieses Schloß. Wissen Sie, daß dieser König – wie hieß er doch gleich? ...«

»Franz der Erste.«

»... daß dieser Kerl einen eigenen Finanzausschuß gegründet hat, der das Land ausplünderte, damit das Ding gebaut werden konnte?« Der Doktor wußte es natürlich nicht, und Herr Schmitz grollte: »Das interessiert mich mehr, als was so ein paar Literaten und Kunsthistoriker verzapfen. Manierismus! Die sollen lieber dafür sorgen, daß das Ding nicht so herunterkommt.«

Cheverny, das in der Dämmerung leuchtend, von einem dunkelrot glühenden Park umgeben, auf gepflegten Rasenflächen stand, versöhnte ihn ein wenig mit dem im allgemeinen so ›vergammelten‹ Zustand der französischen Geschichte. ›Vergammelt‹, dachte der Doktor, als er erschöpft neben dem Fahrer saß, auf der Fahrt nach Bourges, ein Slang-Ausdruck mit einem ganz alten germanischen Wortstamm, ›gamla‹ heißt in den skandinavischen Sprachen ›alt‹. Warum läßt er das Alte nicht einfach vergammelt sein, dachte der Doktor erbittert, während er, wieder heftig fiebernd und mit benommenem Kopf, in die vorbeihuschende Dunkelheit starrte. Sie hatten seit gestern abend zwei Kathedralen und elf Schlösser ›gemacht‹; der Doktor kicherte leise und nervös vor sich hin: er, der sonst einen angenehm versnobten Reisestil sorgsam kultivierte, hatte nie gedacht, so etwas könne ihm jemals passieren.

Im Hotel in Bourges entschuldigte er sich gleich bei Herrn Schmitz und legte sich zu Bett. Er nahm zwei Aspirintabletten, aber es gelang ihm nicht, einzuschlafen, das Fieber hielt ihn in einem Zustand von betäubter Wachheit. Das Zimmer, in dem er lag, war groß und dunkel, obwohl er die Vorhänge zurückgezogen hatte, denn die Straße draußen, im nächtlichen Bourges, war finster; nur der rote Laternenrhombus eines Tabakbistros warf einen schwachen Reflex an den Plafond. Gegen zehn Uhr klopfte es, und Herr Schmitz kam herein, um nachzusehen, wie es seinem Begleiter ging. »Schwitzen Sie's mal aus«, sagte er, »dann sind Sie's morgen früh los!«

»Ich komme nie ins Schwitzen«, sagte der Doktor, »ich kriege immer nur Fieber, leichtes bis mittleres Fieber, und dann verschwindet es wieder.«

»Richtiges Fieber und dann richtig schwitzen wäre besser«, sagte Herr Schmitz. Er seufzte und zog einen Stuhl heran. Offenbar schien er noch etwas auf dem Herzen zu haben.

»Ich war noch eine Stunde draußen«, sagte er.

»Mein Gott«, sagte der Doktor, »hatten Sie immer noch nicht genug?«

Herr Schmitz überhörte die Frage. »Ich habe das Palais von einem Mann namens Jacques Cœur gesehen«, berichtete er. »Es war trotz der Dunkelheit ganz gut zu erkennen. Ich habe im Guide nachgesehen und festgestellt, daß Jacques Cœur der Schatzmeister von Karl dem Siebenten war – diesem Kerl, den die heilige Johanna auf den Thron gesetzt hat. Stimmt's?«

Der Doktor nickte. »Jacques Cœur war ein Großkapitalist. Er hat Karl dem Siebenten das Geld für seine Kriege gegen England besorgt.«

»Sehen Sie«, sagte Herr Schmitz, »es ist doch gut, zu wissen, daß die heilige Johanna von irgendwem finanziert worden ist. Das macht sie ja nicht kleiner. Aber jemand mußte auch das Geld für die Idee aufbringen. Immer muß es Leute geben, die Geld aufbringen, damit aus Ideen Wirklichkeit wird.«

Er brachte den Gemeinplatz hervor, als hätte er soeben die ungeheuerlichste Entdeckung gemacht. Der Doktor hätte gern gelacht, aber an dem schweren Mann, der da bei ihm am Bett saß, in einem dunklen Hotelzimmer in Bourges, war auf einmal etwas Lastendes, Trauriges zu spüren; Herr Schmitz saß da wie ein Trauerkloß, und der Doktor lachte nicht, aber er beschloß, die Gelegenheit zu benutzen und sich für die zwei Kathedralen und elf Schlösser zu rächen.

»Und für welche Ideen«, fragte er scharf, »bringen Sie Geld auf?«

Aber er hatte Herrn Schmitz unterschätzt. Der Trauerkloß hob zwar die Achseln, aber er hatte eine Antwort.

»Zeigen Sie mir eine heilige Johanna«, sagte er, »und ich finanziere sie.«

Am nächsten Morgen ging es dem Doktor etwas besser. Die

Straßen von Bourges waren von kleinen Mädchen in schwarzen Schulkitteln überschwemmt, und die beiden Männer gingen, den warmen, lebendigen Strom aus Geschrei und Geflüster teilend, zur Kathedrale, die, einem riesigen vergammelten Elefanten gleichend, der sich auf seine Knie niedergelassen hat, in der Stadt lagerte. Die Kathedrale von Bourges war in der Tat das Vergammeltste, was sie auf ihrer ganzen Reise zu Gesicht bekommen hatten, aber es war dem Doktor unerträglich, daß Herr Schmitz es aussprach, denn die Kathedrale war andererseits zauberhaft in ihrem Verfall, sie war zu groß in ihrer Elefantenmüdigkeit, als daß ein Kapitalist und Deutscher-Wunder-Mann, ein Kunstseidenfabrikant und krefelder Krokodil, sich um sie zu sorgen brauchte. Der Doktor erinnerte sich an seine Verpflichtung zum Widerspruch und fragte Herrn Schmitz, warum er das Bauwerk nicht einfach bewundere.

»Na, hören Sie mal«, sagte der Chef erstaunt, »das tue ich doch. Aber man darf nicht allzusehr loben, was man liebt.«

Jetzt erst begriff der Doktor. Während sie die Kirche betraten, dachte er voller Grimm daran, daß Herr Schmitz von Paris bis Bourges alles heruntergemacht hatte, was sie sahen. Und warum? Weil er es nicht ertrug, daß die Dinge, die er liebte, alt und dreckig geworden waren, in verwahrlosten Parks verkümmerten und aus leeren Fensterhöhlen starrten, dunkel und rissig und abbröckelnd und schweigend vergingen, von keinem Funkeln aus krefelder Fabriken getroffen und erhellt wurden, und auf einmal wußte der Doktor, daß Herrn Schmitz' Traum ein Traum von funkelnden Fabriken und funkelnden Schlössern war, eine Phantasmagorie aus glänzenden deutschen Fabriken und nagelneuen französischen Kathedralen, eine Tapisserie, in der Gegenwart und Geschichte aus strahlenden Kunstseidenfäden ineinander gewoben waren, glänzend und für alle Ewigkeit gemacht: Krefeld und Versailles.

Aber es gab keine heilige Johanna mehr. Nirgends ließ sich auch nur der kleinste Fetzen eines Mythos entdecken, den Herr Schmitz hätte finanzieren können. Glühend und tief das

Ensemble der Glasfenster von Bourges – Herr Schmitz sah es nicht. Sein Blick hing am verstaubten Grabmal des Jacques Cœur. Als sie die Kathedrale verließen, wartete bereits die Limousine, in deren schwarzem Lack man sich spiegeln konnte, ein mit schwach zitronenfarbenem Leder ausgeschlagener Sarg. Jeschke hatte ihn prachtvoll gewienert.

# *Grausiges Erlebnis eines venezianischen Ofensetzers*

Giuseppe Rossi, der Ofensetzer und Kaminspezialist, war hereingekommen, gestern abend, in Ugos Bar und hatte einen Grappa bestellt. Alle, die zu Ugos Bar gehörten, mochten Giuseppe gern, obwohl er etwas unheimlich aussah, mit seinem bleichen, mageren Gesicht und den schwarzen Rissen darin. Giuseppe hatte keine Falten im Gesicht, sondern Risse. Er sah aus wie einer, der viel mit Eisen arbeitet, vor allem aber sah er aus wie das Innere eines Kamins, wie eine dieser Höhlen, die bleich und verwischt sind und in deren Spalten und Mauerfugen sich der Ruß absetzt. Giuseppe kannte viele von diesen geheimen Gängen in Venedigs Häusern.

»Seit wann trinkst du denn eigentlich Schnaps?« hatte Ugo ihn erstaunt gefragt. »Kenn' ich ja gar nicht an dir!«

Alle sahen, wie Giuseppe sich schüttelte, nachdem er einen Schluck von dem Grappa getrunken hatte.

»Mein ganzes Abendessen hab' ich heute wieder ausgekotzt«, sagte er.

»Geh zum Doktor!« hatte Fabio gemeint, »wenn du was am Magen hast.« Man kann es Giuseppe Rossi nicht ansehen, ob er krank ist, hatte er überlegt; er sieht so bleich aus wie immer.

»Ich war für heute nachmittag zu den Salesianern in San Alvise bestellt«, sagte Giuseppe, anstatt Fabios Aufforderung zu beantworten.

»Hat das was mit deinem Unwohlsein zu tun?« fragte Ugo.

»An der Pforte erwartete mich einer, der war so groß wie du«, sagte Giuseppe, zu Ugo gewendet. »Aber er sah ganz anders aus. Er sah aus wie der liebe Gott persönlich.«

»Einen lieben Gott gibt's nicht«, sagte Ugo gekränkt und beinahe wütend. Seine weiße Goliathschürze bewegte sich heftig, aber seine Pranken spülten die Gläser so zart wie immer.

»Den hat's noch nie gegeben. Und wenn's ihn gibt, dann möchte ich nicht so aussehen wie der.«

»Nachher hab' ich gemerkt, daß er der Prior ist«, erzählte Giuseppe. »Er führte mich ins Refektorium und sagte mir, der Kamin zöge seit ein paar Wochen nicht mehr richtig, der Rauch drücke in den Saal. Als wir im Refektorium standen, kam der Kater herein«, fügte er hinzu.

»Ein Kater?« fragte Fabio verwundert, weil Giuseppe Rossi eine so alltägliche Sache so betont vorbrachte.

»Ein gelbes Riesenvieh«, antwortete Giuseppe. »Ich kann diese gelbe Sorte Katzen nicht leiden.«

»Weil sie keine Weiber haben, die Schwarzen, haben sie Katzen«, sagte Ugo.

»Er strich erst um den Prior herum. Die Salesianer tragen diese glatten schwarzen Kutten. Es sind eigentlich keine Kutten, es sind Soutanen.« Nachdenklich sagte er: »Die Salesianer sind sehr gelehrte Patres. Der Prior sah aus wie ein sehr gelehrter Herr.«

»Ich denke, er sah aus wie der liebe Gott, den es gar nicht gibt?« warf Ugo spöttisch dazwischen.

»Ja, wie der liebe Gott und wie ein sehr gelehrter Herr. Er sah nicht aus wie ...« Fabio bemerkte, daß Giuseppe einen Moment zögerte, »... wie Petrus.«

»Aha«, sagte Ugo, »und davon ist dir also schlecht geworden?«

»Aber nein«, sagte Giuseppe. »Kannst du nicht warten?« Er war mit seinen Gedanken so sehr bei seiner Geschichte, daß er die Verachtung in Ugos Stimme überhaupt nicht bemerkte. »Der Kater«, berichtete er, »strich einmal mit seinem ekelhaften Gelb um die Soutane des Priors herum, und dann stellte er sich vor den Kamin und schrie mit seiner widerwärtigen Stimme den Kamin an. Natürlich habe ich zu diesem Zeitpunkt gar nicht darauf geachtet, es fiel mir erst nachher auf. Ich sah mir den Kamin an, es war kein richtiger, ganz offener Kamin mehr, sondern sie hatten einen dieser eisernen Ventilationskästen eingebaut und ihn nach oben dicht gemacht, bis auf eine Klappe über dem Feuerrost, der Kamin mußte also ziehen. Ich fragte den Prior, wie lange sie den Kasten schon drin hätten, und er sagte ›Drei Jahre‹, und da sagte ich, dann wären wahrscheinlich nur die Rohre und die Öffnung, die durch die Mauer nach außen führe, hinter dem Kasten, verschmutzt. Er sagte, das habe er sich auch gedacht. Ich fragte ihn, was hinter der Mauer sei, und er antwortete ›Der Rione‹, und die Öffnung sei mindestens drei Meter über dem Wasser in der Wand, man käme von außen nicht dran. Ich sagte, wenn das so sei, dann müsse ich den ganzen Kasten herausnehmen. Ich solle nur das machen, was ich für richtig halte, sagte er, aber ich solle mich beeilen, sie könnten kaum noch essen im Refektorium vor Qualm. Und während der ganzen Zeit, in der wir uns unterhielten, schrie das gelbe Vieh von Zeit zu Zeit vor dem Kamin herum. Wenn nicht dieser vornehme Pater Prior dabei gewesen wäre, hätte ich ihm einen Tritt gegeben.«

Alle, die gerade in Ugos Bar waren, hörten jetzt Giuseppe zu. Der Ofensetzer trank den Grappa aus und schüttelte sich wieder. Ohne ein Wort zu sagen, schob Ugo ihm ein Glas Rotwein hin.

»Ich untersuchte den Kasten. Bei solchen Kästen sollte nur die Basis mit dem Feuerrost einzementiert sein und der Kasten soll darauf gesetzt und gut eingepaßt werden, so daß man ihn jederzeit abnehmen kann. Aber die meisten machen es falsch und schmieren auch um die untere Fuge des Kastens Zement. Stümper!« Er schwieg einen Augenblick erbittert, ehe er fortfuhr: »Ich fing also an, den Zementkranz unten wegzuschlagen. Der Prior war hinausgegangen, aber ein paar Mönche waren hereingekommen und sahen mir bei der Arbeit zu, weshalb ich den Kater nicht hinausjagen konnte, der sich ein paarmal wie ein Verrückter benahm und den glatten Eisenkasten hinaufwollte. Er war so groß wie ein Hund ...«

»... und so fett wie ein Schwein«, unterbrach ihn Ugo. »Er war sicher so fett wie alle diese fetten, kastrierten Kloster-Kater.«

»Nein«, sagte Giuseppe, »er war überhaupt nicht fett. Er war auch bestimmt nicht kastriert. Alles an ihm war Muskeln, und er war so groß wie ein mittlerer Hund, und auf einmal bekam ich Angst vor ihm. Ich mußte ihn auf einmal ansehen, und als ich sein Gesicht sah und seine Muskeln, da sah ich, daß ich ihn nicht hätte verjagen können. In diesem Augenblick bemerkte ich, daß wieder der Pater Prior neben mir stand, obwohl ich nur seine Füße sehen konnte, denn ich kniete unter dem Kamin-Balken, und ich hörte, wie er sagte: ›Was hat das Tier nur?‹ ›Vielleicht wittert es Mäuse‹, hörte ich einen von den Mönchen sagen. Ich mußte grinsen, da unten, in meinem Kamin, und ich wollte schon etwas sagen, aber der Prior nahm es mir ab. ›Unsinn‹, sagte er, ›wenn eine Katze Mäuse wittert, verhält sie sich ganz still.‹ Ich dachte, das ist nicht nur ein gelehrter Herr, sondern ein Mann, der wirklich etwas weiß. Man kann sehr gelehrt sein und doch nicht wissen, wie eine Katze sich benimmt, wenn sie ein Mäuseloch findet.«

»Mach weiter!« sagte Ugo. »Wir wissen schon, daß er der liebe Gott persönlich war.«

»Ich hatte den Zementkranz bald losgeschlagen und richtete mich auf, um den Kasten herauszuheben, aber das war gar nicht so einfach, er war schwer und das Eisen war eingerostet und ich brauchte eine ganze Weile, bis ich ihn richtig gelockert hatte. Während der ganzen Zeit stand dieses gelbe Vieh neben mir, ich sage, es stand, es saß nicht, wie eine normale Katze, die auf etwas wartet, sondern es stand auf gestreckten Beinen, und ich sah, daß es die Krallen herausgestreckt hatte. Ich bat einen der Mönche, mir zu helfen, den Kasten wegzurücken, und während wir ihn anfaßten und begannen, ihn zur Seite zu schieben, mußte ich nun doch dem Kater einen Tritt geben, weil er nicht von meinen Füßen wegging. Er flog ein paar Meter in den Saal hinein, richtete sich fauchend wieder auf und sah mich an, als wolle er sich auf mich stürzen.« Giuseppe Rossi unterbrach sich. »Ich glaube, ich sollte doch nicht weitererzählen«, sagte er. »Es ist zu unappetitlich.«

»Wir sind hier alle sehr zart besaitet«, sagte Ugo und blickte auf die Männer, die vor dem Bar-Tisch standen. »Und vor allem haben wir es sehr gern, wenn einer mitten in einer Geschichte aufhört.«

»Nun bring schon die Leiche hinter deinem Kamin heraus!« sagte Fabio. »Wir sind darauf gefaßt.«

»Keine Leiche«, sagte Giuseppe. »Wir hatten also gerade den Kasten weggerückt, der Mönch und ich, da sah ich schon, daß die Luftöffnung nach draußen ganz verstopft war. Der Kamin konnte nicht mehr ziehen, so verstopft war sie. Mit Stroh und allerhand Dreck. Und ich merkte, daß sich etwas darin bewegte. Zuerst konnte ich nichts erkennen, weil der Luftschacht ganz dunkel war von all dem Zeug, das sich darin befand, aber dann sah ich etwas Spitzes, Helles, das sich bewegte. Eine Rattenschnauze.«

Er griff nach dem Weinglas, aber er trank nicht daraus, sondern setzte es nach einer Weile wieder auf die Zinkplatte des Tisches.

»Ich zog mich ein wenig zurück«, fuhr er fort, »und war gerade dabei, dem Prior zu sagen, was ich bemerkt hatte, als der Kater auch schon heran war. Er schoß wie eine Kugel auf die jetzt freigelegte hintere Wand des Kamins zu, und ich dachte, er wäre mit einem Satz im Luftschacht drin, aber statt dessen bremste er ganz plötzlich ab und duckte sich unter dem Loch auf dem Boden, er lag mit dem Bauch auf dem Boden, hatte seine Vorderpfoten ausgestreckt und den Kopf nach oben gerichtet, während sein Schwanz ganz gerade von ihm abstand. Er war völlig unbeweglich, und ich glaube, die Mönche und der Prior und ich, wir alle waren genauso erstarrt, denn im Eingang des Schachts war eine Ratte erschienen ... eine Ratte, sage ich ...«

Der Ofensetzer starrte auf die Wand hinter Ugo, und Fabio hätte sich nicht gewundert, wenn in seinen Pupillen das Doppelbildnis der Ratte, die er gesehen hatte, erschienen wäre.

»In meinem Beruf hat man häufig mit Ratten zu tun«, sagte Giuseppe. »In meinem Beruf und in einer Stadt wie der unseren.

Aber ihr dürft mir glauben, wenn ich sage, daß ich so ein Trumm von einer Ratte noch nie gesehen habe. Sie stand da oben, im Eingang ihres Lochs, und sie füllte das Loch völlig aus. Wie sie jemals hinter dem Ofen herausgekommen ist – denn sie muß ja nachts herausgekommen sein –, ist mir völlig schleierhaft. Na, jedenfalls sie stand da oben, ihr Fell war nicht grau, sondern weiß, ein schmutziges, scheußliches Weiß, und der gelbe Kater stand unter ihr und stieß ein Knurren aus. Aber während ich nicht den Kopf wegdrehen konnte, sagte der Pater Prior zu einem der Mönche ›Pater Bruno, holen Sie eine Schaufel!‹ Und er fügte hinzu: ›Schließen Sie die Türe, wenn Sie hinausgehen und wenn Sie wieder hereinkommen!‹ Ich muß schon sagen, der Mann hatte die Ruhe weg.

Dann ging alles sehr schnell, und ich kann euch sagen, die schwarzen Soutanen der Mönche tanzten nur so an den weißen Wänden des Refektoriums entlang, als die Ratte herunterkam. Ich bin auch gesprungen, und nur der Pater Prior ist ganz ruhig stehen geblieben und sah sich die Sache an. Die Ratte machte zuerst einen Fluchtversuch, aber der Kater hatte natürlich ganz schnell seine Krallen in ihrem Rücken, und da entschloß sie sich und griff ihn an. Sie hatte einfach keine andere Wahl. Jetzt, wo sie im Saal war, konnte man sehen, wie groß sie war. Sie war natürlich nicht so groß wie der Kater, aber für eine Ratte war sie enorm groß. Sie war ein Ungeheuer, sie war ein schmutziges weißes Ungeheuer, fett und rasend, und der Kater war ein Ungetüm, ein gelbes, widerwärtiges, muskulöses Ungetüm. Habt ihr schon mal gesehen, wie eine Ratte eine Katze angreift?«

Niemand gab ihm eine Antwort. Ugo hatte mit seinem ewigen Gläserspülen aufgehört, und alle sahen angeekelt auf das bleiche Gesicht des Ofensetzers.

»Sie kommen von unten«, sagte er. »Diese da drehte sich um und wühlte sich mit ein paar Bewegungen unter den Kater und verbiß sich in seinem Hals. Der Kater raste wie ein Irrsinniger ein paarmal durch den Saal, aber er bekam die Ratte nicht von seinem Hals weg, und zuerst schoß das Blut aus seinem Hals wie eine kleine Fontäne hoch, aber dann sickerte es nur noch, und er konnte nichts anderes tun, als die Kopfhaut und die Rückenhaut der Ratte mit seinen Krallen und seinen Zähnen aufreißen. Das Katzenblut und das Rattenblut versauten den ganzen Saal. Ein paar von den Mönchen schrien geradezu vor Entsetzen.«

»Mach's kurz!« sagte einer von Ugos Gästen, und ein anderer: »So genau wollten wir's nicht wissen.«

»Ich hab' euch ja gewarnt«, erwiderte Giuseppe. »Ich bin auch schon fertig. Nur von dem Prior muß ich noch etwas erzählen. Als wir es beinahe nicht mehr ausgehalten hätten, hörten wir Schritte auf dem Gang, und der Pater Bruno kam mit der Schaufel herein. Er blieb erschrocken stehen, als er sah, was vorging, aber der Pater Prior war mit ein paar Schritten bei ihm und nahm ihm die Schaufel aus der Hand. Ich hatte gedacht, er wolle die Schaufel, um die Ratte damit totzuschlagen, aber er tat etwas ganz anderes. Er schob die Schaufel unter die beiden Tiere, die jetzt in der Mitte des Saales miteinander kämpften, sie kämpften nun schon langsamer, ineinander vergraben, die Schaufel war zu klein, um die beiden verrückten Riesenviecher zu fassen, aber sie ließen nicht voneinander ab, und so hingen sie rechts und links von der Schaufel herunter, das eine ekelhaft gelb und das andere dreckig weiß und beide von Blut überströmt, und der Prior schrie uns plötzlich an ›Steht doch nicht herum! Öffnet ein Fenster!‹ und ich riß eines der großen Fenster im Refektorium auf, und der Prior trug die Schaufel zum Fenster und kippte die Tiere hinaus. Wir hörten das Klatschen, mit dem sie unten auf das Wasser des Kanals aufschlugen. Keiner schaute hinaus, nur der Prior, und dann drehte er sich wieder zu uns um, gab dem Pater Bruno die Schaufel zurück und sagte ›Waschen Sie das Blut ab!‹, und zu den anderen sagte er: ›Holt Eimer und Besen, damit wir das Refektorium schnell wieder sauber kriegen!‹, und zu mir sagte er ›Glauben Sie, daß Sie den Kamin heute abend in Ordnung haben?‹ und ich sagte ›ja‹ und fing gleich mit der Arbeit an, aber eine Weile später mußte ich hinaus auf die Toilette, weil es mir hochkam.«

»Salute«, sagte Ugo, »ich gebe eine Runde Grappa aus. Wer will keinen?« Niemand sagte nein, und Ugo stellte die Gläser auf den Tisch.

»Das ist ein Mann, der Prior«, sagte Giuseppe, »er ist nicht nur gelehrt, er weiß auch wirklich etwas, und nicht nur das: er tut auch etwas. Er war der einzige von uns, der sich die Sache ansah und im voraus wußte, was zu tun war, und etwas tat.«

»Kurz und gut – ein Mann wie der liebe Gott. Du brauchst es nicht noch einmal zu betonen«, sagte Ugo.

»Ihr werdet es komisch finden«, sagte Giuseppe Rossi, der Ofensetzer, »als er so ruhig im Saal stand, mit gekreuzten Armen, während die Viecher herumtobten und wir von einer Ecke in die andere sprangen, da dachte ich einen Moment lang: das ist kein Mensch.«

Spät in der Nacht ging Fabio mit Giuseppe nach Hause. Rossi wohnte in der Nähe von San Samuele, so daß sie ein Stück weit den gleichen Weg hatten. Als sie sich verabschiedeten, vor der Türe, hinter der sich seine Werkstatt befand, sagte der Ofensetzer unvermittelt: »Er ist aber doch ein Mensch.«

»Du meinst den Prior?« fragte Fabio. Ohne eine Antwort abzuwarten, fügte er hinzu: »Sicherlich ist er ein Mensch.«

»Er äußerte etwas Seltsames«, sagte Giuseppe. »Als ich ging, gab er mir die Hand und fragte: ›Geht's Ihnen wieder besser?‹, und als ich nickte, sagte er bedauernd: ›Diese unvernünftigen Tiere!‹ Und dann fragte er mich: ›Finden Sie nicht, daß Gott den Tieren etwas mehr Vernunft hätte verleihen können?‹«

Fabio stieß einen Laut der Verwunderung aus.

»Nicht wahr, das ist doch eine merkwürdige Frage?« sagte Giuseppe.

»Für einen Mönch ist sie ungewöhnlich«, stimmte Fabio zu.

»Und dabei sieht er aus wie ein wirklich frommer Mann«, sagte Giuseppe. »Ich wußte nicht, was ich ihm antworten sollte, und er hat auch, glaube ich, keine Antwort erwartet. Aber ich frage mich jetzt, Fabio, ob man fromm sein kann, richtig fromm, und doch nicht alles für richtig zu halten braucht, was Gott tut.«

Die Nacht war, wie die Nächte in Venedig sind: still. Still, aber nicht tot. Fabio hörte das Wasser des Canalazzo an den Landesteg von San Samuele klatschen.

»Ich weiß es nicht«, antwortete er.

# *Ein Liebhaber des Halbschattens*

## 1

Seine Mutter brauchte heute lange, bis sie fertig wurde; das war eigentlich merkwürdig, weil sie sonst eine Flinke war; mit ihren dreiundsiebzig Jahren war sie noch immer die alerte, zielbewußte kleine Dame, die sie ihr ganzes Leben lang gewesen war. Ihr Zögern hätte Lothar Witte also auffallen müssen, aber es fiel ihm nicht auf; erst am Nachmittag, kurz ehe das Unglück bei Barrentin geschah, sollte er erfahren, welche Bewandtnis es damit hatte, daß seine Mutter, ganz gegen ihre Gewohnheit, an jenem Morgen im Haus herumgetrödelt hatte, ehe sie endlich erschien und den Gartenweg der frohnauer Villa entlang auf den Opel zuging, in dem Lothar, nachdem er schon vor einer Viertelstunde ihre beiden Koffer eingeladen hatte, halb ungeduldig, halb dösend saß und auf sie wartete. Er saß und starrte auf die mit Laubgrün verhängte frohnauer Villenstraße, auf das hellgrau verputzte, langweilige Haus, in dem er bis zum Ende des Krieges gewohnt hatte und in dem seine Mutter wohnen geblieben war – sie vermietete den Hauptteil jetzt an andere Leute –, und es war ihm deutlich bewußt, daß er auf die Jahre mit Melanie starrte, ohne etwas Besonderes zu empfinden; schon seit ein paar Jahren konnte er, wenn er nach Berlin kam, zu seiner Mutter hinausfahren und in diesem Hause umhergehen, ohne daß ihn die Erinnerung an Melanie zu überstürzten Aufbrüchen trieb, wie in den ersten Jahren nach jenem Oktobermorgen im Jahre 47, an dem Melanie so ganz und gar unwiderruflich abgereist war. Vierzehn Jahre später war das eben ausgestanden, mußte es wohl ausgestanden sein, wenn Lothar hier sitzen und dösend warten konnte, wenn er nicht auf der Stelle den Motor anließ und abfuhr. Aber er dachte gar nicht daran, dachte überhaupt nur flüchtig an Melanie, so, wie er schon lange aufgehört hatte, Richard Brahm, Melanies Mann, gegenüber ihren Namen zu erwähnen; eines Tages hatten sie beide, wie auf Verabredung, ihren Melanie-Kult beendet, gaben sie ihre Versuche, das Andenken der Verschwundenen zu zelebrieren, auf, und ihr Schatten – ein Schatten, so durchsichtig und leuchtend, wie nur die zarte, braunhäutige, sich mit Vorliebe in dünne Stoffe aus sehr reinen, hellen, fast ausgebleichten Farben kleidende Melanie ihn werfen konnte – war nur noch in ihre Gespräche geraten, wenn sie hinsichtlich der Kinder irgendeine Entscheidung zu treffen hatten. Dann war Brahm von Hannover nach Göttingen gekommen und hatte sich sorgenvoll mit Lothar beraten; die Kinder waren schwierig und kostspielig gewesen, die beiden Männer hatten es immer wieder mit neuen Schulen versucht, aber es hatte nie geklappt, die Kinder waren ein Kreuz. Übrigens waren sie es seit einiger Zeit nicht mehr; sie waren erwachsen geworden und halfen sich selber weiter – so war denn auch diese Seite der Angelegenheit erledigt. Doch nicht einmal daran dachte Lothar Witte an jenem Morgen; abgesehen von den Augenblikken, in denen die Erinnerung an die überaus peinliche Szene in Professor Tilius' Vorzimmer, gestern nachmittag, wiederkehrte – und Lothar hatte bereits eine Technik entwickelt, sie zu vergessen –, war dies überhaupt ein angenehm problemloser Morgen, gestört höchstens von dem Verlangen nach Alkohol, das Lothar peinigte; da seine Mutter sich immer noch im Hause aufhielt, trank er schließlich einen Schluck Cognac aus der Reiseflasche, die im Handschuhfach lag. Er spürte fast sofort die Wirkung; plötzlich genoß er den Blick auf die vollkommen leblose Straße, ihr lichtloses Sommergrün, in das sie eingehüllt war, ihr Pflaster aus kleinen graublauen Steinen, das nichts spiegelte und auf dem kein Schatten sich abzeichnete, das sich auf nichts weiter bezog als auf sich selbst, ein trockenes und sauberes Pflaster in Frohnau bei Berlin, stumm unter einem Dach aus Allee- und Villenlaub, das den Himmel verhängte.

Endlich sah er seine Mutter aus dem Haus treten; klein und kerzengerade näherte sie sich. Sie hatte ein dunkelgraues Jakkenkleid an, über dem scharf angewinkelten linken Unterarm lag ihr Regenmantel, während sie mit der linken Hand ihre uralte Ledertasche und ihre Handschuhe trug. Wie preußisch sie wirkt, dachte Lothar, während er ihr im Sitzen die Türe offenhielt und sie beobachtete, wie sie schnell und genau den Gartenweg entlangging, wie sie nicht vergaß, mit einer knappen Bewegung die Pforte hinter sich zu schließen, ehe sie auf den Wagen zutrat, eine Spur schuldbewußt, weil sie zu ihrem eigenen Erstaunen ihren Sohn hatte warten lassen, so daß sie, wie immer, wenn sie sich unsicher fühlte, ihrem Gesicht einen Ausdruck gab, der noch hochmütiger war als sonst. Aber sie ist gar nicht hochmütig, dachte Lothar, sie wirkt nur so, weil sie diese straffe kleine Figur hat, und eine Nase, als stamme sie von den Quitzows oder Kottwitz ab – dabei stammte sie nur aus einem Pfarrhaus im havelländischen Luch –, und einen Mund von der Gemessenheit eines Wappenspruchs. »Sie sieht genau so aus, wie man sich die Witwe eines preußischen Oberstleutnants vorstellt«, bemerkten Lothars Freunde in der Regel, wenn sie bei ihr eingeführt worden waren, worauf Lothar trocken zu replizieren pflegte, der Oberstleutnant selbst, sein Vater, habe hingegen überhaupt nicht preußisch ausgesehen. »Sondern wie?« fragte dann mitunter einer, worauf Lothar manchmal eine Fotografie hervorkramte, die den alten Herrn im polnischen Feldquartier zeigte, kurz vor dem Gefecht bei Szamotuly im September 1940, in dem er gefallen war – eine mächtige und zerfließende Gestalt, die Lothar so sehr ähnelte, daß der Freund betreten auf das Bildnis blickte. Es war nämlich auf eine unklare Weise bedenklich, einen gealterten Lothar in der Uniform eines hohen Infanterieoffiziers wiederzuerkennen, wie er nicht ohne Arroganz etwas betrachtete, was ihm offensichtlich mißfiel. Mochte es der Krieg sein, das falsche Verhalten eines Soldaten oder einfach nur das Wetter – der ältere Witte, dessen einziges Kind Lothar aus unaufgeklärten Gründen geblieben war, blickte kurz vor seinem Tode auf das, was das Leben ihm gerade vorführen mochte, genau so, wie Lothar in gewissen Momenten einen Freund betrachten konnte: mit kaltem, abweisendem Interesse.

»Wo hast du so lange gesteckt?« fragte Lothar, während er seiner Mutter half, sich im Auto zu etablieren.

»Ach, nichts Besonderes«, erwiderte sie, etwas verwirrt.

Er hörte nicht genau hin und ließ sich damit abspeisen, daß sie, nachdem sie sich wieder gefaßt hatte, hinzufügte: »Ich habe eine Zeitlang nach meinen Handschuhen suchen müssen.«

Als sie die Tegeler Chaussee entlangfuhren, dachte Lothar wieder an die Cognacflasche und nahm sich vor, sie bei nächster Gelegenheit unauffällig aus dem Handschuhfach zu holen und in seine Jackentasche zu stecken. In der Ferne lagen die Fabriken von Siemensstadt flach und deutlich unter einem Himmel von fast weißem Grau. Ein angenehmer Tag, dachte Lothar. Er liebte schattenloses, neutrales Wetter. Die Fahrt nach Hamburg würde hübsch werden bei solchem Wetter. Seine Mutter wollte Verwandte in Hamburg besuchen, und er hatte sich angeboten, sie hinzubringen, da er Semesterferien hatte und der kleine Umweg nach Norden ihn reizte. Auf der Fahrt durch die Mark und das südliche Mecklenburg würde er, nach Jahren wieder, Gelegenheit haben, Stücke der Landschaft zu sehen, die einmal von so großer Bedeutung für ihn gewesen war.

Seine Mutter hatte den Vorschlag, wenn auch zögernd, angenommen. »Du weißt, ich mache mir nichts aus Autofahrten«, hatte sie erklärt, aber Lothar wußte, daß sie Angst hatte, er würde unterwegs anfangen zu trinken.

»Du könntest mir endlich erzählen, wie dein Gespräch gestern ausgegangen ist«, sagte sie. »Bekommst du die Berufung nach Berlin?«

Lothar schüttelte den Kopf. Er mußte sich eine Weile auf den Verkehr konzentrieren, dann sagte er: »Sie wollen mich nicht haben.«

## 2

Er sah sich, nachdem er diesen Satz ausgesprochen hatte, wieder in jenem Café am Kurfürstendamm sitzen, in dem er gestern nachmittag gewartet hatte, bis es an der Zeit gewesen war, zu Professor Tilius zu gehen. Obwohl die Sonne schien, saß er nicht an einem der Tische im Freien, sondern im Inneren, allerdings nicht im dunklen Hintergrund des Raumes, sondern noch am Rande der großen geöffneten Fenster, so daß er das Leben auf der Straße beobachten konnte, aber eben nicht wie ein Höhlentier, dessen in der Tiefe glosende Augen man schließlich wahrnimmt, sondern unauffällig in einer neutralen Zone, in der Licht und Schatten sich durchdrangen, im Bereich des Halbschattens, in dem er gut denken konnte. Er sah sich die Frauen an, die an den Flaneurstischen unter der großen gestreiften Markise saßen, blickte auch denen nach, die auf dem Boulevard vorbeigingen, erwog, ob er eine Bekanntschaft machen solle, aber der Cognac, den er trank, hatte ihn bereits in seinen Bann geschlagen; er saß schwer auf seinem Stuhl, ein paar Zeitschriften, die er gekauft hatte, auf dem Tisch vor sich; er hatte einen Blick in sie hinein tun wollen, konnte sich aber nicht entschließen, sondern dachte über das Thema seiner göttinger Vorlesungen nach, unterbrochen von gelegentlichen Seitenblicken auf weibliche Erscheinungen; Segmente von Kleidern und Haaren mischten sich in Aspekte gewisser Gedankengänge des Amaury de Bêne, der im Jahre 1206 gestorben war, der Satz ›Omnia unum, quia quidquid est, est deus‹ erschien plötzlich auf dem Hintergrund eines Gelb, das aus einem berliner Schneider-Atelier hervorgegangen war und von einer schwarzen Modefrisur umströmt wurde wie von Wind; dazu traten Überlegungen der Art, wieviel besser es sein würde, in Berlin zu leben, anstatt in Göttingen. Das Provinzielle Göttingens störte Lothar nicht, aber es war so, daß Göttingen ihn einfach nichts anging, selbst wenn er es sich gelegentlich mit Lichtenberg illuminierte. Auch Lichtenberg wäre eine Berliner Professur schließlich lieber gewesen als ein Leben in Göttingen. Lichtenberg war in Göttingen ein toter Mann, während Fontane in Berlin merkwürdigerweise immer noch lebte, und es tat seiner Anwesenheit keinen Eintrag, daß die Wege nach Neuruppin oder in den Dosse-Bruch schändlicherweise verschlossen waren. Lothar, in einem milden Kaffehaus sitzend, gedachte seiner zurückhaltenden, nüchternen Lieblingsschriftsteller, indem er sie vor einen Prospekt aus Avenuen und Kiefernlandschaften stellte; schließlich brachte er ein Blickverhältnis mit einem hübschen dunkelblonden Mädchen fertig, das schräg links von ihm an einem Tisch im Freien saß, gab es jedoch nach ein paar Minuten auf und versank aufs neue in Trägheit. Beklommen gestand er sich wieder einmal ein, daß auf dem Grunde seiner Neigung zur Nüchternheit, zum gebrochenen Licht, etwas lag, was dieser Neigung widersprach; seine großen Halbschattenmomente erkaufte er sich regelmäßig mit Alkohol, mit einem Hang, der, auch wenn er nicht jedesmal in einen Rausch ausartete, ein Hang zu etwas ganz und gar Wüstem war. Er bestellte sich noch ein Glas Rémy-Martin – das dritte – und trank es langsam aus, ehe er sich erhob, weil es fünf Uhr geworden, die Sonne erloschen und die Zeit gekommen war, die Universität aufzusuchen.

Bereits im Korridor traf er den feisten, kleinen, von allen Hunden gehetzten Tilius, neben dem Lothar sich ausnahm wie ein würdiger, seinen Studien und dem Wein ergebener Provinzprälat, der irgendeiner Sache wegen bei einem schnellen, wendigen Monsignore aus der Kardinalsuite zu antichambrieren hat. Im Geiste nannte er Tilius einen philosophischen Windmacher, geschickten Auswerter, Kompilator von Ideen anderer, Verfasser von Büchern mit erregenden Titeln, glänzenden Verhandler, Taktiker im Getriebe der Institutionen, Karrieristen – Lothars akademischer Kollegenhaß erfand in bezug auf den Dekan der philosophischen Fakultät immer neue Definitionen –, und sein Gespräch mit ihm verlief genau so, wie er es sich vorgestellt hatte, mit betont freundlichem Empfang, herzlichem Hereinziehen ins Dekanszimmer, an der Sekretärin vorbei – »schön, mein lieber Witte, daß Sie sich wieder einmal anschauen lassen!« –, mit Tilius' geübter Suada und Lothar Wittes ebenso geübter, in ironischem Ton vorgebrachter, scheinbar gar nicht ernst gemeinter Frage nach einer möglichen Berufung in die berliner Fakultät, so sorgfältig nach der akademischen Regel, daß Tilius nicht einmal eine direkte Ablehnung auszusprechen brauchte. In diesen Vorgang eingelassen ein schneller Wortwechsel, in dem es Ernst wurde, in dem – und sie wußten es beide – die Entscheidung fiel, nachdem Tilius gefragt hatte: »Worüber werden Sie im nächsten Semester lesen?« »Über einige Ausformungen der Spiritualenbewegung im späten dreizehnten Jahrhundert«, gab Lothar Auskunft. »Ramon Lull, Olivi und andere.«

»Sehr interessant«, sagte Tilius, aber Lothar spürte doch, wie sein Gesprächspartner unangenehm berührt war. Tilius nahm sich zusammen. »Ein ziemlich abseitiges Thema«, meinte er, »aber Sie werden sicherlich gewisse Parallelen zur heutigen Situation ...«, er brach ab, weil er sah, wie Lothar durch ein majestätisches Kopfschütteln bereits seine Antwort gab.

»Im Gegenteil«, sagte er, mit jener Ironie eines regierenden Fürsten, die ihm von seinen Kollegen stets so übelgenommen wurde, »mich reizt es gerade, Lagen zu zeigen, deren Bedingungen mit nichts anderem verglichen werden können. Überhaupt interessiert mich an einem Vorgang nur, zu untersuchen, inwiefern er einzigartig ist.«

Es war das Stichwort, mit dem Tilius sich aus der Affäre ziehen konnte, und Tilius ergriff es und begann, über die berliner Situation zu extemporieren. Lothar hörte kaum zu, das Gespräch war schon zu Ende, er hatte sich selbst als Einzelgänger abgestempelt, als jener ewige Privatdozent, dessen geistesgeschichtliche Studien gelegentlich Aufsehen erregten, im ganzen aber doch zu ›abseitig‹ waren, um eine ordentliche Professur zu rechtfertigen. In Rezensionen nannte man ihn entweder einen ›begabten, oft genialen Außenseiter‹ oder, ins Abschätzige gewendet, einen ›bedeutenden Kopf, der sich in kleiner Münze ausgibt‹. Als Lothar bemerkte, wie sich in Tilius' Stimme etwas

Schuldbewußtes und damit Ungeduldiges mischte, erhob er sich, um sich zu verabschieden. Der einzige Unterschied zwischen dieser Unterhaltung und den Gesprächen, die Lothar in vergangenen Jahren mit Tilius geführt hatte, bestand darin, daß er heute ein heftiges Verlangen spürte, in Berlin bleiben zu können. Noch seine letzte Bewerbung vor zwei Jahren war ihm als eine Herausforderung des Schicksals erschienen, wenn er an Melanie dachte, und die Ablehnung der Universität hatte ihn erleichtert aufatmen lassen, weil er damals angenommen hatte, nicht zusammen mit seinen Erinnerungen in dieser Stadt leben zu können. Das schien nun vorbei zu sein, und mit Bedauern dachte er daran, daß ihm Berlin verschlossen war. Vielleicht werde ich ein Gesuch machen, mich hier als Privatdozent niederlassen zu dürfen, dachte er noch vage, als ihn Tilius durch das Vorzimmer zur Türe begleitete.

Nachdem er sich bereits von dem Professor verabschiedet hatte, drehte Lothar sich in der geöffneten Türe wieder um, halb entschlossen, Tilius noch ein Wort wegen seiner privaten Um-Habilitierung zu sagen. Er erblickte die Sekretärin, wie sie lächelnd in Tilius' Zimmer sah und dabei die Gebärde des Trinkens machte. Lothar starrte sie einen Moment entgeistert an, er begriff nicht sogleich, sie wurde seiner Anwesenheit gewahr, und ihr Gesicht lief blutrot an, während die Gebärde ihrer Hand erstarb. Kalt vor Entsetzen ging Lothar den Universitätskorridor entlang. In der Halle unten mußte er sich einen Augenblick hinsetzen; er war weiß um die Nase herum.

## 3

Den Aufenthalt am Grenzkontrollpunkt Staaken benutzte Lothar dazu, die Cognacflasche aus dem Handschuhfach zu nehmen. Seine Mutter war bereits auf die Baracke der Grenzpolizei zugegangen, während er damit beschäftigt war, die Koffer aus dem Auto zu heben, und nachdem er mit einem halben Blick beobachtet hatte, wie sie in dem Gebäude verschwunden war, holte er die Flasche hervor, nahm verstohlen einen Schluck zu sich und steckte sie danach in seine Jackentasche. Ein Polizist sah ihm dabei zu, aber gleichgültig; Lothar konnte aus seiner Haltung nicht erraten, was er dachte. Unter den Blicken des Mannes trug er die Koffer in die Baracke. Die Vopos kontrollierten pedantisch und schweigsam das Gepäck, fanden aber in den Koffern seiner Mutter nichts, was sie zu Fragen veranlaßte; nur bei dem Inhalt von Lothars Aktenmappe – Bücher, Aufzeichnungen – hielten sie sich etwas länger auf und tauschten unter sich halblaute Bemerkungen aus, ehe sie ihm die Mappe mit dem Ausdruck einer gewissen Aufmerksamkeit zurückgaben. Am Ausgang instruierte sie ein Beamter über die Geschwindigkeitsbegrenzungen auf der Strecke und gab Lothar einen Merkzettel, auf dem angegeben war, innerhalb welchen Zeitraums er sich bei dem Kontrollpunkt Ludwigslust zu melden habe. Der Tag war noch immer sommerlich, bedeckt und hellgrau, als Lothar die Koffer wieder ins Auto lud. Nachdem seine Mutter eingestiegen war, bat er sie, noch einen Augenblick zu warten, und suchte die Toilette auf. Dort trank er noch einmal aus der Flasche, ehe er zum Auto zurückkehrte. Er spülte seinen Mund mit Wasser aus, aber nachdem sie schon eine ganze Strecke gefahren waren, sagte seine Mutter zu ihm: »Du hast getrunken, Lothar!«

»Nur einen kleinen Schluck Cognac, Mama«, erwiderte er. »Ich hatte ein flaues Gefühl im Magen.«

Er wußte, wie sie nun angestrengt darüber nachdachte, ob sie so weit gehen solle, die Flasche von ihm zu fordern, um sie bis zum Ende der Reise in Gewahrsam zu nehmen, aber er kannte seine Mutter sehr gut und setzte darauf, daß sie sich zu einer solchen Erniedrigung ihres Sohnes nur im äußersten Notfall entschließen würde, und er behielt recht. Aber vielleicht schwieg seine Mutter auch nur, weil ihnen – sie fuhren gerade an den nauener Kasernen vorbei – ein Truppentransport entgegenkam, Lastautos, in denen russische Soldaten standen. Obwohl es Sommer war, trugen sie lange Mäntel. Unbeweglich standen sie auf den Autos, ihre breiten Stahlhelme auf den Köpfen.

Als sie vorbei waren, wurde die Straße sehr still. Die Abstände, in denen sie anderen Autos begegneten, wurden immer länger. Lothar spürte, daß der Alkohol sich zwischen ihn und die Dinge – die Dinge im Auto und die Dinge außerhalb des Autos – gelegt hatte; er nahm sie, in seinen Fahrersitz zurückgelehnt wie in einen Theatersessel, aus einer gewissen Distanz wahr, was ihm ein trügerisches Gefühl von Sicherheit verschaffte; aber da er sich eben nur die Nase begossen hatte, war er sich durchaus klar darüber, daß seine Sicherheit ihren Grund in der ruhigen, fast unbelebten Straße hatte und in der herabgeminderten Geschwindigkeit, zu der ihn die Vorschrift zwang. Immerhin war es angenehm, die Wassergräben, Torfpyramiden und Birkenwege, an denen sie vorbeifuhren, aus einer Art königlichen und scharfsichtigen Abstands zu erblikken; Lothar nahm sogar den feinen Torfstaub wahr, der über dem Land lag; wie hatte Fontane ihn genannt? Lothar grübelte eine Weile, bis er sich erinnerte: als schnupftabakfarben hatte Fontane ihn bezeichnet.

»Das Luch!«, rief Lothar plötzlich. »Mama, denk mal, wir fahren durch das Luch.«

»Unsinn«, sagte seine Mutter, »wir fahren auf Friesack zu. Das havelländische Luch liegt südlich von hier, und das Wustrauer Luch nördlich, in der Nähe des Ruppiner Sees.«

Sie kennt hier Weg und Steg, dachte Lothar, Kunststück, sie ist ja hier aufgewachsen; wie hieß das Kaff doch gleich, in dem ihr alter Herr als Pastor geamtet hatte? Stechow.

»Sollen wir nach Stechow fahren, Mama?« fragte er. »Es kann höchstens zwanzig Kilometer von hier sein.«

»Um Gottes willen«, wehrte sie erschrocken ab. »Mach keine Dummheiten, Lothar! Ich möchte diese Reise nicht in einem Zonengefängnis beenden.«

»Aber es wäre doch hübsch«, sagte er, um sie noch ein wenig in Aufregung zu versetzen, »wenn wir nachsehen würden, ob das Pfarrhaus noch steht, und die alte Kirche.«

»Es wäre gar nicht hübsch«, erwiderte sie. »Es wäre degoutant.« Sie schwieg; nach einer Weile sagte sie, das Thema abschließend: »In meinem Alter lebt man in Erinnerungen. Aber man läßt sich nicht mehr gerne an die Wirklichkeit erinnern.«

Sie griff nach ihrer Handtasche, und Lothar hörte, wie sie mit Papier raschelte.

»Tu mir den Gefallen«, sagte sie, »und iß einen Bissen.«

Lothar blickte auf ihre Hand, mit der sie ihm ein halbes belegtes Brot reichte. Sie war mager, und ihre Haut war mit braunen Altersflecken gesprenkelt. Er nahm das Brot und biß hinein. »Ich weiß, du verträgst einen Schluck«, sagte sie, »aber es ist besser, du ißt etwas dazu.«

Er wußte, daß sie das Gegenteil von dem dachte, was sie sagte. Er wußte, sie dachte, daß er, wie alle Alkoholiker, keine zwei, drei Schlucke Schnaps mehr trinken konnte, ohne duhn zu werden. Deshalb gab sie ihm das Brot. Lothar fühlte den körnigen und butterigen Geschmack auf der Zunge, aber der Schinken, der zwischen den Scheiben lag, erfüllte ihn mit Ekel. Schon nach den ersten Bissen spürte er, wie das Brot ihm etwas von der kalten, klaren Stimmung wegnahm, in die der Cognac ihn versetzt hatte, und er legte die Scheibe angewidert neben sich auf den Sitz. Mit einem halben Blick nahm er wahr, wie seine Mutter ihn enttäuscht ansah und sich dann abwendete. Sie blickte auf die Landschaft, die er im vorgeschriebenen Tempo an ihr vorbeiziehen ließ. Wenn sie nicht so preußisch wäre, dachte er, dann würde sie jetzt weinen.

»Ich kenne das Luch lange nicht so gut wie du«, sagte er, um sie abzulenken und um ihr das Gefühl zu geben, er sei völlig nüchtern, »aber dafür kenne ich die Ruppiner Schweiz.« Er machte eine Pause, und nun begann er sich zu erinnern, während er Namen rezitierte: »Rheinsberg, Lindow, Zernikow, den Menzer Forst, den Molchowsee ...«

Seine Mutter fiel ihm in die Rede. Sie begann einen Kindervers zu rezitieren, den sie Lothar gelehrt hatte, als er noch sehr klein gewesen war. »Ist's norderwärts in Rheinsberg Näh'?« sagte sie, »ist's süderwärts am Molchowsee?«

»Ist's Rottsiel tief im Grunde kühl«, fuhr Lothar vergnügt fort, während seine Mutter schwieg und ihn glücklich ansah, »ist's Kunsterspring, ist's Boltenmühl? Ist's Boltenmühl, ist's Kunsterspring? Birgt Pfefferteich den Zauberring?«

Sie brachen beide in Gelächter aus über die komischen, unbeholfenen und zierlichen Namen und über die Tatsache, daß sie sich nach so vielen Jahren noch gemeinsam an den Vers erinnerten, den sie längst für versunken gehalten hatten.

Lothar schwieg als erster, weil die Namen ihn plötzlich an das Härteste an Melanie erinnerten; ja, die Namen besaßen eine Kraft, welche die Wirklichkeit nicht mehr aufbrachte, wie der Anblick der frohnauer Villa heute morgen bewiesen hatte. Die Wirklichkeit jenes Hauses hatte kein Gefühl mehr in ihm ausgelöst, während ihn die bloße Nennung von Namen wie ›Rheinsberg‹ oder ›Molchowsee‹ am Steuer des Opel fast erstarren ließ, ihn für einen Augenblick beinahe blind machte, denn die Namen erinnerten ihn an gewisse havelländische Spaziergänge mit Melanie, an Momente aus exotisch brauner Haut und Seide aus verschossenen reinen Farben, an Gesprächsfetzen, Schilfbuchten, Blicke, knarrende Kiefern, wehende Haare, an den Widerschein eines Schattens. Wie hatte seine Mutter vorhin gesagt? »Man läßt sich nicht gerne an die Wirklichkeit erinnern.« Sie war weise geworden, seine Mutter. Sie wollte das väterliche Pfarrhaus nicht wiedersehen. Sie wollte sich ihre Erinnerung nicht töten lassen.

Friesack kam ihnen unverändert vor, hinter ein paar SED-Transparenten wie stehengeblieben, wie erstarrt in einer Pose aus den Jahren vor dem Krieg, trotz eines Denkmals für Gefallene der Roten Armee, an dem ein russischer Posten Wache stand. Aber sonst: das Pfarrhaus, die Schule, das Schulzenamt, der Krug. Nichts Glitzerndes. Der Eck- und Kramladen mit einem kleinen Mohren und einer Girlande von Schwefelfäden in seinem Schaufenster. Sonst nur Dunkelrot, altes Lehmgelb, niedriges Grau unter dem hellgrauen Himmel. Ein Städtchen in der großen preußischen und slawischen Ebene. Vorbei.

Lothar geriet in Unruhe, wie immer, wenn er spürte, daß die Wirkung des Alkohols nachließ. Stöße einer faden Ernüchterung rissen ihn dann aus dem Dunst von Geborgenheit, den der Schnaps um ihn gewoben hatte. In der Gegenwart seiner Mutter konnte er nicht zur Flasche greifen und den beginnenden Kater hinunterspülen. Auf der stillen Straße hinter Friesack versuchte er krampfhaft, die überlegene Stimmung festzuhalten, die der Cognac ihm einzuflößen pflegte, aber einzig die quälende Schärfe der Erinnerungen, die sich als Ortsnamen bei ihm gemeldet hatten, brachte es fertig, ihn von der Öde abzulenken, die sich in ihm ausbreitete. Stücke jener Zeit, die Lothar manchmal ironisch als seine ›heroischen Jahre‹ bezeichnete, glitten an ihm vorbei wie die Landschaft aus Torfbrüchen, Roggenfeldern, Eichenkratt, aus der sie sich erhoben, und ein unbezähmbarer Wunsch, jene Jahre wiederzufinden, jene Jahre und Melanie wieder an sich zu reißen, ein unvernünftiger Gedanke, gespeist aus halbem Rausch und halber Nüchternheit, ließ ihn sich in einem Augenblick auf der Straße hinter Friesack daran erinnern, daß in ein paar Kilometern eine Chaussee nach Norden abzweigte, durch das Rhin-Luch nach Neuruppin.

Er legte sich einen Plan zurecht, wie er seine Mutter ablenken würde, und als er von weitem schon die Straßengabel mit ihren Schildern wahrnahm, griff er wieder zu der Stulle und begann zu essen. Kurz vor der Kreuzung ließ er sie, wie unabsichtlich, fallen, und während seine Mutter sich bückte, um sie aufzuheben, indessen er am Steuer beschäftigt war, hatte er bereits den kritischen Punkt passiert und die Landstraße, die von der Interzonen-Chaussee abbog, eingeschlagen. Er sagte »Danke«, als sie ihm das Brot zurückreichte, nachdem sie es auf ihre penible Weise gesäubert hatte, und danach beobachtete er sie scharf aus den Augenwinkeln. Da sie selten Autoreisen machte, fiel es ihr nicht auf, daß die Straße schmaler geworden war, und sie nahm auch Abschnitte, die mit Kopfsteinen gepflastert waren, ja sogar ein offenes Sandstück, gleichmütig hin, bemerkte nur einmal, die Straße würde schlechter, schien jedoch keinen Argwohn zu schöpfen. Sie kamen durch mehrere Dörfer. Erst als sie an einem Dorfausgang auf ein Schild ›Neuruppin 15 Kilometer‹ stießen, wurde sie unruhig.

Sie griff nach Lothars Arm und sagte: »Wir sind auf der falschen Straße.«

Er antwortete nicht sogleich, und sie rüttelte nun an seinem Arm. »Auf der richtigen Straße kommen wir doch nicht nach Neuruppin«, sagte sie. »Du bist ganz falsch gefahren.«

Lothar spürte fast nichts mehr von der Wirkung des Alkohols, aber gerade in solchen Momenten war er stets erbittert wie über einen Verlust, erbittert und hemmungslos, und so machte er nicht einmal den Versuch, die Täuschung noch eine Weile zu verbergen.

»Ich fahre schon richtig«, sagte er ärgerlich. »Ich will einen kleinen Umweg machen.«

»Kehr sofort um, Lothar!« sagte die alte Dame, als sie begriffen hatte. Sie saß nun hoch aufgerichtet neben ihm. »Du weißt, wir sind registriert. Wenn wir nicht rechtzeitig an der Kontrolle sind ...«

Sie brach ab, aus einem Gefühl der Würde, wie Erwachsene, die bemerken, daß sie die starrköpfige Ungezogenheit eines kleinen Jungen nicht sogleich brechen können, achselzuckend, doch nicht unverletzt, und voller Trauer.

»Nur ein ganz kleiner Umweg«, sagte Lothar, »wir kommen immer noch rechtzeitig zum Kontrollpunkt in Ludwigslust.«

Aber seine Mutter schwieg und er wußte, sie saß nach dem Augenblick ihrer Empörung nun sehr klein und ängstlich neben ihm. Ich benehme mich miserabel, dachte Lothar, ich werde drehen und zurückfahren; aber statt dessen fuhr er weiter.

Sie passierten Neuruppin, ohne angehalten zu werden. Beim Fontane-Denkmal standen zwei junge Polizisten und sahen dem Auto träge nach. Die kleine Stadt lag mit ihren weiten Plätzen leer im bleichen Mittag. Am Wall schlug Lothar die Chaussee ein, die zum Müritzsee führte, ins Mecklenburgische, weil seine Erinnerung sich allmählich auf ein Waldstück versammelte, das in der Nähe eines Dorfes namens Klink lag und dort ein Seeufer bildet, an dem er einmal einen Nachmittag mit Melanie verbracht hatte. Er hätte ebensogut nach Rheinsberg oder zu einem halben Dutzend anderer Orte fahren können, denn die ganze Gegend war belebt von Erinnerungen an Ausflüge mit Melanie – manchmal allein mit ihr, manchmal in Begleitung ihres Mannes und der Kinder, wenn Richard Brahm sich mühselig hatte überreden lassen, mitzukommen –, aber aus irgendwelchen Gründen, vielleicht aus purem Zufall, hatte sich Lothars Gedächtnis in der letzten Viertelstunde auf jenen Nachmittag an einem See bei Klink kapriziert, und so lenkte er den Opel weiter nach Norden.

Als sie sich wieder in der freien Landschaft befanden, blickte er in den Rückspiegel, um sich zu vergewissern, daß ihnen kein Auto folgte. Die Chaussee war vollständig leer.

Er hörte, wie seine Mutter etwas sagte, aber er faßte, ganz in seine Gedanken versunken, die Worte kaum auf.

»Das wird ein böses Ende nehmen«, sagte sie. Ihre Stimme, spröde und alt, zerbrach die Worte wie Reisig.

## 4

Lothar erkannte den Platz, den er suchte, nur mit einiger Anstrengung wieder, eigentlich nur daran, daß er den See von rechts her schimmern sah, als er den Wald hinter Klink erreicht hatte. Er stoppte, um sich zu orientieren. Der Wald war, wie damals, als er mit Melanie hier gewesen war, hoher Buchenwald mit glatten Stämmen und hellgrünen Blättern, Blättern, die noch etwas von ihrer Frühlingshelligkeit behalten hatten, und der See schimmerte dort, wo das Unterholz am Waldrand den

Blick freigab, von rechts herauf, aber trotzdem schien irgend etwas sich verändert zu haben. Lothar schob es schließlich auf die Art der Annäherung: mit Melanie war er zu Fuß vom Dorf Klink her gekommen, eine Badetasche tragend, während er heute mit dem Auto angereist war – das ergab eine Verschiebung der Perspektiven. Außerdem, so erinnerte er sich, war der Vorkriegstag mit Melanie ein windiger und sonniger Tag gewesen, während heute stilles, bedecktes Wetter herrschte; seinerzeit hatte der See geblitzt, indes er heute nur eben schimmerte, graublau unter einer warmen Luft, die gestockt schien wie Milch in einer Schüssel. Lothar fand die Schneise wieder, die er mit Melanie zum See hinunter gegangen war; er lenkte das Auto hinein und fuhr vorsichtig auf ihr entlang. Es gelang ihm, den Wagen am Ufer so hinter ein paar Büschen zu parkieren, daß er von der Straße aus nicht gesehen werden konnte. Während des ganzen Manövers gab seine Mutter keinen Laut von sich; als er den Motor abgestellt hatte, stieg sie ruhig aus, breitete ihren Mantel über einen Baumstumpf, stellte ihre Handtasche daneben, setzte sich und betrachtete den See, der nicht sehr groß war, aber doch immerhin so groß, daß er einen Eindruck von Weite vermittelte. Am gegenüberliegenden Ufer waren Felder und Laubwälder zu sehen, aber keine Häuser. »Es ist fast schon mecklenburgisch hier«, sagte Lothar, »obwohl wir noch in der Mark sind.« Aber seine Mutter erwiderte nichts darauf.

Lothar erinnerte sich, daß er ganz genau den gleichen Satz seinerzeit zu Melanie gesagt hatte, aber diese Erinnerung war nur ein mechanisches Einrasten seines Gedächtnisses; sie ergab kein Bild von Melanie, obwohl er sich angestrengt bemühte, es sich vor den Hintergrund des Ortes zu projizieren, an dem er sich befand. Schließlich zog er die Flasche hervor und prüfte sie. Er hatte sie gestern in Berlin gekauft, es war eine handflache, leicht gewölbte Viertelliterflasche französischen Cognacs, und sie war noch bis über die Hälfte gefüllt; in Anwesenheit seiner Mutter setzte er sie nicht einfach an den Mund, sondern er goß den Cognac in den Aluminiumbecher, der als Schraubverschluß diente, und trank ihn vorsichtig leer.

Sie hörten schon von weitem das Geräusch eines Autos, das sich näherte, und hielten den Atem an. Lothar wandte sich um und blickte zur Straße hinauf, aber er konnte keine Spur von dem Auto erblicken, während es vorbeifuhr; die Büsche nahmen ihm jegliche Sicht.

»Wir sind in voller Deckung«, sagte er, während das Geräusch sich entfernte und sich neuer Motorenlärm ankündigte. Diesmal mußte es ein Lastauto sein, das mit schwerem Schüttern an ihnen vorbeikam. Aber danach wurde es stumm, sie waren wieder allein, und der lautlose Tag lag unbewegt im milchigen Licht, über Wasser und Schilf.

Die Situation und das Wort ›Deckung‹ lösten vage und abenteuerliche Gedanken in Lothar aus. »Wir sind Partisanen«, sagte er, und sein Gesicht verzog sich zu einem halben Grinsen. »Beinahe fühle ich mich wie ein Soldat«, sagte er, nach einer Pause. »Eigentlich komisch, daß ich ganz friedlich durch den Krieg gekommen bin, findest du nicht?«

Seine Mutter schwieg noch immer hartnäckig, und er fuhr fort, laut zu denken, ohne sich um sie zu kümmern; schon begann der Alkohol, sich wieder in ihm zu verteilen wie eine leichte, seinen Geist beruhigende Last. »Glänzend durch den Krieg gekommen«, sagte er, den ihm wohlbekannten preußischen Kasino-Jargon markierend, indem er die g's als jot's akzentuierte und die Schlußsilben der Verben verschluckte, »nie Soldat gewesen, immer die Stellung gehalten, immer 'ne ruhige Kugel geschoben«. Er wußte, wie sehr diese Tour seine Mutter erbitterte, aber es befriedigte ihn eine Weile, sich boshaft zu zeigen, bis er plötzlich damit aufhörte. »Zum erstenmal in meinem Leben liege ich irgendwo in Deckung«, sagte er nachdenklich und ratlos.

Sein Vater hatte nicht von ihm verlangt, er solle Berufsoffizier werden, sondern er hatte die geistigen Interessen seines Sohnes respektiert. Als dann sein ganzer Stand ins Zwielicht geraten war, hatte Lothar ihn erpreßt: dank der Beziehungen seines alten Herrn war Lothar vom Militärdienst freigestellt worden.

»Ich war ein Drückeberger«, sagte er, »und ich habe Papa gezwungen, mir dabei zu helfen. Erinnerst du dich noch?«

Sie sprach noch immer nicht. Lothar wußte, wie sehr er sie verletzte, indem er sie an diese Dinge erinnerte. Der Verfall des älteren Witte war schließlich zu einem nicht geringen Teil das Werk seines Sohnes gewesen; Lothar hatte seinen Vater zu einem Akt der Korruption veranlaßt, wie er einem Offizier auf keinen Fall anstand; dem Regime gegenüber konnte der Alternde noch die Maske eines preußischen Oberstleutnants wahren, aber sie war zerfallen, als Lothar ziemlich rücksichtslos an das empfindliche Gewissen ihres Trägers appelliert und seinen Wunsch, sich zu drücken, im Kreis der Familie zu einer politischen Frage hochgespielt hatte. Vielleicht war so der Blick entstanden, den jene vor dem Gefecht bei Szamotuly gemachte Fotografie von Lothars Vater zeigte: ein mißfälliger und arroganter Blick, ein Blick voll kaltem und abweisendem Interesse, ein gebrochener Blick.

Seine Mutter raffte sich endlich auf, etwas zu sagen. »Wollen wir nicht weiterfahren?« fragte sie. »Laß uns zurückfahren, Lothar, so schnell wie möglich! Wenn wir Glück haben und uns die Polizei nicht anhält, dann kommen wir vielleicht noch rechtzeitig auf die Chaussee nach Hamburg zurück.«

»Es wäre besser gewesen, Papa hätte mich nicht freistellen lassen«, sagte Lothar. »Wenn er gewußt hätte, was ich tun mußte, nur, um nicht Soldat werden zu müssen!«

Sie hatten ihm erlaubt, sich zu drücken, und weil er Historiker war, hatten sie ihn zum Dienst im Kriegsarchiv verpflichtet. Als Soldat, dachte Lothar, ins Schilf des Klinker Sees starrend und leicht alkoholisiert, wäre ich wenig mehr als ihr Opfer gewesen; als Archivar war ich ihr getreuer Diener. Er wischte, wie immer, die Erinnerung an gewisse Dokumente weg, die er damals gelesen hatte. Er hatte sie gelesen, benommen von Schauder, und dann hatte er sie katalogisiert. Er war weder ein

Täter noch ein Opfer gewesen, sondern einer, der sich von der Tat wie vom Opfer drückte; aber man hatte ihm nicht erlaubt, sich gänzlich zu drücken, sondern ihn gezwungen, die Summe der Leiden wenigstens zu registrieren. Er war ein Buchhalter der Unmenschlichkeit gewesen: die schäbigste aller Rollen.

»Alles, was du getan hast, hast du Melanies wegen getan«, sagte seine Mutter. »Du warst ein Drückeberger, um ihr nah zu sein. Du hast dich ins Kriegsarchiv kommandieren lassen, um in Berlin bleiben zu können, bei Melanie. Sie war dein böser Geist.«

Er blickte sie überrascht an. Noch nie hatte seine Mutter sich erlaubt, in dieser Weise von Melanie zu sprechen. Sie hatte nicht nur niemals so von Melanie gesprochen, ihre Taktik war es vielmehr gewesen, überhaupt nicht zu seinem Verhältnis mit Melanie Brahm Stellung zu nehmen. Was bewog sie auf einmal jetzt, da alles vorbei war, zu reden?

»Dabei war Melanie gar nicht böse«, sagte sie. »Ich habe sie immer gern gemocht. Eigentlich war sie eine gute Frau.« Sie machte eine Pause und rang sichtlich um den passenden Ausdruck. »Ich meine damit«, sagte sie schließlich, »sie war zur Güte veranlagt. Ihr habt sie nur falsch behandelt, du und Brahm. Vielleicht wäre sie bei euch geblieben, wenn sie nicht gesehen hätte, daß alle eure Entschlüsse schließlich von ihr abhingen.« Wieder schwieg die alte Frau, ehe sie fortfuhr: »Vielleicht wäre sie dir nach dem Krieg nicht fortgelaufen, wenn du dich ganz einfach als Soldat hättest einziehen lassen. Sie hat gespürt, daß du ein verlogenes Leben auf dich genommen hast, nur, um dich nicht von ihr trennen zu müssen. Glaub mir, das verträgt keine Frau, und Melanie schon gar nicht!«

Lothar konnte die Stimme nicht mehr ertragen, und nicht mehr die Worte, die sie bildete. Er ging eine Strecke am Seeufer entlang und legte sich in eine geschützte Mulde aus trockenem Kieselboden. Dort begann er endgültig zu trinken, langsam, regelmäßig und in kleinen Schlucken, die er im Mund zergehen ließ.

## 5

Man fuhr damals noch nicht Auto; jedenfalls in den Kreisen, zu denen Brahm und Lothar Witte gehörten, besaß man damals, vor dem Krieg, keine Autos, und so kamen Lothar und Melanie zu Fuß vom Bahnhof des Dorfes Klink her, wohin sie mit dem Personenzug gefahren waren, nachdem sie in Rheinsberg übernachtet hatten. Lothar trug – aufs neue erinnerte er sich ganz deutlich daran – eine Tasche aus dunkel- und hellbraun gestreiftem Leinen, in dem sich ihr Badeanzug und ihre Toilettenutensilien befanden, und er grübelte, während er den Geschmack des Cognacs auf seiner Zunge zergehen ließ, darüber nach, wo jene Stütze seines Gedächtnisses wohl geblieben war; wahrscheinlich lag sie, angestaubt, verschossen und unansehnlich, auf dem Speicher der frohnauer Villa. Er hielt sich ganz still in seiner Kiesmulde und wartete ab, aber in jenem fernen, windigen und sonnigen Tag, dessen Gegenwart er sich herbeiwünschte, blieb zu seiner Verwunderung die Badetasche der einzige Gegenstand, der sich bewegte, der lebendig war, während die ebenso genaue Erinnerung daran, daß Melanie bei diesem Ausflug ein sportliches Kleid aus steingrauer Waschseide getragen hatte, belanglos erschien: eine mechanische Notiz, weiter nichts. Seine Mutter hatte recht: Schauplätze aufzusuchen, war nicht die rechte Form, um Erinnerungen zu beschwören. Der Abstecher in die nördliche Mark war so nutzlos, wie er gefährlich war.

Es war also ausgestanden, Lothar rekapitulierte sich die Feststellung, die er schon am Morgen, im Auto auf seine Mutter wartend, getroffen hatte: daß vierzehn Jahre später eben alles ausgestanden war, ausgestanden sein mußte: Melanies Flucht und die Jahre vorher und jeder einzelne Moment dieser Jahre.

Er fragte sich, ob er noch zu nüchtern sei, um seinem Gedächtnis den Dreh zu geben, den es nötig hatte, damit die Türe sich aufschlösse, hinter der Melanie stand und – vielleicht! – auf ihn wartete; er trank deshalb wieder aus der Flasche, aber es half nichts, und er wußte schon, während er trank, daß es nichts nützte, wenn er sich vollaufen ließ: es gab überhaupt keine Türe, weil es nicht einmal eine Wand gab, die ihn von Melanie trennte. Es gab nur einen großen leeren Raum um ihn, einen Raum, der dadurch gekennzeichnet war, daß Melanie in ihm vollständig abwesend blieb.

Wie oft in solchen Fällen, versuchte Lothar, sich auf die Sprünge zu helfen, indem er begann, Daten zu registrieren: im Jahre 1938 war es eine dreiundzwanzigjährige Melanie gewesen, die mit ihm an den Klinker See spaziert war – er hatte sie im Februar 38 auf einem privaten Kostümfest in irgendeiner Grunewaldvilla kennengelernt –, sie war damals schon im dritten Jahr mit Richard Brahm verheiratet und hatte das Jahr zuvor ihr erstes Kind bekommen, den kleinen Andreas, der jetzt vierundzwanzig Jahre alt war, der inzwischen ein paar Semester Soziologie und Volkswirtschaft und Geschichte studiert hatte, um sich schließlich unentschlossen und lustlos und hochtalentiert bei irgendeiner Europa-Behörde in Brüssel beschäftigen zu lassen. Die Daten begannen, sich über dem Strohgelb der Feldergevierte, der Quadrate aus Laubwaldgrün auf dem jenseitigen Ufer des Klinker Sees in Gruppen zu ordnen. Als der Krieg ausgebrochen war, ein Jahr nach dem 38er Ausflugssommer mit Lothar, war dann Lothars Sohn Günther geboren worden, ein Junge, der sich merkwürdigerweise für praktische Fragen interessierte, Typografie erlernt hatte und, mit seinen zweiundzwanzig Jahren, schon als grafischer Fachkaufmann arbeitete. Mitten im Krieg, 1943, gab es dann noch einmal ein Kind, Richards Tochter Marianne; sie war nun achtzehn Jahre alt, ähnelte ihrer Mutter und würde nächstes Jahr ihr Abitur machen. Das hörte sich an, dachte Lothar, als sei alles ganz glatt gegangen mit den Kindern, aber in Wirklichkeit war es eine harte Sache für Richard und mich, die Kinder waren so schwierig, wie Kinder nur sein können – gibt's überhaupt Kinder, die nicht schwierig sind? –, aber unsere sind schon besonders kompliziert gewesen, und eigentlich sind sie es noch, aber sie sind nun groß und helfen sich selbst weiter. Es war ein Kreuz gewesen mit den Kindern. Lothar trank wieder, und dann dachte er, dieser See sei wirklich schon eher mecklenburgisch als märkisch, ehe er dachte: es muß ein wunderbares Gefühl für Melanie gewesen sein, drei Kinder und zwei Männer zu verlassen. Sie war zweiunddreißig, als sie im Oktober 47 verschwunden war, spurlos. Die Kinder waren damals zehn, acht und vier Jahre alt gewesen. Sie hat uns ganz schön im Stich gelassen, dachte Lothar, sie ist jetzt sechsundvierzig; wie fühlt sich eine Frau mit sechsundvierzig, wenn sie sich erinnert, daß sie irgendwo drei Kinder hat, drei Kinder, von denen sie nichts weiß? Während er trank, war sich Lothar im klaren darüber, daß er Melanie haßte.

»Komm, wir wollen schwimmen gehen«, sagte Melanie zu ihm, und er wunderte sich nicht einmal darüber, daß er sie nun doch plötzlich neben sich hatte. Sie saß neben ihm, in ihrem weißen Badeanzug, hielt ihre an den Körper gezogenen Beine umschlungen und spähte auf das Wasser hinaus.

»Ich möchte noch einen Moment warten«, hörte er sich sagen. Er blickte an seinem nur mit einer Badehose bekleideten großen Körper hinab, dessen Fleisch schon damals eine Tendenz zum Zerfließen hatte. Lothar war nicht dick, aber sein mächtiger Körper hatte etwas Ungestaltes; niemals hatte er Konfektion tragen können. Unter dem grauen heißen Wolkenlicht betrachtete er seine Haut, die nicht bleich war, sondern fast farblos, die farbig ungenaue Haut seines großen, trägen Körpers, dem es immer einen Angang bedeutete, sich seiner Muskeln zu erinnern, der sich gerne zurückzog, reglos blieb. Sein schweres Fleisch wollte noch einen Moment warten, ehe er sich ins Wasser stürzte, aber als er zu Melanie hinübersah, bemerkte er, daß das Licht gewechselt hatte, es war nun nicht mehr das neutrale Halbschattenlicht einer gleichmäßigen, hohen Wolkendecke, unter der es dunstig heiß gewesen war, heute den ganzen Tag, sondern es war das ostwindtiefe Leuchten jenes dreiundzwanzig Jahre alten Tags, das aus Tafelstücken von ultramarinblauem Himmel, Weizenchromgelb und dem indonesischen Batikbraun von Melanies Beinen, Armen und Schultern zusammengesetzt war, mit dem weiß ausgesparten Fleck ihres Badeanzugs darin – eine Gouache wie vom frühen Pechstein. Melanies Haare hingen ihr, zu einem Pferdeschwanz gebunden, den Rücken hinab. Ihre ganze Haltung war ein einziges Spähen, eine gespannte Gier nach dem Element, und so blieb Lothar nichts anderes übrig, als sich zu erheben. Sie tänzelte ihm förmlich voraus, über den schmalen Strand aus runden Kieseln, warf sich mit einem Schrei in die vom Wind dunkel überflogene Flut und begann, auf dem Rücken zu schwimmen, lautlos und fischhaft seidig. Einmal im Wasser, wurde auch Lothars Körper geschmeidig, wurde zum Körper eines langsamen, eleganten, schweren Wassertiers. Er schwamm weit in den See hinaus und betrachtete von dort aus das Ufer, den Buchenwald und die Flut, in der sich weiße Wolken spiegelten, langhingezogen.

Unvermutet tauchte Melanie neben ihm auf, sie war eine Strecke unter Wasser geschwommen und schüttelte nun die Tropfen aus ihren glatten dunkelbraunen Haaren. Wortlos umschwammen sie sich eine Weile, bis Melanie sagte: »Hier muß es tief sein.« In ihre Augen trat eine schnelle, unvernünftige Angst, und sie schwamm näher zum Ufer, wo sich die Angst verlor und sie sich noch lange im Wasser umhertrieben.

Als sie nachher am Ufer lagen und ihre Körper in der Sonne trocknen ließen, sagte Melanie nicht, was sie in späteren Jahren manchmal gesagt hatte: »Schade, daß Richard nicht dabei ist.« Zu einer solchen Bemerkung war ihre und Lothars Bekanntschaft damals, im Sommer ihres ersten Jahres, noch zu jung gewesen; auch wenn vom ersten Augenblick an ihr Arrangement zu dritt selbstverständlich gewesen war, so bedauerte es Melanie sicherlich nicht, daß Richard Brahm keine Neigung zu Landschaften und Wanderungen hatte, sondern mit Melanie lieber gelegentlich eine Nacht in einer Bar verbrachte, um ungestört mit ihr über seine Geschäfte reden zu können, die Geschäfte eines versierten und verwegenen Kaufmanns, der es liebte, Produktivkräfte zu entfesseln. Melanie hatte Sinn für beides:

für die ›Black-Bottom‹-Bar sowohl wie für den Klinker See, für Richards Geschäfte ebenso wie für Lothars introvertiertes und gespanntes Verhältnis zur historischen Wissenschaft. Die beiden Männer hatten sich wortlos verständigt, nachdem sie herausgefunden hatten, daß sie Sympathie füreinander empfanden; auch ihre politische Einstellung verband sie miteinander, und instinktiv spürten sie, daß in ihrem Vertrag über Melanie etwas lag, was dem Zug der Zeit zu Macht, Gewalt und Besitz, zu Unterdrückung und gemeinem Hang nach Unfreiheit widerstand. Aber die Zeit wurde dunkler, auch wenn es Tage wie diesen gab: Liebestage an Ostwindufern.

»Eines Tages werde ich euch aber verlassen, dich und Richard«, sagte Melanie. »Ganz bestimmt werde ich euch verlassen.«

Lothar griff wieder nach der Flasche. Die Luft war nicht mehr angenehm halbschattig, sondern nur noch schmutzig hellgrau, weißgrau, ekelhaft farblos. Seine Mutter saß noch immer auf ihrem Baumstumpf, streng und bekümmert; er konnte sie sitzen sehen, durch Gebüsch hindurch, unbeweglich. – Dann war wieder der andere Tag da, das Deckfarbenbild.

»Warum?« fragte er. »Was fällt dir ein? Du hast keinen Grund dazu.«

Sie lagen nebeneinander, Lothar auf dem Rücken und Melanie auf dem Bauch; sie hatte den Kopf auf ihre verschränkten Arme gelegt und grübelte in ihre Armbeuge hinein, dann hob sie ihn hoch, blickte über den Wald hin und sagte: »Der Krieg wird kommen. Und nach dem Krieg wird eine ganz andere Zeit kommen. Wenn die andere Zeit kommt, werde ich euch verlassen.«

Er spürte die runden Kiesel unter seinem Rücken. Auch damals hatte er schon getrunken, wenn auch mit Maßen. Er erinnerte sich nicht, was er Melanie geantwortet hatte. Übrigens hatte sie solche und ähnliche Bemerkungen öfters gemacht; er hatte ihr also eigentlich nichts vorzuwerfen – sie war von Anfang an ehrlich gewesen. Er hatte keinen Grund, sie zu hassen.

Trotzdem haßte er sie. Er war jetzt so betrunken, daß er wieder einmal wußte, warum er sie haßte: weil er niemals herausbekommen hatte, weshalb sie ihn und Richard Brahm und die Kinder verlassen hatte, 1947, im Oktober.

Richard und Lothar hatten diese Frage während der Jahre, in denen sie noch über Melanie gesprochen hatten, zum Gegenstand beinahe wissenschaftlicher Erörterungen gemacht. Natürlich erwogen sie als erstes, ob ein anderer Mann die Ursache von Melanies Entschluß war, aber sie hatten nicht eine einzige Spur gefunden, die in eine solche Richtung wies. War es Lothars Trunksucht, Richards verwegene Geschäftemacherei, die sie schließlich verstörte? Melanie war keine Frau, die einen Mann nicht so, wie er war, akzeptierte oder ablehnte, und sie hatte Richard und Lothar angenommen, hatte mit ihnen gelebt und die Vorzüge ihrer Schattenseiten begriffen: die wilde Großzügigkeit, die in Lothars Hang zum Alkohol, in Richard Brahms riskanten Spekulationen zutage trat. War es also wirklich nur eine Art von heftiger und naiver Lebensneugier, von beinahe stummem Glauben daran, daß mit einer neuen Zeit ein neues Leben begonnen werden müsse, was Melanie zu ihrem Absprung bewegte? Lothar konnte es nicht glauben. Nicht einmal die Tatsache, daß sie trotz aller Bemühungen der beiden Männer, sie aufzustöbern, gänzlich unauffindbar blieb, hatte seinen Unglauben erschüttert.

Hatte also seine Mutter recht? ›Vielleicht wäre sie bei euch geblieben, wenn sie nicht gesehen hätte, daß alle eure Entschlüsse schließlich von ihr abhingen.‹ – ›Alle eure Entschlüsse‹ – das hieß im Denken seiner Mutter natürlich: der Entschluß Lothars, seinen Vater zu einer unredlichen Handlung zu zwingen, das bedeutete für sie: die verächtliche Melancholie, die den Oberstleutnant Witte in den Soldatentod getrieben hatte. ›Sie hat gespürt, daß du ein verlogenes Leben auf dich genommen hast, nur, um dich nicht von ihr trennen zu müssen.‹ Ja, sie hatten das wohl getan: ein verlogenes Leben geführt, Lothar als Buchhalter des Todes, und auch Richard, der schließlich mit dem Krieg Geschäfte gemacht hatte. Aber hatte Melanie sie verlassen, weil sie um ihretwillen etwas auf sich genommen hatten, oder aus einem noch viel tieferen Grunde, den seine Mutter nicht begreifen konnte: weil in Melanies blinde Vorstellung von einer ganz und gar neuen Zeit Lothar und Richard nicht hineinpaßten, weil das Neue, das sie im Abgrund der dunklen Zeit erwartete, nicht mit zwei Männern geteilt werden konnte, die sich mit dem Alten die Hände schmutzig gemacht hatten? Ob sie nun wohl im Neuen lebt, in der reinen Zeit, dachte Lothar. Ich lebe noch immer in den alten Verhältnissen. ›Zum erstenmal in meinem Leben liege ich irgendwo in Deckung‹, hatte er vorhin gesagt. Aber das stimmte nicht. In Wahrheit hatte er sein ganzes Leben lang in Deckung gelegen. Er blickte um sich. In Preußen lag man immer in Deckung. Hoffentlich hatte Melanie da, wo sie jetzt lebte, das Neue gefunden, in dem sie sich frei und aufrecht bewegen konnte.

Er wollte aufstehen, um seine Mutter zur Rede zu stellen, sie noch einmal zu fragen, wie sie dazu käme, Melanie in einem Atem als ›bösen Geist‹ und ›gute Frau‹ zu bezeichnen, aber die Schwere des Alkohols hielt ihn fest. Melanie war längst verschwunden, und nur einmal noch erblickte er sie, wie sie am Ufer stand. Sie hatte ihr Kleid wieder an, ein Kleid aus steingrauer, verschossener Waschseide, sie stand barfuß, mit dem Rücken zu Lothar, am Ufer und wrang ihren weißen Badeanzug aus. Ihre Haare glänzten naß und glatt, offenbar war sie noch einmal im Wasser gewesen.

Eine Bewegung aus Schlankheit und Südseebraun – einem an norddeutsche Sommerseen versprengten Tahitibraun –, aus steingrauer Seide und Sehnsucht nach einer neuen Zeit rann über ihren Körper wie Wasser, geschmeidig und feucht. Lothar, betrunken am Waldrand sitzend, spürte, wie diese Geste die tiefste Absicht seines Lebens, seinen Wunsch, ein Leben in angenehmem Halbschattenlicht zu verbringen, reglos im stillen Licht zu verweilen, zu beobachten, nachzudenken, ein für allemal vernichtete. Ein sekundenschneller Bewegungsablauf, der aus nichts bestand als aus Hautbräune und Wasserleuchten, war mächtiger gewesen als der Zug, der in seinem Charakter am stärksten ausgebildet war. Das Bild zerging – Melanie hatte sich nicht mehr zu ihm umgewendet –, und Lothar blickte auf die Flasche, in der sich noch immer ein Rest Cognac befand. Auch das da besaß Gewalt über ihn, hatte seinen Hang zu einem Dasein in diskreter, unauffälliger Beleuchtung, seinen Vorsatz, sich in neutralen Zonen aufzuhalten, zerstört.

Es gelang ihm schließlich, sich zu erheben. Er verschloß die Flasche und steckte sie in die Tasche. Da er bemerkte, wie betrunken er war, ging er bis zum Wasserrand, benetzte seine Hände und schöpfte auch Wasser, das er sich übers Gesicht schüttete. Er trocknete sich mit dem Taschentuch ab. Dann ging er zu seiner Mutter zurück, wobei er sich Mühe gab, nicht zu schwanken. Sie sah zu ihm auf.

»Was hast du eigentlich gemeint«, fragte er, »vorhin, mit dem, was du über Melanie sagtest?«

Es gelang ihm, den Satz zusammenhängend herauszubringen, aber er wußte nicht, daß in seinem Ton der rauhe, tiefe Klang der Trunkenheit lag, der Klang einer betrunkenen Drohung.

Seine Mutter fürchtete sich nicht. Sie stand auf.

»Gib mir die Flasche, Lothar«, sagte sie. »Du hast genug gehabt.«

Es sah einen Augenblick aus, als wolle er sie schlagen. Natürlich hätte er sie niemals geschlagen, nicht einmal im schlimmsten Rausch, aber die Szene sah wüst aus, zerfahren und häßlich im hellen, heißen, sonnenlosen Licht.

»Ich bin ganz in Ordnung«, sagte Lothar wütend. »Ich bin kein Kind mehr. Ich bin nicht mehr dein Kind.«

## 6

Sie achtete überhaupt nicht auf sein Gerede.

»Ich habe vor ein paar Tagen einen Brief bekommen«, sagte

sie, »einen Brief von Melanie. Das ist der Grund, warum ich dich heute früh warten ließ, Lothar, nicht weil ich noch meine Handschuhe zu suchen hatte. Ich stand herum und überlegte, ob ich den Brief mitnehmen sollte, um ihn dir zu geben.«

Es gab für Lothar auf einmal nur noch die Gestalt seiner Mutter. Sie trug ein unauffälliges graues Jackenkleid, eine rechte Witwenkleidung, aber es kam ihm vor, als sei sie aus greller Pappe ausgeschnitten und auf einen Grund von weißem Papier geklebt. Die Welt um seine Mutter herum war leer und weiß.

»Und?« fragte er gespannt. »Hast du ihn mitgenommen?«

Er sah, daß sie nickte. Nachdem er sie eine Weile angestarrt hatte, sagte er: »Gib ihn mir!«

»Gib mir die Flasche«, sagte sie, »und versprich mir, daß wir sofort zurückfahren! Dann gebe ich dir den Brief.«

Er schwankte, als er einen Schritt vorwärts tat und nach der Tasche griff, die immer noch neben dem Baumstumpf auf dem Stein- und Grasboden stand. Während er sich bückte, spürte er das Gefühl von kreisender Schwere in seinem Kopf.

Es geschah etwas Merkwürdiges: seine Mutter begann, um die Tasche zu kämpfen. Während er das alte braune Lederding schon in den Händen hielt, klammerte sie sich daran und begann stumm daran zu zerren. Sie sah ihn dabei verzweifelt an; auch in ihren Augen lag etwas Zerrendes, ein Ausdruck der Verzweiflung und wilder, ratloser Erniedrigung. Lothar hatte seine Mutter noch nie außer sich gesehen; er war so überrascht, daß er beinahe für einen Augenblick nüchtern wurde. Verblüfft ließ er die Tasche fahren.

Sie standen sich noch gegenüber, Lothar mit offenem Mund, seine Mutter schwer atmend von der Anstrengung, einem Betrunkenen ihre Tasche entrissen zu haben, als es im Ufergebüsch raschelte. Im Bruchteil einer Sekunde trat in ihre Augen Wachsamkeit, und Lothar wandte sich um, während seine Mutter an ihm vorbei auf eine Stelle im Gebüsch starrte, an der eine Bewegung sich ankündigte.

Dann trat ein Mann hervor. Er war untersetzt und ihnen

beiden auf der Stelle unsympathisch, obwohl er sich als freundlich erwies. In mecklenburgischem Platt sagte er: »Ich hab was gesehen, als ich auf der Straße lang ging. Dachte mir, da steht'n Auto.«

Er trug einen blauen Anzug, als ginge er zu einer Festlichkeit oder zu einer Beerdigung, und auf dem Kopf eine Schiffermütze. Aufmerksam und fachmännisch betrachtete er das Auto, besonders das Nummernschild.

»Sie kommen aus dem Westen«, stellte er fest.

»Ja«, sagte Lothar, »wir sind auf der Reise zu Verwandten.«

Der Mann nickte. Er hatte ein glattes, fettes und festes Gesicht. Trotzdem es heiß war, schien er in seinem blauen Anzug nicht zu schwitzen. Seine Augenbrauen waren weißblond, seine Augen von kaltem Porzellanblau, und seine Lippen waren ein wenig aufgeworfen; Lothar hatte das Gefühl, daß der Mann mit seinen Lippen schmatzen konnte.

»Wo wollen Sie denn hin?« fragte er, so beiläufig, daß Lothar spürte, wie er dahinter schmatzte.

Lothar war überrumpelt von der Frage; er brauchte ein paar verhängnisvolle Sekunden zu lang, um sich in seinem Rausch zu sammeln; schließlich brachte er den nächstbesten Namen heraus, der ihm einfiel: Prenzlau.

Der Mann nickte, sichtlich befriedigt darüber, daß er seine Opfer in den Händen hatte.

»Prenzlau«, sagte er. Er wog den Namen im Geiste ab. »Da sind Sie aber ganz falsch gefahren, wenn Sie von der Chaussee nach Berlin kommen. Sie sind ja viel zu weit westlich. Warum sind Sie nicht über Oranienburg gefahren?«

»Wir wollten einen kleinen Umweg machen«, erwiderte Lothar.

Es mußte sich jetzt sogleich herausstellen, ob der Mann ein Feind war oder nicht. Lothar war gefaßt darauf, daß er im nächsten Moment einen Polizeiausweis herausziehen würde.

»Umwege sind gefährlich«, sagte der Mann. Und nach einer Pause fügte er hinzu: »Bei uns!«

Die Spannung war noch immer nicht gelöst. Der Mann zog sie in die Länge, indem er zum Wasser ging, einen flachen Stein aufhob und, nachdem er ihn geworfen hatte, zusah, wie er ein paarmal über die Fläche schnellte, ehe er versank. Offenbar war er ein Meister im Steine-Flitschen. Das ist ein geiler Hund, dachte Lothar, betrunken wie er war, ein geiler Hund von einem Spitzel. Er blieb aufrecht stehen und bemühte sich, bewegungslos zu bleiben, um dem Mann nicht zu verraten, in welchem Zustand er sich befand. Seine Mutter stand regungslos da, in ihrer knappen und hochmütigen Haltung, die ihr zur zweiten Natur geworden war.

Der Mann kam zurück.

»Wenn Sie lieber nach dem Westen zurückwollen«, begann er, und er fuhr rasch und überlegt mit der gleichmütigen, Diskussionen abschneidenden Erwägung fort, »weil Sie sich verfahren haben«, um seinen Satz mit dem Vorschlag abzuschließen, »dann gibt es einen guten Weg von hier aus.«

Lothar atmete erleichtert auf. Sogar seine Mutter machte eine Bewegung, die verriet, daß ihre Spannung sich löste. Der Mann war also kein Feind, im Gegenteil, er war ein Helfer. Kein sehr freundlicher Helfer, denn er blieb kalt, er schien in einer Art von kaltem, schmatzendem Genuß zu registrieren, wie der Schrecken, den seine Anwesenheit verursacht hatte, abnahm – aber immerhin.

Er trat dicht an Lothar heran. »Fahren Sie noch ein kleines Stück weiter«, sagte er, »aber nicht bis Barrentin.« Er sprach, ohne die Stimme zu senken, aber er machte sie tonlos. »Vor Barrentin geht eine Straße links ab, zum See. Über den See gibt es eine Fähre. Von der anderen Seite aus sind Sie nach ein paar Kilometern wieder auf der Interzonen-Chaussee.«

»Keine Vopos?« fragte Lothar. Er tat sich keinen Zwang mehr an.

In die harten, porzellanblauen Augen des Mannes geriet eine Dunkelheit aus Haß. Aber er nahm sich zusammen, hob nur die Schultern und sagte: »Wenn Sie Pech haben!« Er war ein Helfer.

Das merkwürdige ist, dachte Lothar in seiner Alkohol-Hellsicht, daß er mir nicht sympathischer geworden ist, seitdem ich das weiß. Aber ein unsympathischer Helfer ist besser als ein sympathischer Feind, dachte er; man kann sich seine Freunde nicht aussuchen.

»Und der Fährmann«, fragte er, »wie ist der?«

»Der Fährmann ist in Ordnung«, sagte der Mann.

Es gab keinen Grund mehr, weitere Fragen zu stellen, aber Lothar blieb immer noch stehen, weil er sich genierte, dem Mann zu zeigen, was mit ihm los war. Bei dem ersten Schritt, den er tat, würde der Mann bemerken, daß er kaum noch auf den Beinen stehen konnte.

»Danke«, sagte er schließlich, »danke für den Rat!«

Der Mann wandte sich wortlos ab, ging wieder ans Ufer und begann aufs neue mit dem Steine-Flitschen. Lothar stolperte buchstäblich bis zur Wagentüre, riß sie auf und fiel auf den Fahrersitz. Das Auto hatte in der Hitze gestanden, und Lothar brach der Schweiß aus. Er kurbelte die Scheiben herunter, ehe er den Motor anließ. Seine Mutter folgte ihm langsam nach und ließ sich neben ihm nieder.

Der Mann hatte mit dem Steine-Flitschen aufgehört; er stand ein paar Schritte entfernt und sah Lothar zu.

»Kann ich irgend etwas für Sie tun?« fragte Lothar ihn. »Brauchen Sie etwas? Geld zum Beispiel? Westgeld?« Das Angebot kam unbeholfen über seine Lippen, mit der Grobheit des Betrunkenen; Lothars Abneigung gegen den Mann entlud sich darin.

»Lothar!« sagte seine Mutter.

Der Mann sah ihn nur an, kalt, porzellanblau und fett. Die Schiffermütze saß ganz gerade auf seinem dicken Katerkopf. ›Der Fährmann ist in Ordnung‹, hat er gesagt, dachte Lothar, aber er selber ist nicht in Ordnung. Irgend etwas war an dem Mann, was ganz und gar nicht in Ordnung war. In der Tiefe seiner Trunkenheit begann Lothar plötzlich, sich vor dem Mann zu fürchten, ehe er das Auto in Gang brachte. Langsam und rumpelnd fuhr es in die Schneise. Im Rückspiegel konnte Lothar den Mann nicht mehr sehen.

Als er den Wagen kurz anhielt, ehe er aus der Schneise auf die Straße einbog, sagte seine Mutter: »Laß uns lieber den Weg fahren, den wir gekommen sind, Lothar!«

»Aber warum?« fragte Lothar. »Sein Tip ist erstklassig, wenn er stimmt.«

Erst jetzt fiel ihm auf, daß seine Mutter während der Begegnung mit dem Fremden kein einziges Wort gesprochen hatte. Sie war die ganze Zeit über wie erstarrt gewesen.

»Ich habe ein ungutes Gefühl«, sagte die alte Dame.

Lothar zuckte die Achseln. »Durch Neuruppin kommen wir kein zweites Mal, ohne daß die Vopos uns aufhalten.«

Noch während seine Mutter sagte: »Jetzt wäre es mir fast lieber, wir bekämen mit der Polizei zu tun ...«, bog er schon nach rechts ein, in die Richtung, die der Mann ihm gewiesen hatte. Er beschleunigte die Fahrt des Autos. Weil er betrunken war, fuhr er übertrieben korrekt; er hielt den Wagen scharf rechts an der Grenze der Bankette; sein Blick lag starr auf der Straße, die weiter durch den Wald führte, der für Lothar nur aus diffusem, grünem Buchenlicht bestand, durch das eine exakt gezeichnete graue Straße führte. Kein Auto begegnete ihnen. Einmal kamen sie an einer Frau vorbei, die einen Karren zog, auf den Reisig gehäuft war.

Erst nach einer ganzen Weile erinnerte er sich wieder an die Angelegenheit mit dem Brief. Der Gedanke an Melanies Brief kam so schlagartig zu ihm zurück, daß seine Aufmerksamkeit sogleich von der Steuerung abgelenkt wurde und er mit dem Auto auf die linke Straßenseite geriet. Er korrigierte die Abweichung, ehe er fragte: »Warum hast du mir den Brief nicht schon in Berlin gegeben?«

»Er ist an mich gerichtet«, antwortete seine Mutter, »und für mich bestimmt. Ich weiß gar nicht, ob es Melanie überhaupt recht ist, daß ich ihn dir zum Lesen gebe.«

»Lächerlich!« Seine Stimme wurde grob, nuancenlos. »Eine

von Melanies Finten. Natürlich will sie mit Richard und mir Verbindung aufnehmen. Sie macht es nur spannend.«

Er fühlte, daß er verrückt war vor Begierde nach dem Brief. Es war unerträglich, diesen Brief in Griffweite in der Handtasche seiner Mutter im Auto zu wissen. Nur ein letzter Rest von Selbstachtung hinderte ihn, den Opel anzuhalten und seine Mutter zu bitten, sie möge ihm den Brief geben. Um sich dafür zu rächen, daß er sich beherrschen mußte, begann er, seine Mutter anzuklagen.

»Sie macht es wie damals«, sagte er höhnisch, »als sie immer lange freundliche Gespräche mit dir führte, wenn sie mich besuchen kam, in Frohnau, weißt du noch? Sie wußte, daß ich rasend wurde, während sie mit dir plauderte, daß ich auf den Moment wartete, wo sie zu mir in mein Zimmer kam, aber sie zog das in die Länge, sie machte Konversation mit dir. Sie hat es nie ausgesprochen, aber ich glaube, sie verachtete mich ein wenig, weil ich als erwachsener Mann noch immer mit meiner Mutter zusammenlebte.« Um das Maß voll zu machen, fügte er hinzu: »Vielleicht ist das auch ein Grund, warum sie mich verlassen hat: weil ich mich bis übers Kriegsende hinaus nicht von dir getrennt habe.«

»Ja«, sagte seine Mutter, und wäre er nicht betrunken gewesen, so wäre ihm die ganz unbetroffene Sachlichkeit ihres Tons aufgefallen, »vielleicht hättest du dich rechtzeitig von mir trennen und Melanie zu dir nehmen sollen. Fort auch von Richard.«

Aber Lothar hörte nicht hin. Plötzlich wurde er sich dessen bewußt, daß er ein Ortsschild passiert hatte, auf dem ›Barrentin, 2 Kilometer‹ zu lesen gewesen war, und daß kurz vor dem Pfahl mit dem Schild eine unbezeichnete Straße nach links abging. Er hielt den Wagen mit einem Ruck an. ›Aber nicht bis Barrentin‹, hatte der Mann gesagt. Lothar blickte zurück; der Pfahl war noch zu sehen. Vorsichtig begann er, das Auto zurückzusetzen. Das Manöver war fast zu viel für den Grad von Rausch, den er sitzen hatte; er brachte das Auto nur in Schlangenlinien bis zur Einmündung der Straße zurück. Einmal, als der Opel beinahe quer auf der Straße stand, blieb Lothar ein paar Sekunden erschöpft am Steuer sitzen: er fühlte sich völlig duhn und brütete dumpf vor sich hin.

Ein Viertelliter Cognac, dachte er, das ist eigentlich gar nichts, aber ich bin blau wie eine Haubitze, wie alle Gewohnheitstrinker, die nicht immun werden gegen den Schnaps, sondern im Gegenteil immer wehrloser. Zwei, drei Schlucke werfen mich jetzt schon um, dachte er trostlos, in die Tiefen des Waldes starrend, ehe er sich wieder aufraffte. Seine Mutter beobachtete ihn schweigend.

Die Straße nach dem See, über den eine Fähre führen sollte, war schmal und ungeteert, ein weißes Forststräßchen. Es war Nachmittag, das Licht hatte sich verändert, der Himmel, der über den Bäumen zu sehen war, schimmerte immer noch gleichmäßig weiß, aber die Strahlung, die durch ihn hindurchging, war gebrochen, ein angenehmes Grau hatte sich ausgebreitet, das beinahe nach Regen aussah. Melanie ist also zurückgekehrt, dachte Lothar, vorerst mit einem Brief, aber sie ist zurückgekehrt, ich werde den Brief lesen, sowie wir die Interzonenchaussee erreicht haben werden; er fühlte sich nun gelöst und beherrscht, er setzte sich ein Ziel: die Fähre, dann die paar Kilometer durch den Dossebruch – was für ein wunderbarer Rat, den der Mann am Klinker See ihm gegeben hatte –, dann die Straße nach Hamburg. Auf der Straße nach Hamburg angekommen, würde er den Opel kurz anhalten und Melanies Brief lesen. Es war nur natürlich, daß er sich aus solchem Anlaß an Melanies Abschied erinnerte. Sie hatte ihn angerufen, an einem Morgen im Oktober 47, gleich nach dem Frühstück, und ihn gebeten, zu ihr zu kommen. Richard befand sich auf einer Geschäftsreise und Andreas und Günther waren in der Schule, nur die vierjährige Marianne befand sich bei Melanie in der Wohnung. Melanie hatte ihn gebeten, den Vormittag auf Marianne aufzupassen, mittags käme eine Zugehfrau und am Abend wäre Richard wieder zurück, hatte sie gesagt, aber am Vormittag habe sie niemanden für das Kind, und sie müsse verreisen.

Lothar war aufgebracht gewesen. »Warum«, fragte er, »wohin?« »Ich muß verreisen«, hatte Melanie geantwortet, »einfach verreisen, ich weiß nicht, ob ich zurückkomme.« Sie hatte schon ihren Tuchmantel an und bürstete noch einmal ihre Haare zurück, während sie im Flur stand. Ihr Koffer stand gepackt da, und sie war aus der Wohnung gegangen, ohne noch einmal nach der Kleinen zu sehen, die im Wohnzimmer spielte. Auch Richard Brahm hatte in jener Zeit, 1947, mit seiner Familie recht beengt gewohnt. Lothar war ins Wohnzimmer gegangen und hatte auf die Straße geblickt, auf der Melanie in ein wartendes Taxi gestiegen war. Das Taxi fuhr fort und ließ die ruhige Mietshäuserstraße im berliner Westen, in der die Brahms damals gewohnt hatten, vollständig leer. Lothar hatte sich abgewendet und sich auf einen Sessel im Wohnzimmer gesetzt; er hatte damals lange der kleinen Marianne zugesehen, die ruhig, und ohne sich von Lothar stören zu lassen, mit ihren Bauklötzen spielte. Es war die Zeit gewesen, in der es wenig Spielsachen für Kinder gab.

## 7

Die Straße endete bei einem großen Holzplatz am Seeufer. Geschälte Buchenstämme lagen umher, und der Boden war mit Rindenabfällen bedeckt, auf denen die Reifen des Opel ein prasselndes Geräusch machten, als Lothar fast bis zum Rand des Wassers fuhr. Er sah das Tau, das über den See gespannt war, der hier etwa fünfhundert Meter breit sein mochte. Die Fähre lag am jenseitigen Ufer, eine Art Floß, wie Lothar erkennen konnte, nachdem er ausgestiegen war. Auch an diesem See gab es keine Häuser, jedenfalls von dem Punkt aus, an dem Lothar stand, konnte er keine Häuser sehen; nur die Esse einer Ziegelei ragte über den Wald, ziemlich weit nördlich.

Lothar machte aus seinen Händen einen Trichter und rief: »Hol über!«, aber nichts rührte sich. Er rief noch einmal.

Schließlich ging er zum Auto – seine Mutter hatte ihren Platz darin nicht verlassen – und drückte auf die Hupe. Ihr Klang hörte sich häßlich an, trocken und quälend. Ein Mann kam drüben zum Vorschein, er trat aus dem Wald und stieß, ohne sich zu beeilen, das Floß mit einer Stange vom Ufer ab. Die Fähre war durch zwei Seile mit dem Tau verbunden, und Lothar beobachtete, wie der Fährmann das Floß ohne Ruder an dem Tau entlangzog. In dem grauen Nachmittagslicht war der See so leise, daß es schien, als bewege sich die Fähre überhaupt nicht. Lothar blickte auf die Binsen, die das Ufer, wo er stand, einfaßten; spärlicher Schaum hing unbewegt zwischen ihnen, kein Windzug brachte die Holz- und Borkestückchen, die auf der erstarrten Haut des Wassers lagen, ins Treiben. Lothar wartete mit glasigem Blick; er hätte am liebsten den Rest Schnaps getrunken, der noch in der Flasche war, aber er war nun matt vom Trinken und konnte sich nicht einmal mehr dazu aufraffen.

Der Mann brauchte zehn Minuten, um den See zu überqueren, und er erwies sich im Näherkommen als eine hagere, lange, nach Wendenart in graue Leinwand gekleidete Gestalt. Er richtete kein Grußwort an Lothar. Die Stämme des Floßes waren mit Brettern gedeckt, und der Fährmann legte, nachdem es aufgelaufen war, zwei Planken aus, um es dem Auto zu ermöglichen, auf das Deck zu gelangen. Danach blieb er auf dem Floß stehen und sah Lothar zu, wie er das Auto manövrierte.

»Eine primitive Angelegenheit«, sagte Lothar zu seiner Mutter, während er den Motor anließ, »so was gibt es nur noch hier im Osten.« Insgeheim war er begeistert von der einfachen Floßfähre, dem wendischen Fährmann, dem geheimnisvoll verborgenen See.

»Willst du nicht lieber aussteigen?« fragte er.

Sie schüttelte den Kopf. Lothar blickte sie flüchtig an, und er fühlte sich wieder unbehaglich, als er ihr verschlossenes Gesicht sah. Er begriff, daß sie das Auto als einen Schutz empfand; alles an dieser Reise mußte ihr unheimlich vorkommen, und sie wollte nun in dieser Blechhöhle verweilen bis alles vorbei, bis sie wieder in Sicherheit war. Ich habe mich benommen wie ein Schubiak, dachte er.

Der graue Flößer hatte die Laufplanken genau in die Spurweite des Opels gelegt, und Lothar gelang es, das Auto schon beim ersten Anlauf auf das Deck zu bringen. Erleichtert darüber, daß er sein Können gezeigt hatte, stieg er aus. Der Mann hatte bereits die Bretter eingezogen und die Fähre in Gang gebracht. Zu seinem Erstaunen sah Lothar bereits eine rasch wachsende Wasserfläche zwischen sich und dem Ufer. Lautlos liefen die Halteseile der Fähre mittels Rollen auf dem Tau entlang. Der Mann brauchte nicht mehr zu tun, als mit seinen beiden Armen eine schiebende Bewegung am Tau auszuführen, die, obwohl das Floß jetzt mit dem Auto belastet war, nicht viel Kraft zu erfordern schien. Während der Zieharbeit stand er vom Deck abgewandt und blickte über den See, aber er schien ihn nicht zu sehen.

Lothar stellte sich zu ihm und begann, ihm beim Ziehen zu helfen. Das Tau fühlte sich hart und glatt an. Der Mann machte zum erstenmal den Mund auf.

»Lassen Sie das!« fuhr er Lothar an. »Das können Sie nicht. Wenn einer das Ziehen nicht gelernt hat, bringt er den Prahm in Unordnung.«

Lothar nahm erschrocken die Hände vom Tau. Übrigens hatte er tatsächlich gespürt, daß eine flatternde Bewegung durch das flache Schiff gegangen war, nachdem er an das Tau gefaßt hatte. Dann überlegte er, wie die Stimme des Fährmanns geklungen hatte. Sie hatte sich angehört wie die Stimme eines sehr alten Mannes. Der Mann war hager und lang, und er sah aus wie ein alter, aber nicht wie ein sehr alter Mann.

Der See war nun in seiner vollen Länge zu überblicken, nach Süden ging er in Schilfwildnisse über, in eine Bruchlandschaft, die von einzeln stehenden Kiefern überragt war, nach Norden war er eine Buchenbucht. Ganz fern konnte man unter Laub das Rot von Gehöften sehen: das mußten die Häuser von Barrentin sein. Kein Kirchturm zeigte sich; auch die Esse der Ziegelei war verschwunden. Der Nachmittagssee glomm im brandenburgischen Sommerlicht: lautlos, versponnen und silbern. Nur die Rollen machten ein kleines Geräusch.

»Wir sind aus dem Westen«, sagte Lothar. Das Schweigen des Mannes ärgerte ihn, und er wollte ausprobieren, ob er es brechen konnte. Wie alle Betrunkenen, wollte er reden.

Er bekam keine Antwort. Dergleichen Mitteilungen schienen den Grauen nicht zu interessieren. Lothar hatte es übrigens erwartet. Er versuchte es mit einer direkten Frage.

»Wie lange sind Sie hier schon Fährmann?«

Der Flößer sah ihn nicht an. Er arbeitete verächtlich und stumpfsinnig weiter. Aber er bequemte sich zu einer Antwort.

»Mehr als fünfzig Jahre.«

Lothar gab sich Mühe zu rechnen, und es gelang ihm, die Zahl 1910 zu finden. Das Kaiserreich, die Republik, die Schrekkensherrschaft, der Kommunismus. Die Systeme. Er muß bald siebzig sein. Deshalb klingt seine Stimme so sehr alt, dachte Lothar. Mit einer märkischen Fähre durch vier Systeme gekommen.

»Waren Sie Soldat?«

»Im ersten Krieg, ja«, erwiderte der Mann, »im zweiten nicht mehr.« Er würgte noch etwas hervor, eine Sache, die ihm wichtig erschien. »Im zweiten war es gut, daß einer hier war. Als die Leute anfingen zu flüchten ...« Er brach ab, verstummte.

Wie immer, wenn er duhn war, hatte Lothar Erleuchtungen. Geschichte schreiben, dachte er, nachdem man die Aussagen eines solchen Mannes protokolliert hat. Man muß ganz andere Quellen aufschließen als Gesandtenberichte, Briefwechsel, Memoiren. Wie stellen sich vier Regierungssysteme, vier Denkformen von Herrschaft, auf einem weltverlorenen Floß in der Tiefe der Mark Brandenburg um die Mitte des zwanzigsten Jahrhunderts dar? Material für eine Doktorarbeit! Wenn ich Doktoranden hätte, würde ich sie aus den Archiven in die frische Luft jagen, zu solchen Leuten. Er wurde sich wieder einmal mit Bitterkeit der Tatsache bewußt, daß er keine Doktorarbeiten zu beurteilen hatte. Er war Privatdozent, mit abseitigen Themen befaßt, Spezialist für gewisse Züge der mittelalterlichen Geistesgeschichte, in die These verrannt, er habe an einem historischen Vorgang zu zeigen, inwiefern er einzigartig sei, stiller Gelehrter also, stiller Schnapstrinker, Liebhaber von Halbschatten, und als Mann offenbar ein Versager, denn sonst hätte Melanie ...

Er war dabei, diesen Gedanken zu Ende zu denken, um sich danach zu erinnern, daß Melanie jetzt vielleicht zurückkehrte, und er wollte am Schluß seiner Überlegungen zu seiner Mutter ans Wagenfenster treten, um ihr von dem siebzigjährigen Fährmann zu erzählen, der seit 1910 hier Dienst tat – die Geschichte eines solchen Lebens hätte ihrem Stolz auf Preußen wohlgetan –, als er wieder eine flatternde Bewegung spürte, die durch die Fähre ging; sie teilte sich zuerst seinen Füßen mit, die plötzlich unsicher wurden. Er stand am Ende der Fähre und blickte immer noch auf das Ufer zurück, das sie verlassen hatten, es war nun schon weit entfernt, sie mußten sich über der Mitte des Sees befinden, und weil das flattrige Gefühl in seinen Füßen nicht sogleich aufhörte, trat er einen Schritt zurück und wandte sich um.

Es ist möglich, daß Lothar Witte schon im gleichen Augenblick, in dem er sich umwendete, wahrnahm, wie das Auto, in dem seine Mutter saß, dem vorderen Rand der Fähre zurollte. Es ist möglich, aber wahrscheinlich ist es nicht. Möglich ist nur, daß die Netzhäute seiner Augen den Opel abbildeten, wie er tatsächlich ins Rollen geraten war, wie er langsam, beinahe zart dahinrollte, jedoch, da die Strecke, die er zurückzulegen hatte, äußerst kurz war, in einer Zeitspanne, die kaum gemessen werden kann, so schnell ging dieses langsame Rollen vor sich, den Rand der Fähre erreichte, wo er mit den Vorderrädern ins Wasser tauchte und sich dann, kopflastig, vornüberneigte, um mit einem schnellen Gurgeln zu verschwinden. Aber das Bild auf Lothars Netzhaut scheint nicht sogleich als Nachricht an sein Gehirn weitergegeben worden zu sein – dazu war es doch wohl zu weit entfernt von allem, was Lothar damals für Wirklichkeit hielt. Es paßte nicht in das Leben, das er gelebt hatte, das vielleicht trotz des Schnapses und trotz seiner Leidenschaft für eine Frau eher ein diskretes Leben gewesen war. So ist es zu erklären, daß Lothar, nachdem er in die Knie gebrochen war, weil nach dem Wegkippen des Autos ein mächtiges Schwappen die Fähre erfaßt hatte, eine Weile kniend verharrte und, die Hände auf die nassen Bretter gestützt, auf allen vieren also, auf den Platz starrte, auf dem der Opel gestanden hatte. Er war weg, aber es war nicht möglich, daß er weg war.

Dem grauen Fährmann ging es übrigens ähnlich. Er hatte gemerkt, daß etwas nicht in Ordnung war, weil die Fähre sich auf einmal nicht mehr ziehen ließ, aber er war zu langsam, um sich sogleich umzuwenden, und dann hatte das große Schwappen ihn gezwungen, sich am Tau festzuhalten. Weil er sich am Tau festhalten konnte, war er nicht hingestürzt wie Lothar. Kaum, daß er noch gesehen hatte, wie das Auto im Wasser verschwand. Als die Bewegung der Fähre zum Stillstand kam, sah auch er, daß das Auto verschwunden war. Er ließ das Tau los und blickte stumm über das leere Deck. Die Seilrollen knirschten noch ein paarmal auf dem Tau hin und her.

Erst als der alte Mann bemerkte, daß Lothar sich erhob und ein paar Schritte zum Decksrand hin machte, ging er auf ihn zu und packte ihn am Arm.

»Es hat keinen Zweck«, sagte er, »der See ist hier hundert Meter tief.«

Lothar hatte gar nicht die Absicht gehabt, ins Wasser zu springen, einen Rettungsversuch zu machen, er wollte nur auf die Stelle blicken, an der das Auto versunken war, wobei er sich sogleich sagte, daß es vielleicht gar nicht mehr die Stelle war, vielleicht hatte die Fähre sich inzwischen so weit bewegt, daß sie den Ort schon hinter sich hatten. Er lief zur anderen Seite und blickte hinab: das Wasser war überall gleichmäßig dunkelgrün. Er war noch unfähig, schon zu denken, daß dort unten die Leiche seiner Mutter lag, aber nichts hätte ihn bewegen können, dieses Wasser mit irgendeinem Teil seines Körpers zu berühren.

»Kann die Frau schwimmen?« hörte er den Fährmann fragen. »Wenn sie schwimmen kann, kommt sie vielleicht noch hoch.«

Lothar wandte langsam seinen Kopf in die Richtung des Sprechenden. Dieser alte Mann schlug ihm also vor, sich vorzustellen, daß dort unten seine Mutter einen Versuch machte, sich durch das Wagenfenster zu zwängen, um vielleicht noch nach oben zu tauchen, daß sie sich in einem letzten verzweifelten Versuch gegen das Ersticken wehrte, gegen das Eindringen des Wassers in ihre Lungen. Er setzte sich auf die Planken der Fähre und krümmte sich zusammen.

»Nein, ist unmöglich«, sagte der Mann, der plötzlich begriff, was er gemeint hatte, in seinem Platt und mit seiner sehr alten Stimme. »In der Tiefe ist die längst tot.« Und nach einer Pause fragte er: »War das Ihre Mutter?« Er zog dann die Fähre weiter. Sie war leichter geworden, und nach wenigen Minuten legten sie am jenseitigen Ufer an. Lothar blieb auf dem Floß sitzen.

»Ich geh' jetzt nach der Rettung telefonieren«, sagte der Mann.

Lothar blickte auf. »Warum haben Sie eigentlich nicht gemerkt, daß ich betrunken war«, fragte er scharf. Er sprach jetzt mit dem Fährmann wie mit einem Untergebenen. »Warum haben Sie nicht bemerkt, daß ich die Handbremse nicht angezogen und keinen Gang eingeschaltet habe, als ich das Auto auf dem Floß hatte?«

»Ich versteh' nichts von Autos«, sagte der Mann trocken. Er sagte noch irgend etwas, aber Lothar hörte ihm schon gar nicht mehr zu. Er blickte über das Wasser hin. Erst nach einer Weile, erst als der Mann längst verschwunden war, formte sich in Lothars Gehirn endlich die Nachricht, die als Bild so lange auf der Oberfläche seiner Augen gelegen hatte. Es war nicht das Bild des rollenden Autos, nicht der Sturz des Wagens in die Tiefe, noch das weiße blasige Gurgeln im Dunkelgrünen, das es aufgerührt hatte, sondern es war das Gesicht seiner Mutter, das ihn für den Bruchteil einer Sekunde angestarrt hatte, ehe der Opel, indem er kopfüber verschwand, es mit sich nahm. Seine Mutter mußte sich auf ihrem Sitz herumgedreht haben, als sie das Rollen des Autos gespürt hatte. Sie hatte keine Zeit mehr gefunden, einen Schrei auszustoßen, sie hatte sich nur einfach umgewendet, höchst verwundert wahrscheinlich und vielleicht noch nicht einmal erschrocken, sie hatte auf Lothar geblickt, als wolle sie ihn um ein Wort der Aufklärung bitten, eher erstaunt als entsetzt, und so war sie verschwunden, eine unausgesprochene Bitte an ihren Sohn auf den Lippen. Lothar konnte sich an den Ausdruck ihres Gesichts genau erinnern. Am Ufer des Barrentiner Sees, auf den Planken der Fähre hockend, begann es, zu einem Teil seiner Vergangenheit zu werden, und er begrüßte den Einzug des letzten Gesichts seiner Mutter in sein Gedächtnis, indem er anfing zu lachen.

In der Dämmerung trafen die Rettungsmannschaften aus Wittstock ein. Sie führten Tauchgeräte mit sich. Auch eine Ambulanz war dabei. Ein Arzt gab Lothar, der immer noch lachte, eine Spritze. Als sie ihn ins Auto hoben, schlief er schon.

## 8

Er überwand seinen Nervenschock ziemlich schnell. Sie brachten ihn in ein berliner Gefängnis und behandelten ihn, weil sie nicht recht wußten, woran sie mit ihm waren, als politischen Untersuchungshäftling. Die Einzelzelle war Tag und Nacht beleuchtet, so daß er wenig Schlaf fand. Um halb elf Uhr nachts erhielt er zwei Decken und durfte sich hinlegen. Es war verboten, das Gesicht und die Hände zu bedecken, und sie weckten ihn, wenn er es im Schlaf unbewußt doch getan hatte.

Er machte ein paar Versuche, ihnen zu erklären, warum er sich abseits der Interzonenchaussee herumgetrieben hatte, aber sie sahen ihn verständnislos an. Während einer Vernehmung erklärte ihm der Untersuchungsrichter, das Auto sei gehoben worden und es würde beschlagnahmt werden.

»Was ist mit meiner Mutter?« fragte Lothar.

»Sie ist beerdigt worden«, erwiderte der Richter, »auf dem Friedhof in Wittstock.«

»Wir haben ein Familiengrab«, sagte Lothar, »im Herrnhuter Friedhof, am Blücherplatz.«

»Sie können ja später die Umbettung veranlassen«, schlug der Richter vor.

Ein paar Tage später brachten sie ihm die Gegenstände, die im Auto gefunden worden waren, hauptsächlich Dinge, die seiner Mutter gehört hatten, darunter ihre braune Ledertasche. Man sah es den Sachen an, daß sie lange im Wasser gelegen hatten und gewissenhaft getrocknet worden waren – sie wirkten wie Präparate, wie Ausgrabungsfunde, mumifiziert.

In der Handtasche fand er Melanies Brief; das Couvert war mit einem Zensurstempel versehen worden. Lothar betrachtete den Brief, er las die Adresse seiner Mutter, von Melanie mit der Hand geschrieben, ihre Schrift schien sich wenig verändert zu haben. Die Tinte war von der Feuchtigkeit da und dort zerlaufen. Ohne ihn gelesen zu haben, zerriß er den Brief sorgfältig in kleinste Fetzen.

Drei Wochen später entließen sie ihn. Tilius hatte, über Kollegen in der Humboldt-Universität, geschickt interveniert. Sie brachten ihn in einem Auto zum Brandenburger Tor, wo Tilius, der benachrichtigt worden war, Lothar in Empfang nahm. Der Tag war kühl und regnerisch. Tilius zeigte sich bei dieser Begegnung von seiner besten Seite, ohne alle Dekansallüren, ohne geübte Suada, eher schweigsam und sichtlich von Lothars Unglück betroffen. Als sie im Taxi saßen, sagte er: »Der ostberliner Staatsanwalt wird die Akten nach dem Westen schicken. Sie werden noch einen Prozeß wegen fahrlässiger Tötung durchstehen müssen. Aber Sie werden ziemlich sicher Bewährungsfrist bekommen«, fügte er hinzu. Lothar bat darum, ihn am Bahnhof Zoo abzusetzen. Ehe er ausstieg, sagte Tilius zu ihm: »Können Sie nicht das Trinken sein lassen, Witte!« Er sprach wie ein Mann zu einem anderen Mann, so, wie es sich gehörte.

Lothar erkundigte sich am Bahnhof nach dem Fahrplan der

Interzonenzüge. Er entschloß sich, am nächsten Vormittag nach dem Westen zurückzufahren. Dann suchte er einen Makler auf und beauftragte ihn, den Verkauf der frohnauer Villa in die Wege zu leiten. Das Haus war hypothekenfrei, und der Makler stellte ihm eine Masse Geld dafür in Aussicht; Lothar rechnete sich aus, daß er sich mit dem Geld ein paar Jahre von der Universität zurückziehen konnte, um sein Buch über Amaury de Bêne zu schreiben. Er ging den Kurfürstendamm entlang und landete schließlich im Bristol. Die Terrasse des Bristol war mit Infrarotstrahlern geheizt, Lothar saß auf einem der mit Kissen bezogenen Korbstühle und sah, im Schatten der Markise, auf den kühlen Kurfürstendamm hinaus. Die Frauen trugen farbige Schirme über den verregneten Boulevard. Nach den Gefängniswochen, in denen er nichts zu trinken bekommen hatte, wartete Lothar ungeduldig auf den Cognac, den er bestellt hatte. Er trank vorsichtig und nicht mehr als zwei Gläser. Dann ging er fort, um sich ein Hotelzimmer für die Nacht zu suchen.

# *Noch schöner wohnen*

## *Basis*

Wer ist Albert Lins, der vergangenen Freitag, den 24. September 1965, Gorteen House, einen Landsitz im westlichen Irland, an der Küste von Connemara, gekauft hat? Zusammen mit Theo Maurer besitzt er die Stahlwarenfabrik Maurer & Lins Aktiengesellschaft, Stuttgart, Hauptproduktionszweig Eimer und Töpfe. Nominelles Aktienkapital DM 200000.–, das den beiden Teilhabern je zur Hälfte gehört. Umsatz 1963: 29,5 Millionen. Umsatz 1964: 31,2 Millionen. Für 1965 wird eine weitere Umsatzsteigerung erwartet. Veröffentlichter Reingewinn 1963: 2,3 Millionen, 1964: 2,7 Millionen. Realer Gewinn in der Bilanz verschleiert (Abschreibungen, Investitionen, Rückstellungen).

Lins und Maurer beginnen 1948 mit einigen zehntausend Mark Eigenkapital in einer kleinen zerstörten Fabrik in Feuerbach. Maurer, Diplomingenieur, Schwabe, übernimmt die Technik, Lins, Sohn eines Berliner Anwalts, selber Dr. iur., das Kaufmännische. Bankkredite, inzwischen zurückgezahlt. Lins hat genaue Vorstellungen von *design,* umgibt die Firma mit führenden *designern,* M + L-Töpfe werden zum Begriff für modernes *design.* Lins und kreative Werbeberater verschmelzen die Produktgestaltung mit der visuellen Kommunikation zum M + L-*image.* Spezielle Vertriebs- und Absatzmethoden: Kredite an Groß- und Detailhändler. Beteiligungen an Zulieferbetrieben. Marktanteil 1964: 32,4%. Anteil des Exports an der Gesamtproduktion: ca. 30%. Ständiger Ausbau der Fabrikationsanlagen, Umstellung eines Teils der Produktion auf Kunststoffe, neues Verwaltungsgebäude im Bau (siebenstöckig, Schalenbeton, soll teilweise vermietet werden). Belegschaft 1948: 36, 1965: 581. Lins setzt gegen Maurer durch, daß

Höchstlöhne gezahlt werden. Werkspensionskasse. Albert Lins gilt als einer der sozialsten Unternehmer in der Bundesrepublik.

Die Privatvermögen der beiden Millionäre sind sowohl in Grundstücken, Häusern wie in Papieren angelegt, bei Lins auch in Bildern. Bargeld befindet sich auf – schwach verzinsten – Depositenkonten bei der Württembergischen Bank, Stuttgart, und der Schweizerischen Bankgesellschaft, Zürich.

Der Gesellschafter-Vertrag bestimmt in Ziffer 5, Absatz b, daß jede Veränderung in den Besitzverhältnissen der Zustimmung beider Gesellschafter bedarf.

## *British Racing Green*

Er bezeichnete die Farbe seines geliebten TR 4, Baujahr 1964, also noch Speichenräder, den die Hafenarbeiter gerade mit Stricken umwanden, nicht einmal sich selbst gegenüber einfach als dunkelgrün, sondern mit jenem Ausdruck, den die Firma Triumph in ihren Katalogen verwendete. Natürlich wußte er, daß man sich über ihn mokierte, wenn er dieses Auto herzeigte.

»Hast du gehört, wie Lins den Wagen nannte?« würde der Geschäftsfreund auf der Heimfahrt seine Frau fragen. Er würde versuchen, die englische Aussprache seines Gastgebers nachzuahmen.

»Tráiumph! Britisch räissing grien!«

»Ist er nicht eigentlich schon zu alt für so einen kleinen offenen Sportwagen?«

»Allerdings! Er wird sechzig. Und diese Dinger sind so hart wie Bügelbretter. Für meine Bandscheibe wär' das nichts.« In seiner Stimme würde sich nach dem Spott die Klage über so viel Ungleichheit in der Welt ausbreiten. »Lins ist eben ein Snob«, würde er sagen.

In ihrer Miene, ihrer Haltung würde die Dame zum Ausdruck bringen, daß sie ihrem Begleiter zustimmte, aber insgeheim überlegte sie wahrscheinlich, ob ein Mann, dessen Bandscheiben mit beinahe sechzig noch so intakt waren, daß er einen harten Sportwagen fahren konnte, nicht doch Besseres verdiente als Kritik. In geschäftlicher Hinsicht war der kritische Neid irgendeines Besuchers für Lins ohnehin belanglos; er zog seine TR 4-*show* meistens in der Garage seiner Villa auf dem Killesberg ab, in der neben dem kleinen englischen Schlitten die beiden großen Mercedes-Typen standen, die keinen Zweifel daran aufkommen ließen, daß er *in* war.

Der Ladebaum hob das Auto hoch. Es blieb eine Weile in der Luft hängen, unergründlich grün schwebte es in dem mit Gelb versetzten Blau des Abendhimmels, der sich über dem – leider stinkenden – Liffey und der Stadt wölbte, ehe es im Bauch des Schiffes versank. Hoffentlich verkratzten sie es nicht, dachte Lins. Vom nächsten Jahr an, so hatte man ihm versichert, würde es moderne *car-ferries* zwischen Irland und England geben.

### *"In a coign of the cliff between lowland and highland"*

Um 17 Uhr noch immer hoher Sonnenstand (9° westliche Länge von Greenwich). Er hatte jetzt die Schlüssel von Gorteen House in der Tasche, die der Wirt in Inverbeg besaß, wie er richtig vermutet hatte. Rechts die Bucht von Inverbeg bei Niedrigwasser: Tang als kakaofarbener Schlamm über flachen Felsen. Der Beginn des Parks von Gorteen House: ein dunkles Loch; er mußte seine Sonnenbrille abnehmen. Das Gittertor mit dem verwitterten *For Sale*-Schild (und der immerhin noch lesbaren Adresse und Telefonnummer von Gregory in Dublin), die Lükke neben dem Torpfeiler, durch die er sich vorhin gezwängt hatte. Das milde Licht der rötlichen Kiefernnadeln auf dem Fahrweg hinter dem Tor. Keine Radspur.

Gorteen House kostete 8000 Pfund. Am Donnerstag, dem 23. September, rief Lins von seinem Zimmer im 5. Stock des Shelbourne-Hotel, Dublin, aus Maurer an und bat ihn, die Summe telegraphisch auf das Konto von Gregory zu überweisen. Obwohl Lins die Nachteile des Hauses nicht verschwieg, fand Maurer, es sei für den Preis geschenkt. Allerdings läge es sehr weit ab von Stuttgart. »Anderthalb Flugstunden«, erwiderte Lins. Er würde Maurer erst nach seiner Rückkehr beibringen, daß Gorteen House für ihn nicht bedeutete, nur anderthalb Stunden von der Firma entfernt zu sein. Maurer regte an, irgendeinen Dreh zu finden, mit dem Lins das Geld von der Steuer absetzen könne, durch eine Pro-forma-Beteiligung in Irland vielleicht. Lins gestand sich ein, daß auch er schon daran gedacht hatte, den Erwerb der irischen Immobilie als Investition erscheinen zu lassen. Wenn er beispielsweise jene Teppichweberei in Ballyconneely, die er besucht hatte, in Schwung brachte ...? Der Mann hatte zehn Handwebstühle stehen, von denen er nur fünf ausnützte. Lins, der auch gewisse Kenntnisse in Textil-*design* besaß, hatte wenige Teppiche gesehen, die den Vergleich mit den Erzeugnissen dieser Klitsche aushielten. Man brauchte sie nur auf den Kontinent zu bringen, wo sie, mit Hilfe von sorgfältig in Architektur- und Kunstzeitschriften gestreuten Notizen – sie mußten zunächst als Gerücht lanciert werden! –, reißend abgehen würden, auch wenn sie teuer wären (weil Irland immer noch nicht dem Gemeinsamen Markt angehörte). Er ließ den Gedanken an die Transaktion fallen, während er, nachdem er eingehängt hatte, über die Bäume von St. Stephens Green auf die Wicklow-Berge blickte. Weit hinter ihnen, fern im Westen, stand das Haus, das von morgen vormittag an ihm gehören würde. Unterzeichnung des fertigen, durch Handschlag besiegelten Kaufvertrags sofort nach Eingang des Geldes bei Gregorys Bank. Lins beschloß, sich Gorteen House ganz einfach zu leisten, ohne alle Kniffe und Mätzchen. Gorteen

House durfte er nicht zum Gegenstand von Verhandlungen mit dem Stuttgarter Finanzamt herabwürdigen.

### *Psi-Gamma-Phänomen*

»Aber mich entschieden dafür, es zu kaufen, koste es, was es wolle, habe ich mich nicht erst, als ich die Schlüssel bekam und es besichtigen konnte, sondern gleich, als ich es zum allererstenmal sah, als ich wie ein Indianer um das Haus herumschlich und durch die Fenster hineinspähte.«

Auf der Heimreise nahm Lins sich vor, das Gespräch in Stuttgart mit diesem Satz zu eröffnen. Es würde unangenehm werden; darum mußte er Maurer gleich zu Beginn klarmachen, daß der Kauf des Hauses nicht das Ergebnis einer logischen Untersuchung gewesen war, sondern ein prä-logischer Akt, gegen den es keine Einwände gab.

### *Code civil*

Lins wurde 1906 in Berlin geboren. Abitur 1925 (humanistisches Gymnasium). Studium von 1926 bis 1932, Berlin, Heidelberg, Bonn, Wien. Nicht korporiert. Jus, Kunstgeschichte (bei Adolph Goldschmidt und Karl Neumann), Philosophie (bei Nicolai Hartmann und Moritz Schlick). Juristisches Staatsexamen. Doktorarbeit auf dem Gebiet des Urheberrechts. 1933 längerer Aufenthalt in Oxford. 1934–1939 Juniorpartner des Vaters in dessen Berliner Anwaltsfirma. Lins senior ist 1933 der NSDAP beigetreten und übernimmt später Sitz im Vorstand (›Führung‹) des *Deutschen Rechtswahrer-Bundes.* Auseinandersetzungen zwischen Vater und Sohn; der junge Lins »kann mit dem Nationalsozialismus nichts anfangen«, weist seinen Vater auf die Aushöhlung der bürgerlichen Verkehrsformen hin. Arrangiert durch Beziehungen, daß er 1939 zu einer Nachrichten-

Einheit der Luftwaffe (Bodenpersonal) eingezogen wird, und vermeidet bis 1942 Fronteinsatz auf unerwünschten Kriegsschauplätzen durch Teilnahme an Offizierslehrgängen. Afrika-Feldzug. Er gerät als Oberleutnant in englische Gefangenschaft, ohne einen Schuß getan zu haben. Offizierslager (Offiziere brauchen gemäß Genfer Konvention nicht zu arbeiten) in Kanada von Ende 1942 bis Ende 1945. Im Lager weitere kunstgeschichtliche und philosophische Studien (die Gefangenen erhalten Bücher von den Universitäten Montreal und Toronto). Denkpause. Lins borgt sich von einem sozialdemokratischen Mitgefangenen die Marx-Biographie von Franz Mehring und liest sich an der (von Rosa Luxemburg geschriebenen) Darstellung des 2. und 3. Bandes des ›Kapital‹ fest. Er begreift die Gesetze der ständigen Kreisbewegung des Einzelkapitals und der durchschnittlichen Profitrate. Als Jurist sieht er voraus, daß die Rechtsnorm der bei Kriegsende zu erwartenden bürgerlichen Demokratie (Schutz des Privateigentums) es einem gewissen Personenkreis ermöglichen wird, das große Geld zu machen. Die bloß vermittelnde und analytische Tätigkeit eines Anwalts hat ihm nie gänzlich zugesagt. Er nimmt sich vor, in die freie Wirtschaft zu wechseln, mit dem Ziel, Teile des Mehrwerts, seinen innersten Neigungen entsprechend, in freier Kultur anzulegen. Nach seiner Entlassung gelingt es ihm, den in Ost-Berlin gelegenen Hausbesitz seiner Familie (einige Mietshäuser in der Chodowiecki- und der Danziger Straße) noch kurz vor dessen Nationalisierung zu verkaufen. Mit dem Erlös kauft er das anscheinend völlig wertlose Ruinengelände der Fabrik in Feuerbach.

## *Sinn Fein*

Als er das Abbey-Theater verließ, spürte er, daß die Stadt unruhig war. Er hatte eine Vorstellung von *Borstal Boy* gesehen, das er eine Weile für ein historisches Stück aus einem längst vergangenen Freiheitskampf hielt, bis die ersten anti-englischen Zwischenrufe kamen. Er schüttelte den Kopf. Lins hatte nie etwas für politische Erregtheiten übrig gehabt; sich von überwundenen Zuständen aufregen zu lassen, schien ihm absurd. Vor dem *Shelbourne* standen einige Polizisten, das Hotel lag im Dunkeln. Auf seine Frage antwortete man ihm: "They usually smash our windows."«

*"At the sea-down's edge between*
*windward and lee"*

Das Gittertor mit dem *For Sale*-Schild, das er im Vorbeifahren flüchtig wahrnahm. Links noch immer die Mauer, aber rechts wieder freier Blick auf die Bucht, auf Moore, auf durchsichtige und konische Berge in sieben bis acht Meilen Entfernung. Vordergrund im Grau eines Fähenfells, und blaue Distanz. Leere. Er hielt an. Auf einer Insel lärmten Seevögel. Hinter der Mauer jetzt keine Parkbäume mehr, sondern Rhododendron-Gebüsch und überhängende letzte Rosen. Das Haus war von der Straße aus nicht zu sehen. Er wendete und fuhr zum Gittertor zurück.

*Tonspur*

Tatsächlich wurden die großen Scheiben der *lounge* eine Stunde später eingeworfen. Die Demonstranten kamen vom Merrion Square, wo sie den Union Jack von der britischen Gesandtschaft heruntergeholt und verbrannt hatten. Lins sah auf den von Bogenlampen überkreisten Schattentumult hinab. Das Zerplatzen großer Flächen aus starkem gespanntem Glas: eine Art greller, schneidender Schrei, dem ein Rieseln folgt, wie von Wasser, welches kleine runde Kiesel befördert. Der Immobilien-Makler Gregory erklärte ihm am nächsten Tag, das *Shelbourne* gelte als Hochburg der Anglo-Iren und Protestanten. Er selbst lehnte es ab, dort etwas zu sich zu nehmen, während sie den Vertragsentwurf durchsahen. "I don't drink this damn'd protestant coffee here!" sagte er. Lins mußte lachen. Das Klirren des metallischen Kanzleipapiers, welches ihm Gorteen House auslieferte, übertönte die Klangsteine der vergangenen Kristallnacht, die ihn bedenklich gestimmt hatte. Schließlich und endlich war der Satz vom verdammten protestantischen Kaffee doch nichts weiter als eine skurrile irische Anekdote, die sich glänzend dazu eignete, in Stuttgart erzählt zu werden.

### *Désinvolture*

Größere Geschäfte schloß Lins ungern in Sitzungen oder Konferenzen ab, sondern bei einem Essen, während einer Ausfahrt oder abends in seinem Haus auf dem Killesberg. Zwar ließ er die offiziellen Verhandlungen in dem von einer Innenarchitektin sehr geschmackvoll ausgestatteten Sitzungszimmer der Maurer & Lins AG stattfinden, verlieh ihnen sogar den feierlichen Charakter eines Konklaves, mit dessen Hilfe er seinen Kontrahenten das Gefühl großer Bedeutung einflößte, sorgte aber dafür, daß die eigentlichen Entscheidungen offenblieben.

Diese führte er überraschend bei Zusammenkünften in kleinem Kreis herbei, scheinbar beiläufig, in angenehmem Privatissimum. Er schuf dann zwischen sich und dem Geschäftsfreund das Air einer Elite, die unter sich war.

### *Ansprechen des Balles*

Er hatte Gregory gefragt, wo man in Dublin am besten Golf spielen könne, und der Makler hatte ihn zu seiner Überraschung in den exklusiven Portmarnock-Club auf der Insel Malahide eingeladen. Gregory spielte besser, und nicht nur weil er den Platz kannte. Nur beim *putting* war Lins ihm überlegen.

Neu war für ihn, daß der Caddy ihm ungefragt Ratschläge gab, die richtigen Hölzer heraussuchte usw.; er wollte es sich schon verbitten, ließ es aber sein, weil er bemerkte, daß Gregory sich mit seinem Caddy ernsthaft unterhielt. Am Ende hatte er es dem Jungen zu verdanken, daß er nicht allzu schlecht abschnitt. Auch Gregory, der beim dritten Loch zu ihm gesagt hatte: »Spielen Sie nicht gegen mich, spielen Sie gegen den Platz!« Gregory war untersetzt, glatzköpfig, braungebrannt, trug eine pfeffergraue Tweedhose, ein verschwitztes Polohemd, uralte Golfschuhe. Einmal brachte er den Ball über eine 400-m-Bahn in zwei Schlägen auf das Grün. Nachher, an der Bar, tönte Lins das Preisproblem von Gorteen House an. Er ließ durchblicken, daß Gorteen House anscheinend unverkäuflich sei und daß er bar zahle. Gregory ließ keinen Cent nach. Er sagte, die Unverkäuflichkeit von Gorteen House sei in den Preis einkalkuliert. Lins brachte die Frage des politischen Risikos ins Spiel, erzählte von dem Plakat, das er in Inverbeg gesehen hatte: *We want land for the poor farmers, not for the idle rich.* Gregory sagte, die Quadratmeile Wasser und Steine, die zu Gorteen House gehöre, wolle niemand. Lins gab auf. Er bemerkte eine Frau, die ihm sehr gefiel, schlank, durchsichtiges Braun, sommersprossig, eine Masse dunklen, nicht sehr langen Haares, kühle helle Augen. Rock und kurze Jacke aus dünnem, anscheinend schon endlos getragenem Wildleder. Unter den Golfspielern des Portmarnock-Clubs wirkte Lins wie aus dem Ei gepellt.

*"Walled round with rocks*
*as an inland island"*

Das Haus konnte ja bewohnt sein, auch wenn es zum Verkauf stand. Er hatte lange gehorcht, ob er ein Geräusch vernahm, aber nichts gehört, nicht einmal einen Vogelruf oder das Rauschen von Blättern. Schließlich hatte er es gewagt, einzudringen. Jetzt ging er den Weg auf die Anhöhe zum zweitenmal, noch immer unwillkürlich leise, aber doch sicherer, mit dem Gefühl, das ihm die Schlüssel in seiner Hosentasche verschafften. Vorhin hatte er nur durch ein einziges Fenster, hinter dem die Vorhänge zurückgezogen waren, einen Blick in ein Zimmer tun können. Er hatte einen ovalen Tisch gesehen, umstanden von Sheraton-Stühlen. Ein trockenes Zwielicht; helle Rechtecke an den Wänden, von den Bildern, die man abgenommen hatte. Hinter dem Haus hatte er die Fliegenschwärme aufgestört, die dort über den Sonnentümpeln hingen.

### *"Compost liffe in Dublin"*

Auf den Vertragsabschluß und die Passage wartend, war ihm nichts anderes übriggeblieben, als sich Dublin anzusehen. Er war zweimal im Nationalmuseum gewesen. Er hatte das *Book of Kells* besichtigt. Die Stadt starrte von Schmutz, und der berühmte Liffey stank so infernalisch, daß es unmöglich war, an seinen Ufern spazierenzugehen. Manchmal blieb Lins stehen und betrachtete fasziniert eine von Papierresten, Dosen, Zigarettenkippen, Flaschensplittern übersäte Straße. Die Böden der *basement*-Schächte dienten als Abfallgruben. Durch die Straßen nördlich der O'Connell-Brücke gingen Hunderte von Gestalten aus Nachtasylen. Er flüchtete sich in die georgianischen Viertel, ging an den edlen Backsteinfassaden, den farbigen Türen der Fitzwilliam Street entlang, bis er einmal durch eine Einfahrt in ihre Hinterhöfe geriet, ihren Verfall sah, eine Verwesung aus geteerten Rissen und schwärzlichem Bewurf, eine unschöne Baufälligkeit aus leeren, verrottenden Slum-Werkstätten. Er sah einem Mann zu, der auf einem Kotflügel herumhämmerte.

Lins' Mutter, 1876 geboren, bei Geburt ihres (einzigen) Kindes 30, geborene von Janotte (preußische Hugenotten, kleinster Beamtenadel), lebte jetzt als 89jährige in einem Westberliner Altersheim. Lins war erleichtert gewesen, als sie es abgelehnt hatte, in dem mehr als komfortablen Stuttgarter Haus ihres Sohnes Wohnung zu nehmen. Sie war niemals eine zärtliche Mutter gewesen; keine animalischen Berührungen des Kindes, nicht einmal im Baby-Alter. Die alte Dame, die ausschließlich auf harten Stühlen mit geraden Lehnen sitzt, ist entschlossen, noch viel älter zu werden. 1936 heiratet Lins eine um drei Jahre jüngere Schauspielerin, die auf ihren Beruf verzichtet. 1938 ein Sohn, der weder Neigung noch Begabung für das Geschäft zeigt, sondern Medizin studiert. 1941 eine Tochter, die schreibt und gegenwärtig in wilder Ehe mit einem deutschen Maler in London lebt. Nach der Rückkehr aus Kanada stellt Lins fest, das er keine Lust mehr hat, seine Frau zu berühren. Sie verlangt 1947 die Scheidung und heiratet wieder, einen Pfarrer, mit dem sie in der DDR bleibt. Lins hat 1948, während der euphorischen Gründungsperiode der Maurer & Lins AG, ein Verhältnis mit einer Sekretärin. 1956, als 50jähriger also, heiratet er die 22jährige Tochter eines Schweizer Geschäftsfreundes, die als Volontärin in sein Büro gekommen ist. Der Name *Salome* ist in der Schweiz nicht unüblich. Trennung 1959. Wenn er die Frauen abzählt, mit denen er geschlafen hat, kommt Lins auf die Ziffer elf. Letzter Geschlechtsverkehr – ohne Orgasmus – 1962 mit einem Strip-girl eines Zürcher Nachtlokals. Er war mit ihr an der Bar in ein Gespräch gekommen. Preis: 150 Schweizer Franken. In ihrem Zimmer, im Seefeldquartier, saßen überall riesige Puppen von ekelerregender Süßlichkeit, die das Mädchen, wie es erklärte, über alles liebte.

Maurer würde außer sich sein, wenn er hörte, daß Lins beabsichtigte, sich zurückzuziehen. Um Zeit zu gewinnen, würde er erst einmal von Lins' Häuserfimmel reden. Theo Maurer, obwohl Schwabe, also eigentlich Häuslebauer, lebte nicht, wie Albert Lins, in einem eigenen Haus auf dem Killesberg, sondern in einem, allerdings sehr teuren, Junggesellen-Appartement am Schloßgarten. Dafür hing er um so mehr an der Fabrik, sprach gerne und oft von ihr als von seinem und Alberts Werk, gebrauchte manchmal sogar den Ausdruck *Lebenswerk* und nahm es seinem Kompagnon übel, wenn dieser ihm widersprach und erklärte, es gäbe noch andere Dinge im Leben als Eimer und Töpfe. »I weiß scho'«, hatte Theo einmal streitsüchtig geantwortet, »daß dir deine Bücher und Bilder wichtiger send. Aber du vergischt, daß du dir den ganze Kunschtkram net leischde könndschd ohne unsere Eimer und Töpf'!«

### *"The ghost of a garden fronts the sea"*

Er mußte den grauen Verputz von den Mauern des länglichen einstöckigen Baus abschlagen lassen; darunter würden alte braune Backsteine zum Vorschein kommen, die man durchsichtig schlämmen lassen konnte. Die Fenster waren von dünn geschnittenen Steinbändern eingefaßt, welche aus den Mauern nicht hervortraten, sondern ebenmäßig in sie eingelassen waren; nach den Gesetzen einer Harmonielehre, die, wie er sich sagte, seit zwei Jahrhunderten verlorengegangen war, saßen sie in den Wänden. Das Dach aus unregelmäßigen Schieferplatten, weder zu flach noch zu steil, nicht vorspringend, sondern genau an den Mauerkanten ansetzend, war schadhaft, wies Löcher auf. Der Park hatte sein Ziel, das Haus unter sich zu begraben, noch nicht gänzlich erreicht; es würde nötig sein, ihn roden zu lassen, nur die ältesten Bäume durften stehen bleiben, locker auf Rasenflächen. Er mußte das Haus dem Meer und den Mooren zurückgeben, für die es gebaut worden war. Schatten herausschneiden. Wie beim erstenmal ging er zum Steingeländer der Terrasse, sah auf das Stück Straße hinab, auf dem er den Wagen gewendet hatte.

## *Überbau I*

Schon als Sechzehnjähriger kauft Lins sich von seinem Taschengeld die Reichsdrucke von Rembrandts Landschaftsradierungen. Er besitzt sie heute noch. Aufbau einer Sammlung seit 1946. Lins konzentriert sich auf Graphik, kauft im Laufe der Jahre nur etwa zwei Dutzend Ölbilder. Er legt sich nicht fest, erwirbt sowohl ältere wie neue Kunst, läßt aber ganze Epochen (Manierismus, Rokoko) aus. Wertvollste Stücke der ca. 400 Blätter umfassenden Graphik-Sammlung: eine Radierung von Hercules Seghers, ›Die Stadt mit vier Türmen‹ – Druck in zwei Farben (grün und braunrot) auf einem grün eingefärbten Papier; ferner findet sich in der Luft und im Mittelgrund der Landschaft blaue Farbe –, sowie ein Exemplar des farbigen Holzschnitts ›Mondschein‹ (1. Fassung, 1896) von Munch. Die Sammlung enthält u. a. frühe kolorierte Einblatt-Holzschnitte, Kupferstiche des ›Meisters der Spielkarten‹ und Blätter von Hirschvogel, Piranesi, Goya, Meryon, Vuillard, Ensor, Picasso, Morandi. Lins kauft niemals nach dem Marktwert, sondern nur, was ihm gefällt. Bei Ölbildern ist er nicht ganz so geschmackssicher wie bei Graphik; er besitzt einen schwachen Renoir und einen belanglosen Van Dongen. Sein größter Fehlkauf war ein Riesenschinken des belgischen Surrealisten Paul Delvaux, ›Das Lob der Melancholie‹. Er will versuchen, ihn gegen ein Bild von Oelze zu tauschen. Aber er hat immerhin ein paar gute alte Deutsche, zwei Sironis, die ›Présence d'Esprit‹ von Magritte, einen de Staël und eines der ›Insel‹-Bilder von Valenti. Lins legt keinen Wert auf persönlichen Kontakt mit Künstlern, kauft nicht in Ateliers, sondern ausschließlich bei renommierten Kunsthändlern, auch wenn er auf diese Weise höhere Preise bezahlen muß.

### *Überbau II*

Lins' Bibliothek umfaßt etwa 7000 Bände. Hauptgebiete: Geisteswissenschaften, Prosa, Lyrik. Englische und französische Autoren in den Originalsprachen. Kein Ehrgeiz in Richtung Erstausgaben, Autographen u.dgl. – er bevorzugt vollständige Ausgaben mit kritischem Apparat. Spezialgebiete: Spinoza, französische Literatur des späten 19. Jahrhunderts, Sartre. Unter den Modernen sind Sartre und John Cowper-Powys Lins' Lieblingsautoren. Große kunstgeschichtliche Abteilung. Lins ist stets auf der Suche nach Büchern, in denen die Dinge und die Existenz als vollkommen dinglich und existierend erscheinen und die Wörter und Sätze ›zu den Sachen selbst zurückkehren‹ (Merleau-Ponty, Phénoménologie de la Perception). Lins lehnt instinktiv jede Bedeutungslehre ab, obwohl (oder weil) er im Geschäft semantische Prozesse betreibt (›M + L-*image*‹). Da er vermutet, daß er – obwohl Akademiker – seine diesbezüglichen Gedanken nicht formulieren kann, vermeidet er den Umgang mit Gelehrten und Schriftstellern. Er hat keine religiösen Bedürfnisse.

### *Überbau III*

Das Haus auf dem Killesberg hat Lins 1954 hauptsächlich für seine Sammlung gebaut. Er lebt zu jener Zeit als Junggeselle. Die Kinder befinden sich in Internaten. Von den reichen Leuten in Stuttgart wohnen die meisten auf dem Killesberg. Lins stellt dem Architekten die Aufgabe, das Killesberg-Schema zu durchbrechen: Häuser mit großen Fenstern in nicht sehr großen Gärten, aus denen man über nicht sehr große Gärten auf Häuser mit großen Fenstern blickt. Inhalt: Sitzgruppen, Bodenvasen, Bibliotheken, Barschränke, Stilmöbel, Flügel, Plattenspieler, Fernsehapparate. Der Architekt entwirft ihm: einen kleinen, fast quadratischen Hauptbau, bis zur Höhe des ersten Stockwerks fensterlos, unter dem Dach ein durchlaufender Fensterkranz, innen keine Stockwerke, also ein einziger hoher Oberlicht-Raum, in dem die Bilder über den niedrigen Schränken der Graphik-Sammlung hängen. Zwei Jahre später bezeichnet Salome diesen Raum als Museum, durchquert ihn stets auf Zehenspitzen, haust fast nur in dem nach Süden sich erstreckenden Wohntrakt, richtet sich ein Zimmer über der Garage ein, aus dem sie auf die – wenn auch unbelebte – Straße blicken kann. Da dieser Wohntrakt außer den Schlafzimmern und der Küche einen großen *living-room* enthält, in dem Lins Gäste empfangen kann – er liegt neben dem ›Museum‹, vermittelt zwanglos den Übergang von der Kunst zur Gesellschaft –, wird das Haus im Endergebnis ein typisches Killesberg-Haus. Auf dem Rasen vor dem *living-room* ein mittelgroßer Stein von Barbara Hepworth, dahinter Büsche, dahinter das Haus eines bekannten Anwalts, dessen Dienste Lins und Salome gemeinsam in Anspruch nehmen, als sie sich 1959 scheiden lassen.

## *Überbau IV*

In Lins' Haus wohnt außer ihm nur noch eine ältere (62) Dame, schlank, gut aussehend, die ihm den Haushalt führt. Monatsgehalt DM 2000.–. Ausgezeichnete Köchin. Eigenes Zwei-Zimmer-Appartement im 1. Stock des Wohntrakts, Fernsehapparat, kleines Auto. Zwischen Lins und ihr strikte ›Sie‹-Anrede. Lins graut davor, ihr mitteilen zu müssen, daß er das Haus aufgeben wird. Der Fahrer, der auch den Garten pflegt, lebt in einer Wohnung auf dem Werksgelände; seine Frau kommt dreimal wöchentlich putzen. Lins ist gespannt darauf, wie er das Dienstboten-Problem in Irland lösen wird. Er stellt sich für Gorteen House einen Butler vor.

## *Nachrichten aus der Gesellschaft*

Er hatte einen Platz für das Auto bekommen, aber kein Bett mehr für sich selber. Den uralten Kasten betrachtend, der allnächtlich von Dublin nach Liverpool stampfte, ahnte er, daß ihm eine unangenehme Nacht bevorstand. Das Schiff verließ den Kai erst um acht Uhr. Er ging die Uferstraße entlang, kaufte in der O'Connell-Street Zeitungen und einen Krimi für die Nacht, nahm dann ein Taxi zum *Shelbourne,* um zum vorläufig letztenmal in der Bar etwas zu trinken. Es gab dort nun schon vertraute Gesichter, Männer, die ihn anblickten, potentielle Freunde in Tweed-Anzügen mit goldenen Uhrketten über ihren Westen, die allesamt bereit gewesen wären, ihn über Irland aufzuklären. Einmal war die Frau aus dem Portmarnock-Club hereingekommen, im Reitdreß, von zwei Männern begleitet, Reitern, sie hatte ihn angesehen mit ihren kühlen hellen Augen, vielleicht konnte er später einmal ihre Bekanntschaft machen. Er selber hatte nie geritten; in Gorteen House würde er sich zum erstenmal in seinem Leben einen Hund halten. Er würde sich in Stuttgart bei Fachleuten nach den Eigenschaften der verschiedenen Rassen erkundigen.

Er durfte Maurer als Verhandlungsgegner nicht unterschätzen; er mußte damit rechnen, daß Maurer es zuerst gar nicht mit geschäftlichen Argumenten versuchen würde, ihn von seinem Vorhaben abzubringen, sondern mit der Vermutung, Lins habe die Sache mit Salome nie überwunden und wolle sich deshalb jetzt irgendwo vergraben. Maurer hatte sich noch nie über Lins' gescheiterte zweite Ehe geäußert, aber angesichts der Gefahr, seinen Partner zu verlieren, würde er nicht davor zurückschrekken, unter die Gürtellinie zu schlagen. Lins würde ihm schwören, daß er bei dem Entschluß, Gorteen House zu kaufen, keinen Augenblick lang an Salome gedacht hatte. Ein Achselzukken Maurers. Lins weiß, daß in solchen Fällen immer der Mann als sexueller Versager gilt. Die Ehe eines Fünfzigers mit einer Zweiundzwanzigjährigen. Alle seine Bekannten werden seinen Auszug in das ferne keltische Land genau so kommentieren wie Maurer. Niemand würde ihm glauben, wenn er herumliefe und erklärte, er habe sich mit Salome nach einem Jahr genauso gelangweilt wie sie sich mit ihm. Vielleicht würde es am bequemsten sein, Maurers Vermutung nicht zu widersprechen. Maurer würde noch eine Zeitlang murren, aber sich von Anfang an geschlagen geben. Ein anscheinend unausrottbarer psychischer Mechanismus sorgte dafür, daß von allen Gründen für das Verlangen, das ihn erfüllte, ein romantisch-erotischer den Leuten noch immer als der plausibelste erschien. Lins wollte nicht so billig davonkommen.

»Weißt du«, sagte er zu Theo Maurer, »im Bett, mit Salome, war ich gar nicht so schlecht.«

Irgendwie wollte er Theo klarmachen, um was es ihm ging.

## *Lang lebe Lord Revelstoke!*

Um dieser Stadt zu entrinnen, die auf Abbruch stand, zog er manchmal den TR4 aus der Hotelgarage und fuhr nach Glendalough, in die Wicklow-Berge, ins Boyne-Tal. Dort fand er die Gewißheit wieder, daß Irland zeitlos schön war. Hinter den Hecken, über den Weiden, wasserdurchsponnen, von Pferden umringt, stand der Indianersommer, ein roter Gott in blauen Schleiern. Wie richtig es doch gewesen war, Gorteen House zu kaufen! Gestern, am Tag vor seiner Abreise, war er den Weg über den Klippen von Howth entlanggewandert. Die Schreie der Vögel über dem Meer waren völlig verschieden von den Schreien der Demonstranten gewesen, die er von der vergangenen Nacht her noch im Gehör hatte. Dann tauchte, hinter einer Wegbiegung, die Insel auf. Sie lag, nicht sehr weit von der Küste entfernt, als rötlicher Berg im Meer. Mit dem Fernglas hatte er festgestellt, daß sie leer war, rötlich, baumlos und vollständig leer. Kein Haus. Sie hieß Lambay. Abends, in der Bar, den Blue Guide konsultierend, stellte er fest, daß die ganze Insel einem Lord Revelstoke gehörte und nur mit dessen schriftlicher Erlaubnis betreten werden durfte. Erfreut sah er von seiner Lektüre auf. Deshalb also lag Lambay so leer, so unberührt, so sagenhaft im Meer – sie war ein Privateigentum. Jemand hatte den mythischen Prospekt dieses Porphyrbergs, der dort draußen in der Irischen See lag, auf die einfachste Weise von der Welt gesichert: indem er ihn kaufte. Eingeschlossen in Mahagoni, Messing und Spiegel, trank Lins einen Schluck Whisky auf das Wohl von Lord Revelstoke.

### *Tresor für Fetische oder Rettung der Kunst?*

In der Halle keine Möbel; sie war vollständig leer. Das Licht fiel fast wie in seinem Haus auf dem Killesberg von oben in sie ein, war ein Museumslicht. Aber hier trugen Holzsäulen eine geschwungene Treppe, bildeten einen halben Umgang, weiß, vergilbt, feierlich. Zwischen die Säulen würde er den großen de Staël hängen, die grün-blaue Küstenlandschaft; sie würde dort vertieft leuchten, sich ausnehmen wie ein Bühnenbild. Rechts, an die freie Wand, käme das kleine Dreikönigsbild aus der Donauschule in seinem Kassetten-Rahmen. Im Gegensatz zu dem de Staël mußte es aus der Wand fast plastisch nach vorne gebracht werden, damit die feine Zeichnung zur Geltung kam. In die Halle würde nichts kommen als diese beiden Bilder. Er öffnete die Türen zu den beiden großen Parterre-Räumen rechts und links von der *hall*, ging zwischen ihnen hin und her, zog die Kattunvorhänge beiseite.

## *Corpus delicti*

Lins ist niemals ernstlich krank gewesen. 1958 kurzer Klinikaufenthalt wegen einer akuten Gallenblasen-Entzündung, kurzes Hinfälligkeitserlebnis infolge Bettlägerigkeit erster Klasse, Schlafmitteln, zu viel Lektüre, Starrens aus dem Fenster. Andererseits ist Lins nicht der Typ, der von Gesundheit strotzt. Kein Sport, außer Golf. Keine Neigung zu Sonnenbädern. Schwimmt gerne, würde gern angeln, fühlt sich von allen Kugelspielen (Boccia, Boule, Kegeln) angezogen, ohne sie auszuüben. Macht lange Spaziergänge, am liebsten allein. Verfällt in den fünfziger Jahren eine Weile dem deutschen Laster: zu viel essen, reißt sich plötzlich zusammen und hält mit Hilfe sorgfältiger Diät ein Gewicht von 82 Kilo bei 1,82 m Größe. Nichtraucher. Trinkt nur beim Abendessen, entweder trockenen Bordeaux oder Schweizer Weißweine; vor dem Schlafen, in Gesellschaft, einen oder zwei Whiskies.

## *L'art pour l'art oder Abschied vom Gerede?*

Auch sie waren unmöbliert. Nur in dem kleinen Saal zur Linken standen der ovale Tisch und die Stühle, die er schon von draußen gesehen hatte. Natürlich handelte es sich nur um Kopien von Sheraton-Stühlen. Er berührte die Kaminsimse aus grauem Marmor, eine beschädigte Vase, die auf einem Fensterbrett stand. In dem einen der beiden Räume würde er die Bibliothek unterbringen, mit Regalen, die bis zur Decke reichten, dazu seinen Studiertisch, in dem anderen die Schränke, welche in flachen tiefen Schubladen die Handzeichnungen, die Radierungen, Lithographien und Holzschnitte enthielten. Diese Schränke waren nur einen Meter hoch, so daß er an den – dann weiß gestrichenen – Wänden über ihnen wechselnde Ausstellungen veranstalten konnte. Ausstellungen, die allerdings niemand mehr betrachten würde als er allein. Vielleicht würden ihn dann und wann irische Nachbarn besuchen.

Arthur Byrne, der Wirt des Gasthauses und Hotels in Inverbeg, sah dem deutschen Herrn nach, der sich die Schlüssel von Gorteen House geholt hatte, wie er die Uferstraße überquerte und zu seinem Auto ging. Er war Sportwagen-*fan*, besaß selber einen alten *Lotus*, an dem er unermüdlich herumbastelte, und es interessierte ihn, zu sehen, wie dieser Ausländer seinen TR4 in Gang setzen würde. Natürlich machte er es falsch. Einen Wagen wie diesen mußte man gleich nach dem Anlassen ein paarmal kräftig durchpusten, man mußte den Motor noch im Stehen hochjagen und die Kiste dann schnell, mit einem Ruck, wegziehen, so, daß sie davonschoß. Nicht nur wollte sie so behandelt werden, anderen Falles zuckelte sie, besonders in den unteren Gängen, sondern es machte ja auch das ganze Vergnügen aus, das man an ihr hatte. Wenn man diesen Spaß nicht wollte, konnte man sich ja irgendeine Kutsche kaufen, in der man bequemer saß. Arthur Byrne litt, als er sah, wie der Besucher den Motor erst im Leerlauf langsam und vorsichtig kommen ließ, ehe er den TR4 im Rückwärtsgang bedächtig auf die Straße schob, auf der er davonfuhr, die Bucht entlang nach Norden, im zweiten Gang, höchstens im zweiten Gang. Der Mann war zu alt für sein Auto!

Über den Eindruck nachdenkend, den dieser Deutsche auf ihn gemacht hatte, kam Byrne zu dem Schluß, daß er noch nie einen gepflegteren Menschen gesehen hatte. Maureen war zu ihm ins Büro gekommen und hatte gesagt, jemand wolle ihn sprechen. "A very distinguished man!" hatte sie hinzugefügt, sichtlich angetan. Schon das Englisch des Fremden war makellos gewesen, sozusagen stäubchenfrei, ein Englisch, wie es kein Mensch auf den Britischen Inseln sprach. Er trug einen blauen Blazer und eine graue Flanellhose, Sachen, wie sie viele Engländer in den Ferien trugen, aber an ihm wirkten sie anders: reicher, voller, sie verhüllten den Mann mehr, als daß sie seinen Körper, seinen Knochenbau zeigten. Sie sahen nicht neu aus, nicht parvenühaft, nur waren sie zu kostbar im Stoff, zu gut gearbeitet, zu ... ja eben: zu gepflegt. Ein großer, nicht dicker Mann mit einem nicht gebräunten, sondern leicht gelblich gefärbten Gesicht – Byrne schloß auf eine angegriffene Leber –, mit blauen Augen hinter einer Hornbrille, deren Fassung im oberen Teil schwarz gefärbt war, mit grauen, langsträhnigen, sehr sorgfältig nach hinten gekämmten Haaren. Er schien gut in Form zu sein. Wenn er *fit* war, dann nicht durch angeborene Härte, sondern infolge Massage. Ein Mann, immer wieder überholt, fast ohne Gebrauchsspuren. Was wollte er mit Gorteen House? Arthur Byrne glaubte, ihn warnen zu müssen.

»Die O'Gradys haben das Haus schon vor zwanzig Jahren aufgegeben«, sagte er. »Es ist ziemlich heruntergekommen.«

»Oh, das macht nichts«, erwiderte Albert Lins. »Die Lage ist jedenfalls einzigartig.«

Man konnte nicht voraussehen, was Leute, die derart nach Geld rochen wie dieser Mann, alles anstellen würden, überlegte Byrne. Er erinnerte sich an den englischen Bankier, der Ardmore Castle, diesen Riesenkasten am Meer, gekauft und renoviert hatte, um ihn danach vierzehn Tage im Jahr zu bewohnen.

## *Natura morta oder Stilleben?*

Schlafen würde er oben. Die Schlafzimmer lagen im ersten Stock, dazu eine Reihe Kammern. Eigentlich war das Haus zu groß für ihn, aber er würde alle Räume instandsetzen lassen und einrichten. Die Kinder würden ihn gelegentlich besuchen, vielleicht würde auch Theo Maurer einmal kommen. In jedes der Zimmer würde er eines der Bilder hängen; es würde ein Magritte-Zimmer geben, ein Sironi-Zimmer und so weiter. Der Wirt in Inverbeg hatte ihm erzählt, daß es hier während der Wintermonate fast ununterbrochen regnete. Also würde er den Tag über an seinem Tisch in der Bibliothek sitzen und arbeiten. Vorläufig wich er der Definition des Begriffs *arbeiten* im Zusammenhang mit Gorteen House aus. An den Winterabenden, wenn der Regen das Haus überfloß und die Nacht mit wehenden Schleiern füllte, würde er Patiencen legen. Für Gorteen House war ein Gegenstand unentbehrlich, den er noch nicht besaß: eine Standuhr, die tickte.

### *Traumzensur*

Lins träumt meistens Durchschnittliches: Hemm- und Prüfungsträume. Er muß schnell verreisen, beginnt, seinen Koffer zu packen, kommt damit nicht zu Rande, ist zuletzt unfähig, auch nur einen Finger zu rühren. Oder er geht eine Treppe empor, die niemals endet. Die Prüfungsträume beziehen sich nicht auf Abitur und Staatsexamen, sondern auf geschäftliche Vorgänge: er ist beispielsweise im Traum unfähig, einen Vertrag zu formulieren, den er vor einiger Zeit seiner Sekretärin in zehn Minuten diktiert hat. Häufige und wiederholte déjà-vu-Erlebnisse: Landschaften und städtische Szenerien, die er wiedererkennt, ohne sie je gesehen zu haben. Er hält Freuds Hypothese, bei allen déjà-vu-Träumen handle es sich um den Wunsch, in die Genitale der Mutter zurückzukehren, für falsch. Widerspricht im Geiste auch der Behauptung Freuds, die Traumsprache kenne keine negativen Begriffe; er möchte darauf schwören, daß er in Träumen schon ein paarmal »nein« oder »nicht« gesagt hat. Keine offen sexuellen Träume oder gar Orgasmus im Schlaf. In einem sehr angenehmen, sich von Zeit zu Zeit wiederholenden Traum geht Lins eine auf den Anhalter Bahnhof in Berlin zuführende Straße entlang, die mit Antiquariatsbuchhandlungen besetzt ist, in deren Schaufenstern die exquisitesten Werke ausgestellt sind. Während des Traums sagt Lins sich, daß er sich gar nicht wirklich in dieser Straße befindet, sie aber unbedingt aufsuchen müsse, wenn er das nächstemal nach Berlin käme. Nach dem Erwachen braucht er einige Minuten, um sich, sehr enttäuscht, klarzumachen, daß es die geträumte Straße in Berlin nicht gibt. Einem Traum wie diesem zum Trotz glaubt er nicht, in seinen Träumen erfülle er sich seine geheimen Wünsche; eher neigt er der These zu, die besagt, die Träume kämen, ihn zu strafen.

### *Aus dem roten Buch von Hergest*

Diesen katholischen Kaplan würde er nie vergessen. Die See war wirklich glatt, gelb von dem gelben Himmel im Westen, unter den sich schwarz und nächtlich die Berge zeichneten, die Wicklow-Berge und die Hügel von Meath. Lambay war noch immer ein Berg aus Porphyr. Der Kaplan hatte, ohne sich um die Leute im Salon zu kümmern, seine Soutane ausgezogen; darunter trug er ein weißes Hemd mit rundem Priesterkragen, Hosenträger. Weiß saß er in der Gruppe schwarzer Kleriker und begann, Albert Lins zuzutrinken, als dieser sich in seiner Nähe niederließ. Lins beobachtete, wie die Kleriker ihm zuhörten, obwohl er betrunken war und die Soutane ausgezogen hatte. Er erzählte ihnen eine Sage, die Lins später als eine walisische eruierte: die Geschichte von Ceridwen und Gwion. Manchmal machte er eine Pause und trank Lins zu, der gebildete irische Priester dem gebildeten Fremden. Lins tat ihm keinen Bescheid, sondern blickte weiter in die ›Irish Times‹. Die Touristen hatten längst den abgenutzten Salon des Dampfers verlassen, waren in die Kabinen gegangen, weil ihre Frauen von den trinkenden Iren offen belästigt worden waren; lachend und kopfschüttelnd hatten sie das Feld geräumt. Lins wußte, daß er, wenn er dem Kaplan ein einziges Mal zutrank, die ganze Nacht mit gläsernen Augen in eine niemals endende Redeflut starren würde; er hatte dergleichen schon erlebt, in Gasthäusern in Sligo und Galway, und festgestellt, daß er dem Alkoholkonsum und der rhetorischen Unermüdlichkeit von Kennern der gälischen Mythologie oder Yeats-Spezialisten nicht gewachsen war. Es hatte immer brillant begonnen und als Alptraum geendet. Wenn er in Gorteen House wohnte, mußte er solche Exzesse von sich fernhalten. Nachdem der betrunkene Kaplan erzählt hatte, wie die in ein Huhn verwandelte Ceridwen den in ein Korn verwandelten Gwion verschluckt und davon, in menschliche Gestalt zurückgekehrt, schwanger geworden war, erhob er sich plötzlich, schwankend, und schrie zu einigen Nonnen, die in der entgegengesetzten Ecke des Salons saßen, unflätige Zoten hinüber. Es gab keinen Aufruhr. Die vielen trinkenden und halblaut singenden Männer wandten kaum ihre Köpfe. Die Nonnen saßen schwer und flüsternd im Kreis, die älteste gab schließlich in einem einzigen Herwenden ihres hochmütigen Profils ein Zeichen, das die Kapläne veranlaßte, den obszönen Diener Gottes abzuführen, irgendwohin unter Deck zu schleppen. Nach Mitternacht ging Lins noch einmal an Deck, er sah ein starkes Leuchtfeuer zur Rechten, hielt dafür, daß es das Feuer von Holyhead sein müsse. Er dachte darüber nach, ob es nicht zu riskant war, in ein Land zu gehen, in dem es geschehen konnte, daß ein Priester sich im Erzählen einer Dichtung unterbrach und einigen Nonnen zurief, sie seien Huren Jesu Christi und täten besser daran, sich von ihm vögeln zu lassen. Draußen war es eiskalt, und er mußte wieder hinab in den Gestank nach Bier und Schweiß. Diese Nacht verlief wirklich so unangenehm wie möglich. Manchmal gelang es ihm, einzunicken.

*"Here now in his triumph*
*where all things falter"*

Er drang in den Park ein, mußte sich durch Bambus- und Rhododendron-Wildnisse schlagen, die unter den Kiefern und Eichen wuchsen und die Bäume vernichten würden, wenn er den Park nicht ausforsten ließ. Doch würde er Gruppen von Rhododendren stehenlassen, damit ihre roten und violetten Blüten im Mai über dem Rasen, unter dem dunklen Grün der Kiefernnadeln leuchten konnten. Er würde auf einer Bank sitzen und die dann restaurierte, von den Fliegenschwärmen befreite Rückseite seines georgianischen Hauses betrachten. Die Frau des Butlers, die eine blaue Schürze trug, würde aus dem Haus treten, eine Schüssel in der Hand, und nach dem Hund rufen, um ihm sein Futter zu geben. Wo der Park zu Ende war, begann das wilde Land, ein Boden aus Moos und Felsen, baumlos, von verfallenden Steinmauern und Fuchsienhecken durchzogen, von kleinen Seen durchspiegelt, jetzt gelbseidig, weil die Sonne nun doch schon tief stand. (Zwei Tage später zeigte ihm Gregory in Dublin auf dem Katasterblatt, daß eine Quadratmeile dieses Seengebietes zu Gorteen House gehörte.) Er würde also in hohen Gummistiefeln an den Rändern seiner Seen entlanggehen. In einem eigens dafür bestimmten Raum würde er einen Satz Angelruten und Kescher stehen haben und einen Schrank mit Fächern für Haken und Schwimmer, für Schnüre und Vorfächer, für Fliegen, Wobbler und Spinner. Blumen und Forellen. Flechten und Vogelrufe. Regen und Gedanken.

## *Herzliche Grüße vom Styx*

Er schnitt verblühte Dahlien ab, in einem Garten, der weder der Garten seines Hauses auf dem Killesberg noch derjenige von Gorteen House war, doch handelte es sich auf jeden Fall um ein Haus, in dem er ganz allein wohnte. Während er an den Blumen arbeitete, bemerkte er, daß jemand eine graue Karte an die Innenseite der halb offenstehenden Türe geheftet hatte, die aus einem Kellerraum zum Garten führte. Verwundert näherte er sich der Türe und griff nach der Karte, um zu lesen, was darauf stand, spürte aber zu seinem Entsetzen, daß sich eine fremde Hand auf die seine legte und sie gegen die Karte preßte. Im gleichen Augenblick wußte er, daß die graue Karte, auf der übrigens nichts zu erkennen war als ein undeutlicher Stempel, eine Todesdrohung darstellte: sie bedeutete, daß er ermordet werden würde, wenn er in das Haus zurückkehrte. Er wandte sich um, die fremde Hand zu packen, aber sie war verschwunden. Ratlos ging er eine Weile im Garten umher; er umkreiste das Haus, eine Villa aus dem späten 19. Jahrhundert, ohne sich hineinzuwagen. Er entschloß sich, Hilfe zu holen, doch waren die Straßen menschenleer; ein Mann, den er traf, sagte achselzuckend zu ihm, es sei doch alles klar, er würde eben ermordet werden, wenn er in das Haus zurückkäme. Schließlich kehrte er wieder zu dem Haus zurück, durchschritt den Vorgarten und drückte die Klinke der Eingangstüre nieder, die sich sogleich öffnete. Als er erwachte, bemerkte er, daß hinter den runden Fenstern des Salons nicht mehr die Nacht lag, sondern ein Grau wie dasjenige der Karte an der Kellertüre. Er stieg über die Körper von Männern hinweg, die auf dem Boden lagen und schliefen, und ging an Deck, wo er feststellte, daß das Schiff sich schon in der Mündung des Mersey befand. Vom Wasser war nichts zu sehen, da es von niedrigem Nebel bedeckt war, durch den sich, fast lautlos, das Totenschiff schob. Darüber die lichtlose Frühe eines bedeckten Tags, an dessen Rand die Türme von Liverpool hingen wie Denkmäler aus Spinnweben.

“*Stretched out on the spoils*
*that his own hand spread*”

Oft auch würde er zum Meeresstrand wandern, einen Taschenkrebs in einem Fluttümpel beobachten, das Anschlagen der Wellen an die Klippen hören, mit dem Fernglas den Kormoranen zusehen, die auf tafelartigen Felsen saßen, sich in einer Sandbucht ausziehen und in dem kalten Wasser unter einem grüngrauen Himmel schwimmen. Wenn er die Weite des Meeres und der Moore satt hatte, würde er zu der Ruine des alten jakobäischen Hauses fahren, die sich in einem Tal versteckte, Coppingers Court, und in dem Bach, der an ihr vorbeifloß, nach dem Fischotter Ausschau halten, den er einmal erblickt hatte, wie er sich unter dem Wasserdost zu schaffen machte, schwarz und schlüpfrig. Von solchen Exkursionen würde er nach Hause kommen, zu seinen Büchern und Bildern, zu seinem streng aufgeräumten Arbeitstisch, auf dem nichts lag als das Buch, in dem er gerade las, und das Heft, in das er sich Notizen machte, vor seine Schränke, aus denen er das Blatt von Italo Valenti ziehen würde, welches herauszusuchen er sich vorgenommen hatte, als ihm die federigen Wasserspuren im Sand aufgefallen waren, vorhin, in einer Bucht von Greatman's Bay. Er würde es herausziehen, betrachten und wieder zurücklegen.

## *Kassandra*

Im Morgengrauen, auf dem Kai in Liverpool, das entscheidende Gespräch mit Theo Maurer. Das Schiff, in dem immer noch alle schliefen, weil sie wußten, daß die Schauerleute nicht vor 7 Uhr mit dem Entladen anfangen würden. Nur Lins war an Land gegangen. Er fror. Er ging in der Lagerhalle hin und her, die zum Pier hin offen war, las die Schilder *Dundalk, Newry, Drogheda.* Der Mersey war vernebelt. Ein merkwürdiges braungraues Licht, in dem Theo ihm voraussagte, er würde sich in Gorteen House zu Tode langweilen, wenn er mit dem Restaurieren und Einrichten fertig wäre. Mit solchen Prophezeiungen zu arbeiten war unfair, weil es gegen sie nichts gab als das ziemlich hilflose und gereizte Behaupten des Gegenteils. Danach ließ er Theo aufs Ganze gehen, konstruierte sich einen Theo, der zu verbalen Schlägen ausholte, die durch keinen schwäbischen Dialekt mehr gemildert wurden.

»Du hast Bücher gelesen und Bilder angesehen. Manchmal hast du mir erzählt, was Sartre geschrieben hat. Oder du hast mir gezeigt, warum eine Linie in einer Zeichnung so verlaufen muß und nicht anders. Das war alles. Als Geschäftsmann – ja, da bist du wer. Als Literatur- und Kunstkenner – ich muß es dir einmal sagen, Albert! – bist du ziemlich langweilig. Und das soll jetzt anders werden, nur, weil du dich selber pensionierst? Du wirst dich langweilen, Albert, weil du ein Langweiler bist.«

In Wirklichkeit würde es mit Theo nur Verhandlungen über Betriebsfragen geben, zuletzt die große Auseinandersetzung über Ziffer 5, Absatz b, des Gesellschaftervertrags, im Beisein von Rechtsanwälten. Manchmal, wenn der Nebel über dem Wasser sich lichtete, sah er frierend zu, wie Kistenbretter, Zeitungen, Orangenschalen mit der Mersey-Tide abtrieben.

### *»Wenn Attitüden Form werden«*

Alles in allem schätzt Lins die Kosten der Wiederherstellung von Gorteen House – die Dachdeckerarbeiten, das Abschlagen des Verputzes und das Neuverputzen, die Maler- und Schreinerarbeiten, die sanitären und Heizungs-Installationen, die Durchforstung des Parks, die Anlage der Gärten – auf 15000 Pfund, also fast das Doppelte des Kaufpreises. Er wird einen örtlichen Architekten hinzuziehen müssen, der die Handwerker und Bauunternehmer der Gegend kennt. Wenn alles fertig ist, wird Gorteen House das feinste kleine *Georgian house* im westlichen Irland sein. Lins wird von der Bezeichnung *Georgian house* den gleichen Gebrauch machen wie von den Wörtern *British racing green,* nur daß es dann niemanden mehr geben wird, der sich darüber spöttisch erregt, ihn einen Snob nennt. Snob wäre er übrigens nur, wenn er das Ganze nachher von Christo verpacken ließe. Für Connemara wäre das noch eine Sensation. Lins liegen solche Aktionen fern. Er ist Mitglied im Kulturkreis des Bundesverbandes der deutschen Industrie.

## *Bilder aus dem Leben eines Gentlemans auf dem Lande*

Versuch der Anlage eines Œuvre-Katalogs Hercules Seghers, der letzte stammte aus dem Jahre 1907 und war vollständig überholt. Dazu waren kurze Reisen nach Amsterdam, München, Wien nötig. Übersetzungen von ›*Weymouth Sands*‹ und ›*A Glastonbury Romance*‹ ins Deutsche – er traute sich das zu – und (von ihm subventionierte) Edition der ziemlich umfangreichen Bände in einem deutschen Verlag. Es war einfach eine Schweinerei, daß es diese Bücher 30, beziehungsweise 40 Jahre nach ihrem Erscheinen noch immer nicht auf deutsch gab. Komparatistische Studien über die Begriffsdefinitionen in den verschiedensten philosophischen Wörterbüchern, die zu einer Art von satirischem Text führen konnten, welcher lediglich aus Zitaten bestand, also keine eigene schriftstellerische Bemühung erforderte. Anlage von Anthologien für den eigenen Gebrauch, beispielsweise eine Sammlung der Beschreibungen von Wolken oder der Begegnungen mit Feuer oder eines Katalogs über die Formen der Entstehung von Bewußtsein. Im Garten wahrscheinlich Konzentration auf eine Iris-Sammlung; die Vorbedingungen (Feuchtigkeit, Boden) dafür mußten in Irland ideal sein. Natürlich ornithologische Beobachtungen, möglicherweise Finanzierung eines Films, wenn er junge Leute fand, die bereit waren, den Film zu drehen, der ihm vorschwebte (Kurven, Einfallswinkel, Flugstudien jeder Art). Geologisches. Inseln. Ein starkes Motorboot. Angeln. Golf.

## *Members only*

Unter den Dockern, die jetzt eintrafen, stellte Lins häufig das Sean O'Casey-Gesicht fest: die gerade Nase, die langen schmalen Lippen, die schrägen Flächen der Wangen, die festen Augen hinter der Brille mit Stahlrändern. Sie trugen graue oder braune

Jacken über weißlichen oder blauen Hosen. Ihre Haare, soweit man sie unter den Schirmmützen sehen konnte, waren grau oder weiß. Sie waren magere ältere Männer, gleichmütig, leise und zäh. Die Flaschen, aus denen sie Tee in Becher gossen, waren aus weißem Email. Über dem Wasser war es hell geworden, ein schwarz, weiß und rot gestrichener Tanker namens *Mountstewart* fuhr vorbei, und in der Ferne leuchteten die Tore von Lagerhäusern in einem intensiven Grün. Lins, durchfroren, übernächtig, hätte auch gerne eine Tasse des heißen Milchtees getrunken, aber er wagte es nicht, sich einer der Gruppen zu nähern. Er gestand sich ein, daß er die Arbeiter der Maurer & Lins AG niemals so betrachtet hatte wie diese Schauerleute in Liverpool. Vielleicht hatte er sie überhaupt niemals richtig gesehen. Plötzlich, auf ein Kommando, das niemand gab, begannen die Docker ihre Arbeit. Der erste Wagen, den sie aus der Dubliner Nachtfähre holten, war ein weißer Mercedes mit einer Nummer von Dar es Salam.

### *"As a god self-slain on his own strange altar"*

Um nicht einmal mehr das Geräusch seiner eigenen Schritte zu hören, setzte er sich auf einen der Stühle. Er sah auf die Terrasse hinaus, wurde sich bewußt, daß die Front des Hauses nach Nordosten blickte, eine seltsame Position für ein Haus an der irischen Westküste, aber es stand auf diese Weise vor dem Westwind geborgen gegen Lee, über den Mooren, deren braun-blaue Sphären von hier aus nicht zu sehen waren, weil das Rosengestrüpp die Aussicht zugewachsen hatte. Es mußte beseitigt werden. Wenn die Sicht frei war, würde er manchmal, von einem Buch aufblickend, einem Flug wilder Schwäne zusehen können, der auf einem Moorstreifen niederging. Der Blick aus dem Zimmer nach draußen entsprach dem Blick von draußen in das Zimmer. Die Rosen, eine hellrote Sorte, vermengten sich mit dem Zwielicht, wie sie sich vorhin, als er noch nicht die Schlüssel von Gorteen House in der Tasche trug, im Glas des Fensters gespiegelt hatten. Hinter gläsernen Rosen hatte er in seine Zukunft geblickt, die in diesem Augenblick schon seine Vergangenheit wurde. Da nichts von ihm bleiben würde, da er, um reich zu werden, die besten Jahre seines Lebens darauf verwendet hatte, eine Fabrik für Eimer und Töpfe herzustellen, da er nicht an ein geistiges Leben glaubte, das als dem materiellen abgewonnenes in einem Winkel existierte, konnte er immerhin als Beobachter in diesem kleinen Saal sitzenbleiben, zusehen, wie sich die Moore mit den Büchern vermischten, wie seine Bilder sich in Vogelflügen befreiten, ob es Sätze gab, die es vertrugen, daß Wolkenschatten auf sie fielen. Die vielleicht ihrerseits Schatten auf die Wolken warfen. Eine vollkommen egoistische Existenz, gewiß. Aber welche andere blieb ihm übrig, da er nicht in der Lage war, selber Wolken und Vogelflüge zu verfertigen? Er sammelte sie nur.

### *"Death lies dead"*

Er hatte gewendet und war zum Gittertor zurückgefahren, nachdem er das ›*For Sale*‹-Schild flüchtig wahrgenommen hatte. Schließlich hatte er es gewagt, einzudringen. Dann der Blick in das Zimmer, durch ein Fenster, in dem sich Rosen spiegelten, auf den ovalen Tisch, die Stühle, die Wände mit den hellen Rechtecken dort, wo Bilder gehangen hatten. Gorteen House war ausgestorben. Es war so ausgestorben, daß es nicht einmal mehr den Tod enthielt. Es war leer. Wenn er Gorteen House kaufte und für die zehn oder fünfzehn oder vielleicht sogar zwanzig Jahre, die ihm noch blieben, bewohnte, dann würde eines Tages – zwanzig oder hundert Jahre später – wieder jemand durch diese Fenster spähen, auf ein paar übriggelassene Gegenstände, zwischen denen er gewohnt hatte, und vielleicht das gleiche Gefühl des Nicht-Seins empfinden. Er zweifelte allerdings daran, ob es möglich war, den Besitz testamentarisch so zu sichern, daß er nach seinem Tode unberührt blieb; das Recht des Privateigentums war sehr stark, aber doch nicht stark genug, den toten Eigentümer vor dem lebenden zu schützen; vielleicht war es nur Irland, welches ihm den Gedanken eingab, es könne Titel und Erbteile geben, die ganz einfach vergessen wurden. Immerhin konnte er einen Erben einsetzen, dem er alles hinterließ, sein Vermögen und seine Kunstgegenstände, unter der Bedingung, daß er Gorteen House unangetastet ließ. Aber warum? Nur weil er wußte, daß er keine Spur hinterlassen würde als diese? *Kilroy was here.* Es war dumm. Diese Leute – wie hießen sie doch?, der Wirt in Inverbeg hatte ihren Namen genannt – waren spurlos aus Gorteen House verschwunden. Die O'Gradys. Hier war niemand. Niemand. Das Haus war leer. Leer. Es gab keine Unsterblichkeit. Er wollte Gorteen House unbedingt haben.

### *Zur Metaphysik der Rente*

Lins ist sich im klaren darüber, daß er sich aus einem Besitzer von Produktionsmitteln in einen Kapitalrentner verwandelt, wenn er sich nach Gorteen House zurückzieht. Er überlegt, ob er nicht wenigstens stiller Teilhaber von Maurer & Lins bleiben soll, falls Maurer damit einverstanden wäre. Eine halbe Lösung! Sie würde ihn zwingen, einzugreifen, wenn es sich herausstellen sollte, daß Maurer in Geschäften keine so glückliche Hand bewies, wie er, Lins, sie gezeigt hatte. Störungen dieser Art und die sich aus ihnen ergebenden Aktivitäten würden sein Leben in Gorteen House zu einer Farce machen, und sie würden sich ereignen, denn insgeheim hält Lins sich für unentbehrlich. Er entschließt sich deshalb, seinen Anteil an der Firma in Papieren, Haus- und Grundbesitz, langfristig deponierten Bankkonten anzulegen. Keine Schizophrenie! Es fällt ihm verhältnismäßig leicht, aus dem Kreis der Produzenten in den der Rentner überzutreten. Er sagt sich, daß innerhalb der bestehenden Gesellschaft ein Zustand absoluter Freiheit nur im Besitz einer ausreichenden Rente erreicht werden kann.

### *Wer ist Albert Lins?*

Die Passagiere waren längst gegangen. Auto nach Auto wurde ausgeladen, verließ den Kai. Gegen zehn Uhr stand nur noch Lins, außer sich vor Ungeduld, in der offenen Lagerhalle und sah den letzten Arbeitern zu, wie sie den TR 4 an Land brachten. Wieder ließ der Ladebaum das Auto eine Weile in der Luft hängen, ehe er es vorsichtig auf den Zementboden der Halle setzte. Der Arbeiter, der die Stricke löste, sagte, vom nächsten Jahr an würde es moderne *car-ferries* zwischen England und Irland geben. Lins wünschte ihn zur Hölle, ihn und seine *car-ferries.* Er schalt sich einen Idioten, weil er nicht auf die Idee gekommen war, den Wagen in eine Garage in Dublin einzustellen und nach Stuttgart zu fliegen. Er startete nervös, und der Motor sprang erst beim dritten Versuch an. Das Fahren besänftigte Lins sofort. Wir sehen ihm noch eine Weile zu, wie er Liverpool durchquert, in Warrington frühstückt und dann die Straße nach Wales einschlägt, um dem Verkehr in den Midlands zu entgehen. Dort, irgendwo zwischen den walisischen Hekken, verlieren wir ihn aus den Augen.

# *Mein Verschwinden in Providence*

## Vielleicht ein Roman-Entwurf

*Für Wolfgang Koeppen*

1

Roman als Kassiber. T. entwirft ihn während er in jenem Haus in der Benefit Street gefangengehalten wird. *Ich stecke die Blätter in einen großen Umschlag aus orangefarbigem Packpapier, den ich in Williams Schreibtisch gefunden habe, und schreibe darauf: To whom it may concern.*

2

T. hat Gardner House am Samstag, dem 17. Oktober 1970, vormittags um halb neun verlassen. Seitdem fehlt von ihm jede Spur, wenn man von der Registrierkarte der Avis-Autovermietung auf der Kennedy Plaza absieht, aus der hervorgeht, daß er den an diesem Tag geliehenen Wagen, einen Dodge, nachmittags um vier Uhr zurückgegeben hat. Dem Avis-Angestellten ist an T.s Benehmen so wenig aufgefallen, daß er sich kaum noch an ihn erinnern kann.

3

Die Rechnung für das Ausleihen des Wagens hat T. mit einer Kreditkarte des Diners Club beglichen. Falls er nicht mehr zum Vorschein kommt, muß also der Diners Club für die Kosten aufkommen. Frau T., die in West-Berlin lebt – übrigens seit zwei Jahren von T. getrennt –, weigert sich, T.s verbliebene Rechnungen zu bezahlen.

4

Gardner House, ein anmutiger Backsteinbau aus der Kolonialperiode, dient der Brown-Universität als Gästehaus. *Ich lebte dort ein paar Tage, in einem Zimmer, welches dunkel war von alten Möbeln, einem Himmelbett, Büchern und Heimatzeitschriften aus Neu-England, eingeschlossen in die Einsamkeit des reisenden Schriftstellers.* T. hätte am Montag, dem 19. Oktober, vor den Studenten und dem *faculty-staff* des *German Department* der Universität aus seinen Werken lesen sollen.

5

T. muß darauf hinweisen, daß er keine Spur von ›Vorgefühl‹ empfand, als er die weiß lackierte Türe von Gardner House hinter sich ins Schloß zog. Hingegen beschäftigte ihn *die unvermutete Kälte des 17. Oktober, die den Indianersommer des Jahres Siebzig bis ins Mark gefrieren ließ,* wie er schreibt. *Am Achtzehnten waren die Ahorne nicht mehr so rot, die Eichen nicht mehr so gelb wie am Siebzehnten, wie ich feststellte, als ich in den Garten von Elizas und Williams Haus hinausblickte, hinter einem Fenster sitzend, mit Handschellen gefesselt.*

6

Die historische Schönheit des auf einem Hügel gelegenen Universitätsviertels von Providence – Georgianismus, alte Bäume, Bibliotheken in Schalenbeton –, die T. frierend durchwandert. Lasse ich ihn sich einen Pullover kaufen, ehe er das gestern bestellte Auto abholt? Leider bringt er die Energie dazu nicht auf.

7

T. scheint der Menschenleere und der durch sie hervorgerufenen Monotonie der Straßen amerikanischer Städte große Bedeutung für sein Verschwinden beizumessen. *Sie* (die Straßen) *sind leer von gehenden Menschen. In George- und College Street begegnete mir niemand, während ich auf der Kennedy Plaza, dem Platz vor dem Bahnhof und Mittelpunkt der City, fünf Fußgänger zählte.*

8

T. ist ein (west)deutscher Schriftsteller von mittlerem Bekanntheitsgrad. Er ist mißgestimmt, weil er entdeckt hat, daß er auf der bei solchen Leuten üblichen Lesetour durch die *German Departments* einiger amerikanischer Universitäten von den USA nicht mehr zu sehen bekommt als die *German Departments* einiger amerikanischer Universitäten. Die Reise wird vom (west)deutschen Goethe-Institut finanziert.

9

Das Auto hat er gemietet, um einen Küstenstreifen nahe der Mündung der Narragansett-Bai ins Meer aufzusuchen, wo er, vor 25 Jahren, im Sommer und Herbst 1945, als Kriegsgefangener gelebt hat. *Der Wunsch, diesen Platz noch einmal in meinem Leben aufzusuchen, ist bei mir zur fixen Idee geworden. Wenn ich ehrlich bin, muß ich sagen, daß ich die Einladung nach Amerika nur angenommen habe, um diesen kurzen Ausflug machen zu können.*

10

*Das Auto, ein nagelneuer Dodge, besaß ein automatisches Getriebe, so daß es sich immer sofort in Bewegung setzte, wenn ich nicht auskuppelte. Das Glas der Frontscheibe war in seinem oberen Teil blau gefärbt, um dem Automobilisten die Illusion zu geben, er fahre unter einem ewig blauen Himmel dahin. Der Himmel war am 17. Oktober jedoch ohnehin blau, blau über einem von schneidendem Ostwind durchfegten Tag.*

11

Einige Wochen später zeigte Eliza ihm die Mappe, in der sie die Zeitungsmeldungen über die (bis jetzt) ergebnislose Fahndung nach T. gesammelt hat. T. fällt ein, daß er am 16. Oktober zwei Hemden, zwei Unterhosen und zwei Paar Strümpfe in eine Wäscherei in der Thayer Street gebracht hat. »Die brauchst du nun nicht mehr«, sagt Eliza lachend und zerreißt den Abholzettel der Wäscherei.

12

Auch T.s Koffer ist ja seinerzeit in dem Zimmer in Gardner House zurückgeblieben. Professor Carver, der über das Verschwinden seines Gastes (Unfall? Verbrechen?) tief bekümmert ist, hat T.s Hinterlassenschaft durch die Polizei sicherstellen lassen. T.s Koffer, der nicht sehr groß, aus einer kastanienbraunen Lederimitation angefertigt und von unauffälliger Eleganz ist, steht nun in einem lichtlosen Lagerraum der Polizei, wo er langsam verstaubt.

13

T. ist erstaunt darüber, daß er, im Auto sitzend, plötzlich überhaupt keine Lust mehr hat, den Ort seiner Kriegsgefangenschaft aufzusuchen. Er ist Mitte Fünfzig. In diesem Alter starke Anfälle von Vergeblichkeit, Sinnlosigkeit, Gleichgültigkeit.

14

*Ich bedauerte, daß ich dieses Auto nur benützte, um in Erinnerungen zu wühlen. Schade, daß es nicht mir gehörte und daß ich nicht genug Geld besaß, um mit seiner Hilfe dem Goethe-Institut zu entrinnen. Vielleicht wäre ich dann nach Tallulah gefahren, oder nach Hannibal, statt nach dem Schauplatz einer vergangenen Utopie.*

15

*Ich fand den Platz, auf dem die weißen Baracken von Fort Kearney gestanden hatten, ohne Mühe, indem ich hinter Saunderstown die von der Hauptstraße abzweigende South Ferry Road entlangfuhr. Sie endet in einem Kiespfad, der sich ziemlich steil zur Bucht hinabsenkt. Eine Fähre gibt es dort nicht, hat es vielleicht nie gegeben.*

16

*Auf dem Land zu beiden Seiten der South Ferry Road standen keine Villen und Sommerhäuser wie sonst überall an der Narragansett-Bai, sondern alte Gehöfte, verwitterte Holzhäuser in Baumkratt, von nachlässig abgeernteten Feldern umgeben. Sie müssen schon hier gestanden haben, als wir 1945, in Lastautos, die mit Planen verdeckt waren, ins Lager gebracht wurden. Merkwürdig, daß ich mir, als Gefangener zu Füßen der Uferhügel lebend, die mir das Land verbargen, die Umgebung von Fort Kearney immer genau so vorgestellt habe, wie ich sie an jenem Tag im Oktober 1970 endlich erblickte.*

17

Nachdem T. diese Stelle Eliza und William vorgelesen hat, an irgendeinem Frühlingsabend 1971 – die Dorrances bestehen darauf, daß er ihnen das unter Tags Geschriebene am Abend vorliest –, unterbricht William ihn. »Ich vermute«, sagt er, »das ist der Unterschied zwischen deiner damaligen und deiner jetzigen Gefangenschaft. Die Umgebung unseres Hauses kennst du doch recht gut, nicht wahr?«

18

*Auf dem Gelände, wo wir uns jeden Morgen über einen auf der Küchenbaracke angebrachten Lautsprecher durch eine Duke Ellington-Version von ›Oh Lady be good‹ hatten wecken lassen, stand jetzt ein modernes recreation center der University of Rhode Island. Es war um diese Jahreszeit bereits geschlossen, und kein Mensch war zu sehen. Der alte Pier, unten am Ufer, war unverändert; so dunkelbraun, wie er immer gewesen war.*

19

*Ich ging zum Ufer hinab. Ich blickte, nach 25 Jahren, wieder auf: den weißen Leuchtturm in der Mitte des Fahrwassers, die niedrigen Hügel der Conanicut-Insel gegenüber, die Öffnung der Bucht zum Meer. Ich empfand nichts.*

20

»Armer Kerl«, sagt Eliza – *unvergleichlich, wie sich in ihrer dunklen Stimme Wärme und Spott mischen können* –, »sollen wir noch einmal mit dir dort hinausfahren? Vielleicht warst du nur in schlechter Form? Ach ja«, fährt sie fort, sich an William wendend, »laß uns einen Ausflug mit ihm zu seinem alten Lager machen!«

21

*Mein altes Lager hatte mir seinerzeit viel, ja alles bedeutet. Ich hatte mir von dem Wiedersehen mit ihm einen sensationellen Erinnerungs-Effekt erwartet. Immerhin habe ich mich, nach der Epoche des Herzklopfens, in der Klausur von Fort Kearney darauf vorbereitet, Schriftsteller zu werden.*

22

»Besten Dank«, erwidert T., »nie wieder!« Hier möglicherweise der Ort für die erste Rückblende: die persönlichen Verhältnisse des noch nicht dreißigjährigen T. Interpolation seiner Beziehung zu N., die nach seiner Rückkehr verschollen bleibt?

23

*Mich N.s erinnernd, hob ich am Kieselstrand ein kleineres Exemplar jener Muschel auf, von der ich seinerzeit ein sehr großes in meinem Seesack nach Europa geschleppt habe, um es ihr zu schenken. Aber sogar N. blieb mir an diesem Tag so gleichgültig wie der Ort, an dem ich mich befand. Vielleicht lag es am Wetter, an diesem eiskalten Wind unter einem blauen Himmel, einem präzis geschnittenen Tag ohne Luftperspektive?*

24

*Außerdem habe ich in Fort Kearney, in dem keimfreien Raum dieses schönen Gefangenenlagers, die Demokratie erlernt. »Demokratie«, sagte Professor Smith, »Demokratie ist eine Technik des schöpferischen Kompromisses.« Es leuchtete mir ein.*

25

Ich frage mich, ob ich T. auch diejenigen Sätze in seinem Manuskript vorlesen lasse, die sich auf Eliza beziehen, also z. B. den Satz: *Unvergleichlich, wie sich in ihrer dunklen Stimme Wärme und Spott mischen können*, oder die einschlägigen Passagen in den späteren Kapiteln. Vielleicht spart er sie beim Vorlesen aus, aus Scheu oder aus Rücksicht auf William. Es wäre aber besser, wenn er den Mut aufbrächte, sie nicht zu unterschlagen.

26

Selbstverständlich interessiert sich Eliza sofort für N., fragt T. nach ihr aus. Die vorhin erwähnte Rückblende ergibt sich also organisch aus der Erzähl-Handlung. Später trägt T. in sein Manuskript ein, daß Eliza die erste Frau sei, bei der er sich nicht durch seine Erinnerung an N. blockiert fühle.

*Ich fuhr noch bis Point Judith und blickte von dort aus auf den offenen Ozean. Dabei fielen mir die mondhellen Nächte auf dem Truppentransporter ›Samuel Moody‹ ein. »Die Delphine werden vom Phosphoreszieren der Bugwelle angelockt«, erklärte mir ein Matrose, als ich mich über den Stern beugte, während der Überfahrt von Boston nach Le Havre, in einer Novembernacht, als der Krieg vorbei war.*

28

T. ißt in einem Fischrestaurant in Matunuck zu Mittag, pendelt dann langsam durch Herbstwälder und an Seen vorbei nach Providence zurück, liefert das Auto um vier Uhr ab, unterschreibt einen Diners Club-Scheck über 25 Dollar und will sich zu seinem vorübergehenden Domizil, Gardner House, begeben. Auf dem Weg dorthin kommt er, Ecke College- und Benefit Street, am Athenäum vorbei und tritt, da er es geöffnet findet, ein. Das Athenäum, erbaut 1838, eine der ältesten Privatbibliotheken Amerikas, ist ein von Efeu überwucherter kleiner dorischer Tempel.

29

Theodor W. Adornos eingedenk, der einmal zu mir gesagt hat, bei Proust betrete man heiligen Boden – eine immerhin bemerkenswerte Metapher aus dem Munde des stets ein wenig ängstlichen, doch niemals feigen Helden der *Kritischen Theorie* –, scheint mir für Poe recht zu sein, was ihm für Proust billig war. Mit solchen Gefühlen jedenfalls lasse ich T. im Athenäum umhergehen; es war der Schauplatz einer von Poes Amouren. Die Bibliothekarin, die er nach Poe-Erinnerungen befragt – sie zeigt ihm die handschriftliche Widmung des in der American Review vom Dezember 1847 anonym erschienenen Gedichts ›Ulalume‹ an Sarah Helen Whitman –, läßt keinen Zweifel darüber aufkommen, daß sie das Benehmen Poes gegen diese schöne, reiche und angesehene Dame aus Providence unmöglich findet, wobei ihr Blick kurz die engen Nischen aus alkoven-artigen Bücherschränken streift, die in dunklem Mahagoni-Glanz eine Galerie über dem Erdgeschoß füllen.

30

Die Postkarte, die T. vom Athenäum aus nach Bargfeld, Kreis Celle, Haus Nr. 37 geschrieben hat – *»Weißt Du Näheres über die Beziehungen Poes zu Mrs. Whitman?«* –, ist sein vorläufig letztes Lebenszeichen. Die Polizei von Providence hat aus diesem Grunde bei den Bewohnern der Häuser, die in der Nähe der Bibliothek stehen – also auch bei den Dorrances –, nachgefragt, ob ihnen an einem Samstag im Oktober ein Mann von etwas über Mittelgröße, blasser Gesichtsfarbe, grauen Haaren, eine randlose Brille tragend, mit einem hellen Regenmantel bekleidet, aufgefallen sei. Als besonderes Kennzeichen hat Inspektor Osborne erwähnt: »Ein Europäer, der spazierenging.«

31

Eliza verspricht T., sich nach der Sarah Helen Whitman-Episode im Leben Poes zu erkundigen. Natürlich frage ich mich, ob ich T. überhaupt diese und andere ästhetische Abschweifungen in seinen Kassiber aufnehmen lasse, doch gehört für mich beispielsweise die Erwähnung des Gedichtes ›Ulalume‹ zu den Gründen, aus denen T. zum Gefangenen der Dorrances wird. *It was night in the lonesome October of my most immemorial year.*

32

*Als ich aus dem Athenäum fortging, ließ ich mich trotz der Kälte von einem Abendhimmel aus Rauch-Rosa dazu verleiten, ein Stück die Benefit Street entlang zu schlendern. Die weißen, schokoladefarbenen, hellblauen und kupferroten Holzhäuser aus dem 18. und frühen 19. Jahrhundert mit ihren klassizisti-*

*schen Türeinfassungen und Giebeln, mit ihren Mullgardinen hinter den kassettierten Schiebefenstern und ihren Backsteinkaminen waren aber auch zu schön. In dieser Straße, die wie geschaffen war für einen Corso, befand ich mich, wie überall in den sehenswertesten Teilen der Oberstadt von Providence, vollständig allein.*

33

*Ecke Benefit- und Hopkins Street stieß ich auf ein Haus, das nicht nur schön war, sondern geheimnisvoll, weil es in allen seinen Teilen, auch den Fenster- und Türeinfassungen, in einem Rot gestrichen war, dem man Schwarz beigemischt haben mußte. Sogar sein Gartenzaun war in dem gleichen Rot gehalten. Die Bewohner dieses Hauses hatten sich entschlossen, hinter einer düster brennenden Monochromie zu leben.*

34

»Siehst du«, sagt Eliza zu William, nachdem T. ihnen diese Stelle vorgelesen hat, »ich hab' dir immer gesagt, daß dieses Rot die Leute abschreckt.« – »Wir haben das echte Faluner Rot nur genommen, weil uns die Restauratoren dazu geraten haben«, erklärte William. »Es ist eine Farbe, die Holz konserviert.«

35

»Mich hat es gar nicht abgeschreckt«, sagt T., »im Gegenteil.« *Ich tat sogar etwas für neu-engländische Verhältnisse sicherlich Unerhörtes: ich öffnete das Gartentor und näherte mich dem Haus. Als alles still blieb, begann ich, um das Haus herumzugehen, ließ mich jedoch von einem Kräutergarten ablenken, in dessen Mitte eine Sonnenuhr stand, welche die Aufschrift trug: A garden that might comfort yield.*

36

»Du kannst dir ja denken, wie wir erschrocken sind, als wir dich da draußen umhergehen hörten«, erzählt Eliza. »Wir traten leise ans Fenster, und ich höre noch, wie William sagte: ›Er sieht eigentlich recht anständig aus‹.« – »›Er ist bestimmt nicht von hier‹, habe ich erwidert.«

37

*Wer mich kennt, weiß, daß ich nicht an die Vorsehung, an das sogenannte Schicksal glaube, sondern hartnäckig die Ansicht vertrete, das Leben jedes Menschen sei eine Mischung aus Determiniertheit und Zufall. Ich füge dieses negative Glaubensbekenntnis in meine Nachricht ein, um nicht den Verdacht aufkommen zu lassen, ich betrachte mein Verschwinden in einer Stadt, die auf deutsch* Vorsehung *heißt, nämlich in Providence, der Hauptstadt des kleinsten amerikanischen Bundesstaats, Rhode Island, als einen Vorgang von tiefer symbolischer Bedeutung. Aus der Tatsache, daß ich in Providence verschwunden bin, läßt sich nicht mehr herauslesen, als daß ich in Providence verschwunden bin.*

38

So muß es unbedingt als Zufall betrachtet werden, daß Eliza Dorrance die Türe öffnet und T. einlädt, das Haus zu besichtigen und eine Tasse Tee zu nehmen. Weder hat sie T. jemals vorher gesehen noch mit seinem Auftauchen am 17. Oktober 1970 um fünf Uhr am Nachmittag gerechnet. Determiniert ist die Szene jedoch von der Kälte dieses Tags, von der Menschenleere der Benefit Street und von einem Blick des Einverständnisses, den Eliza und William gewechselt haben, ehe Eliza zur Türe ging.

39

Eliza muß um die Vierzig sein, zirka 1,65 m groß, schlank (jedoch nicht zu sehr), sportlich, kläräugig, offen, heiter, einen sehr reinen, durchsichtigen Teint besitzen, die Haare (welche Farbe?) meistens hochgesteckt tragen. T.s Libido wird im Verlauf des Romans immer stärker von dem Verlangen nach Eliza besetzt. Zeigen, daß es sich dabei nicht um einen Vorgang handelt, der nur dadurch zustande kommt, daß T. keine andere Wahl hat.

40

*Als ich Eliza folgte, erinnerte ich mich daran, wie ich mit meiner Frau einmal vor ein großes, tief in seinen Park verstecktes irisches Herrenhaus geraten war. »Wenn der Besitzer jetzt ein Fenster öffnete«, sagte meine Frau, »und uns zuriefe, einzutreten, seine Gäste zu sein, könnte er an uns den perfekten Mord begehen. Kein Mensch auf der Welt weiß, daß wir an diesem regnerischen Abend, auf der Fahrt von Cork nach Limerick, vor dieses Haus geraten sind.«*

41

»Und trotzdem bist du, ohne im geringsten zu zögern, in unsere Mörderhöhle hereingekommen«, kommentiert Eliza diese Erinnerung. »Ich hatte wohl zu viel über amerikanische Gastfreundschaft gehört und gelesen«, erwidert T. »Na und«, wirft William ein, »haben wir sie dir vielleicht nicht gewährt?«

42

*Beim Tee erzählte ich den Dorrances von meinem Ausflug zu dem früheren Fort Kearney, gab ihnen auf diese Weise einen Abriß meines Lebens. Ich beklagte mich darüber, daß ich, anstatt zu schreiben – ich sei gerade jetzt in bester Stimmung zum Schreiben, behauptete ich –, diese akademischen Rezitations-*

*abende zu geben hätte. Ich weiß nicht, was mich veranlaßte, so ausführlich über mich selber zu reden, vielleicht Elizas ausgezeichneter Rum-Tee?*

43

*»Dispensieren Sie sich doch einfach!« sagte William. »Übrigens kenne ich Professor Carver gut; er wird es Ihnen nicht übelnehmen, wenn Sie absagen. Es gibt keinen amerikanischen Literaturprofessor, der Schreiben nicht für wichtiger hält als Vorlesen.«*

44

*Geduzt haben wir uns erst vom nächsten Morgen an. In der englischen Sprache bedeutet Duzen ja nur, daß man sich mit dem Vornamen anredet. Ich bin nie auf die Idee gekommen, William und Eliza mit ›Bill‹ und ›Liz‹ anzureden.*

45

Die Existenz von William Dorrance vorläufig noch unklar. Welchen Beruf könnte er ausüben? Auf jeden Fall sind beide Dorrances von Haus aus vermögend, gehören stillgelegten Zweigen von Industrie-Familien an, leben von Kapital-Renten.

46

William Dorrance ist mit T. gleichaltrig. Beide sind also ungefähr fünfzehn Jahre älter als Eliza. *Eliza trug an jenem Spätnachmittag ein Kleid aus dünnem gelbem Gestrick, mit einem braunen Seidenpullover darunter.*

47

*Es war inzwischen dunkel geworden; Eliza hatte die Lampe angezündet. William sagte: »Ich werde Ihnen das Haus morgen zeigen, bei Tageslicht.« Ich faßte bei dieser Bemerkung keinen*

*Argwohn, nahm nur an, daß ich morgen wiederkommen dürfe, was mir, noch vorbewußt, Elizas wegen angenehm erschien.*

48

*William trug, genau wie ich, eine Jacke aus Tweed und graue Flanellhosen. Er ist jedoch nicht, wie ich, Pfeifenraucher. Auch ist er etwas größer als ich, von knochig-faseriger Konstitution, mit brillenlosen blauen Augen (während meine bebrillt und braun sind).*

49

*Um vor William nicht bloß als reisender Interpret meiner selbst zu erscheinen – ich hatte plötzlich das Gefühl, mich erklären zu müssen –, sagte ich, daß ich diese Reise auch unternommen hätte, um mir einen kleinen Nebenverdienst zu verschaffen. Die Ertragsrechnung eines Schriftstellers von mittlerem Bekanntheitsgrad. Ohne es zu wollen, habe ich damit die Dorrances in ihrem Entschluß bestärkt.*

50

Die Dorrances dürfen nicht Literatur-Leser im üblichen Sinn sein. T. findet in ihrem Hause jedoch eine umfangreiche Sammlung von Märchen, Sagen, Mythen vor. Ihre Lieblingsgeschichten: Das Bergwerk zu Falun (William), Rip van Winkle (Eliza).

51

*Es täte mir sehr leid, sagte ich, daß ich meine Gastgeber zu meiner Lesung am Montag nicht einladen könne; da sie nicht Deutsch sprächen, wäre es für sie sinnlos und aufs äußerste langweilend, die Veranstaltung zu besuchen. »Ihr Lese-Abend«, erwiderte William, »wird nie stattfinden.« Ich sah ihn erstaunt an.*

52

Unter den Tat-Motiven der Dorrances könnte ihre Kinderlosigkeit einen hervorragenden Platz einnehmen. Der Roman muß die Ursachen dieses Versagens und ihre Folgen darstellen. Rückblende also: die Ehe der Dorrances.

53

Eigenartige Hypothese von Isador Coriat und Sigmund Freud zur Kinderlosigkeit von Lord und Lady Macbeth. »Danach wären Lady Macbeth ... und ihr Gemahl ... psychologisch ein und dieselbe Person; es wäre ein Beispiel für das Zerlegen (Dekomposition) in zwei Personen, wie es in der Mythologie bekannt ist, eine Methode, die auch bei Shakespeare manchmal vorkommt« (Ernest Jones). Könnte man diese Theorie, die jeder landläufigen Ehe-Psychologie widerspricht, auf die Dorrances anwenden?

54

*Ich erwachte am nächsten Morgen, Sonntag, den 18. Oktober 1970, auf einer Art Feldbett, angezogen, mit einer Wolldecke zugedeckt, in einem sonst leeren Zimmer und blickte, weil ich mich im Schlaf auf die Seite gewälzt haben mußte, auf einen Fußboden aus grau gealterten Tannenriemen. Meine Hände waren mit Handschellen aneinander gefesselt. Als Eliza hereinkam, um nach mir zu sehen, sagte ich: »Falls dies ein Fall von Kidnapping sein sollte, so mache ich Sie darauf aufmerksam, Mrs. Dorrance, daß Sie niemanden finden werden, der bereit sein wird, für mich ein Lösegeld zu zahlen.«*

55

*»Ich heiße Eliza«, sagte sie. Dunkles Frühlicht. Sie erkundigte sich nach meinen Frühstückwünschen.*

56

Überlegen, ob das Drogen- (Elizas Rum-Tee!) und Handschellen-Motiv albern ist. Wie, wenn die Dorrances es gar nicht nötig hätten, mit so groben Mitteln zu arbeiten? Sollten nicht einige Worte ausreichen, um T. zu ihrem Gefangenen zu machen?

57

Allerdings wären die Dorrances dann juristisch nicht zu belangen. Und genau das wäre falsch. Der Leser muß, wenn er es wünscht, den Vorgang auch als Verbrechen betrachten können.

58

Außerdem sind Drogen und Handschellen sehr einfache Symbole, deren Bedeutung der Leser sofort erkennt. Er ist, mit Recht, eher geneigt, der Verwendung solcher Requisiten zuzustimmen, als ihrer Entmaterialisierung im metapsychologischen Dialog. Im Mantel- und Degenstück müssen Mantel und Degen tatsächlich vorkommen.

59

Die Motive der Dorrances würden einleuchten, wenn es gelänge, darzustellen, d. h. zu erzählen, wann und unter welchen Umständen Eliza Dorrance den Entschluß gefaßt hat, einen Gefangenen zu machen, und wie sie es bewerkstelligt hat, ihren Gatten zum Komplizen zu gewinnen. Also neues Umkreisen der Vergangenheit des Ehepaars. Transposition von Analyse in Erzählung; die Erzählung ist ebenso wahr wie die Analyse, doch reicher an Bedeutungen; die Erzählung legt nicht fest, sondern plaziert die Fest-Stellung in einen Spiel-Raum; die Erzählung gibt keine Antworten, sondern stellt Fragen – lauter alte Kamellen oder Bauernregeln, an die man sich beim Schreiben aber fortwährend erinnern muß.

60

*Beim (gemeinsamen) Frühstück nahmen sie mir die Handschellen ab. Auch ins Bad und auf die Toilette mußten sie mich schließlich ungefesselt gehen lassen. Danach wartete ich, wieder in Stahl geschlossen, was sie mit mir anstellen würden, während ich in den Garten hinausblickte, in dem die Ahorne nicht mehr so rot, die Eichen nicht mehr so gelb waren wie gestern.*

61

Warum hat T. sich nach dem Frühstück die Handschellen wieder anlegen lassen, anstatt aufzuspringen und aus dem Haus zu laufen? Hat William vielleicht wortlos eine Pistole neben sich auf den Tisch gelegt? T.s Kassiber gibt darüber keinen Aufschluß.

62

*William zeigte mir, wie er es versprochen hat, das Haus. Ich ging mit gebundenen Händen hinter ihm her. Er führte mich zuletzt in das Zimmer, in dem ich wohnen würde, und ließ mich dort allein.*

63

Ich brauche das Haus nicht zu beschreiben, da jeder Kenner von Providence längst weiß, daß ich das Stephen Hopkins-Haus aus dem Jahre 1707 als Modell für das Haus der Dorrances benütze (die rote Farbe! Ecke Benefit- und Hopkins Street!). Es ist heute ein Museum; Sie können es besichtigen! Stephen Hopkins gehörte zu den Unterzeichnern der amerikanischen Unabhängigkeits-Erklärung (1776).

64

Für meine Zwecke umgebe ich das Stephen Hopkins-Haus nur noch mit einem größeren Baumgarten oder kleinen Park, weil sich in ihm die ersten Liebesszenen zwischen T. und Eliza abspielen sollen. In Wirklichkeit besitzt das Haus nur den von T. schon erwähnten Kräutergarten mit der Sonnenuhr, die der alte amerikanische Rebell und Staatsmann aufstellen ließ. Es ist, außer zur Straße hin, von den Bäumen angrenzender Gärten umschlossen.

65

*Sie hatten das Zimmer schon vollständig für mich eingerichtet. Ein Bett von kolonialer Einfachheit, präzis mit blütenweißen Leintüchern und Militärdecken aufgemacht, ein großer Tisch in der Nähe eines der beiden Fenster, auf dem Schreibpapier lag und eine Schreibmaschine stand, eine ziemlich alte Underwood Noiseless, wie ich feststellte, sowie ein Glas mit zehn scharf gespitzten gelben Bleistiften. In einer Ecke ein Lehnstuhl mit einem Lese-Tischchen, darauf eine Packung Tabak – allerdings eine Marke, die ich nicht rauche – sowie die Sonntagsausgabe einer hiesigen Zeitung.*

66

*Nach einigen Mühen gelang es mir, meine Pfeife aus der Jackentasche zu holen, zu stopfen und anzuzünden. Ich setzte mich in den Lehnstuhl und betrachtete ein noch leeres Bücherregal und die angenehm blaugraue Streifentapete der bilderlosen Wände. Ich hatte festgestellt, daß die Fenster auf den Garten blickten, nicht auf die Straße, so daß es wohl zwecklos gewesen wäre, sie zu öffnen und um Hilfe zu rufen.*

67

*Ich blieb sitzen und rief »Herein!«, als Eliza anklopfte. Sie teilte mir mit, der Schrank für meine Kleider und meine Wäsche stän-*

*de draußen in der Diele. »Aber er ist ja noch leer«, sagte sie, »wir müssen erst ein paar Sachen für dich besorgen, was hast du denn für eine Kragenweite?«*

68

*»Einundvierzig«, sagte ich, »aber damit kannst du nichts anfangen.« Sie holte ein Bandmaß, legte es mir um den Hals und nahm mir das amerikanische Maß. Da ich noch immer saß, blickte ich beim Messen aus nächster Nähe auf ihren heute früh mit einer dunkelblauen Bluse bekleideten Oberkörper.*

69

T., der sich doch entschlossen hat, beim Vorlesen nichts auszulassen, wagt es nicht, William anzusehen, nachdem er solche und ähnliche Szenen seinen Zuhörern zur Kenntnis gebracht hat. William wirft, wenn T. geendet hat, lediglich technische Fragen auf, oder er erörtert allgemeine literarische Probleme; Persönliches übergeht er. Dame Eliza hört sich die Arien ihres Troubadours huldvoll an.

70

*Am Nachmittag ließen mich die Dorrances allein, weil sie einen Besuch zu machen hatten. Sie stellten mir das ganze Haus zur Verfügung, schlossen mir aber, ehe sie gingen, die Hände auf dem Rücken zusammen. Ich hörte, wie sie in ihren Wagen stiegen und abfuhren.*

71

*Ich stellte mich an ein Fenster im ersten Stock, das zur Benefit Street hinaus ging, und beobachtete die Straße, auf der sich aber kein Mensch sehen ließ. Von Zeit zu Zeit fuhren Autos vorbei. Wenn jemand gekommen wäre, hätte ich mich nur durch Klopfzeichen bemerkbar machen können, denn es gelang mir nicht, das – offenbar verklemmte – Schiebefenster zu öffnen; die Hebelwirkung meiner hinter dem Rücken gefesselten Hände war zu gering.*

72

*Nach einiger Zeit gab ich es auf. Ich verbrachte die Zeit, in der ich auf die Rückkehr der Dorrances wartete, stehend, gehend oder auf dem Sofa im Wohnzimmer auf dem Bauch liegend. Ich konnte nicht einmal lesen oder den Fernsehapparat anstellen oder Gegenstände, die mich interessierten, zur Hand nehmen und betrachten.*

73

Immerhin hätte T., mit nicht allzu großer Mühe, einen Gegenstand, beispielsweise eines der eisernen Kamingeräte, ergreifen und ein Fenster im Erdgeschoß zerschlagen können. Die dünnen Holzleisten der Fenster-Kassetten hätten ein paar Fußtritten nicht widerstanden. Wenige Minuten später wäre T. frei gewesen.

74

*Nach dem Abendessen unterbreiteten mir die Dorrances ihre Vorschläge. Ich sollte zwar als ihr Gefangener leben, jedoch völlig frei schreiben können, ohne auf irgendwelche Lebensumstände, wirtschaftliche Verhältnisse, Abhängigkeiten, Beziehungen, Traditionen, Strukturen, in denen ich bisher als Schriftsteller ›erschienen‹ war, Rücksicht nehmen zu brauchen. Es würde mir an nichts mangeln.*

75

*Ich fragte, wie sie mit mir verfahren wären, wenn ich kein Schriftsteller wäre. »Wir haben schon einmal jemand geschnappt«, erzählte Eliza unbekümmert, »es stellte sich heraus, daß er Handlungsreisender war, wir haben ihn wieder laufenlassen, ohne ihn überhaupt erst, wie dich, gefangenzusetzen.« Sie sah mich an und sagte: »Du bist für uns ein Glücksfall.«*

76

*Ich machte zur Bedingung, daß sie mir zwei Synonymen-Lexika (Dornseiff und Wehrle-Eggers), Kluges Etymologisches Wörterbuch, Heuers Grammatik und die zweibändige DDR-Enzyklopädie der deutschen Sprache besorgten. William schrieb die Titel genau auf, und ich nannte ihm die New-Yorker Buchhandlung, bei der er sie bestellen konnte. Danach nahmen sie mir die Handschellen ab.*

77

Es ist als sicher anzunehmen, daß die Dorrances an jenem Sonntagnachmittag keinen Besuch gemacht, sondern von einem strategisch gut gewählten Punkt aus, im Wagen sitzend, das Haus beobachtet haben. Beim Erscheinen T.s auf der Benefit Street wäre das Spiel für sie aus gewesen. »Wir hätten dir dann für dein Schweigen so viel Geld angeboten«, hat Eliza später einmal T. erzählt, »daß du nicht hättest widerstehen können.«

78

Im Sinne des Strafrechts liegt hier also ein nur sehr geringfügiger Fall von Freiheitsberaubung vor. Ein geschickter Anwalt könnte ihn als Scherz hinstellen und auf vollständigen Freispruch der Dorrances plädieren. Demgegenüber müßte geltend gemacht werden, daß T., obwohl er keinen Fluchtversuch gemacht hat und auf die Vorschläge der Dorrances eingegangen ist, seine Gefangenschaft nicht frei gewählt hat und daß es sich um eine reale Gefangenschaft handelt.

79

T. beschließt, die Lage zu nützen, und beschäftigt sich mit dem Problem frei assoziierender Satzfolgen, wie er sie schon seit langem plant. Diese Tätigkeit führt zu den überraschendsten Ergebnissen: beispielsweise sieht er sich gezwungen, die Stuttgarter Brauerei Wulle nach Dellbrück zu versetzen, was später, als er die Stücke in Max Benses Schriftenreihe *rot* veröffentlicht, zu einem erregten Einspruch von T.s treuem Leser Jürgen Becker aus Köln führt. Ende Februar (1971) läßt er diese Arbeit fallen und beginnt mit der Niederschrift von ›Mein Verschwinden in Providence‹.

80

Selbstverständlich kommt es schon nach den ersten Vorlesungen zu Gesprächen über das Problem einer späteren Veröffentlichung. William, Eliza und T. sind sich darüber im klaren, daß auch eine anonyme Veröffentlichung den Aufenthaltsort von T. verraten würde. Es gibt schließlich nur einen Schriftsteller, der in Providence verschwunden ist und von der Polizei gesucht wird.

81

Bei der für das abendliche Vorlesen nötigen Übersetzung läßt T. sich von Eliza beraten, indem er ihr die englischen Sätze zeigt und sie sowohl auf ihre linguistische Möglichkeit wie auf ihren Klang prüfen läßt. *Wenn ich an Passagen geriet, in denen ich meine Gefühle für Eliza andeutete, lasen wir nicht weiter, aber nicht aus den Gründen, die Dante mit diesem Situations-Satz ahnen läßt. Eliza stand dann einfach auf und behauptete, sie habe im Hause zu tun.*

82

*Als es Frühling wurde, verbrachte ich manche Stunde des Tages im Garten. Ich half Eliza beim Setzen der Dahlien-Knollen und grub die Himbeer-Beete um. Ich gewann den Eindruck, daß es ihr im Garten mehr auf die Effektivität der Pflanzenzucht als auf die Schönheit der Anlage ankommt.*

83

*Einmal, als wir nach dem Aufbinden einer Clematis nebeneinander standen und den Verlauf des dünnen Gezweigs prüften, ließ sie es sich gefallen, daß ich meinen Arm um ihre Hüfte legte. Sie zog sich mit einem leichten, zu nichts verpflichtenden Kuß aus der Affäre und ging ins Haus. Ich folgte ihr nicht, obwohl ich wußte, daß William nicht zu Hause war.*

84

*Nicht einmal auf die Bekanntgabe dieser Szene hat William reagiert. Er nahm sie zur Kenntnis, als läse er sie in irgendeinem Roman. Auch Eliza benahm sich so, als ginge sie das Gehörte persönlich nichts an; unbefangen reichte sie den Tee herum.*

85

Eliza wird T. nach seiner Frau ausfragen, warum sie von ihm getrennt lebt, wie er sie kennengelernt hat, ob sie Kinder hätten, und wenn ja,ob er manchmal von München – T. lebt also in München! – nach Berlin fahre, um sie zu sehen. Wiederum ergibt sich aus Fragen Elizas ein Teil von T.s Geschichte. Der Aufbau des Romans wird T. ziemlich klar.

86

T. träumt, er rufe vom Flugplatz Tempelhof aus seine Frau an, um ihr mitzuteilen, daß er früher als geplant aus Amerika zurückgekommen sei. Erst nachdem er eingehängt hat, fällt ihm ein, daß die Maschine, mit der er flog, über dem Atlantik abgestürzt ist. Als ein Angestellter der Fluggesellschaft seine Frau informieren will, streitet sie die Tatsache ab und behauptet, es müsse ein Irrtum vorliegen: sie habe gerade mit ihrem Mann telefoniert.

87

T. wird Eliza von dem Lyrik-Seminar erzählen, zu dem ihn Professor Carver eingeladen hatte. Dreizehn *graduate*-Studenten, unter ihnen zwei Neger, die sich mit der redaktionellen Veränderung befassen mußten, welche Goethe zwei Zeilen in einem seiner Sesenheimer Gedichte hatte angedeihen lassen. Die erste Fassung hatte gelautet

»Du gingst, ich stund und sah zur Erden
und sah dir nach mit nassem Blick«,

während die zweite, dreißig Jahre später, in das Goethe vorteilhafter erscheinende

»Ich ging, du standst und sahst zur Erden
und sahst mir nach mit nassem Blick«

gewendet worden war.

88

*Ich hatte für Eliza eine Interlinear-Version der beiden Fassungen angefertigt. Sie lachte. »Euer Goethe muß ein eitler Mann gewesen sein«, sagte sie.*

89

*»Und wie war es mit deiner Frau?« fragte sie dann. »Hat sie dir oder du ihr mit nassem Blick nachgesehen?« – »Oh«, fügte sie hinzu, »ich werde dafür sorgen, daß du in der ersten Fassung gehst, wenn du einmal Providence verläßt!«*

90

Obwohl William der Erzählung T.s gespannt folgt, ist er doch grundsätzlich unzufrieden. »Es ist merkwürdig«, wird er eines Abends bemerken, »daß du, als Gefangener unter den Bedingungen vollkommener künstlerischer Freiheit lebend, die es dir erlauben würden, deine größten Pläne zu verwirklichen, statt dessen nach dem dir augenblicklich dringendsten Thema greifst und es in der direktesten Form vorträgst. Du bleibst subjektiv, schade!«

91

William wünscht also eine objektive Literatur. Es ist mir immer noch nicht gelungen, ihn zu definieren, doch wird es allmählich deutlich, daß seine Neigungen ihn auf das Feld der exakten Wissenschaften verweisen. Verfolgt er ein Experiment?

92

An welchem Punkt haben sich die wissenschaftlichen Intentionen Williams und das – sagen wir – Unterhaltungsbedürfnis seiner Frau getroffen? Neue Rückblende also – zweifellos werden die Motive der Dorrances das sperrigste Element des Romans bilden, wenn man den sich hier billig anbietenden sadomasochistischen Banalitäten ausweichen will. Es führt kein *direkter* Weg von der infantilen Sexualität zu dem Traum, den William und Eliza sich verwirklichen wollen.

93

T. gelingt es nicht, die Dorrances hinsichtlich einer künftigen Veröffentlichung des Romans zu beruhigen, obwohl er ihnen versichert, daß er sie juristisch völlig decken würde. »Das ist nicht der springende Punkt«, sagt William, »sondern daß wir Providence verlassen müssen, wenn diese Geschichte bekannt wird.« T. bietet ihnen an, den Schauplatz und die Namen zu verändern, doch glaubt er selbst nicht daran, daß es ihm möglich wäre, Providence für, beispielsweise, Savannah auszutauschen.

94

Obwohl er mit der Wahl des Stephen Hopkins-Hauses bereits ein Element der Fiktion in den Roman gebracht hat! Sind auch die Dorrances vielleicht gar nicht die Dorrances? An Providence allerdings ist nicht zu rütteln.

95

*Meine Begierde nach Eliza brachte mich dahin, daß ich manchmal nachts die Türe meines Zimmers öffnete und in der Dunkelheit wartete, ob sie kommen würde. Vielleicht hatte sie doch das Knarren der Türe gehört, und die Stille, die dem Geräusch folgte? Das Zimmer, in dem Eliza und William schliefen, befand sich auf dem gleichen Flur.*

96

*Erster Ausgang: zum Tabakhändler. Da sich unter den Utensilien, die ich in Gardner House zurücklassen mußte, auch meine Pfeifen befanden und die von William als Ersatz besorgten nicht meinen Geschmack trafen, bestand ich darauf, mir selber einige passende Stücke besorgen zu dürfen. Ich begab mich also an einem Vormittag im Mai zu dem Tabakgeschäft Ecke Thayer- und Waterman Street, ostentativ den Weg über den Campus einschlagend, ab und zu stehenbleibend und das Leben und Treiben der Studenten betrachtend, doch ohne erkannt zu werden.*

97

*Vielleicht hat mein Bart es verhindert, daß ich von irgendeinem Studenten wiedererkannt wurde. Ich habe mir nämlich wäh-*

*rend des Winters einen, wenn auch kurz geschnittenen, Vollbart wachsen lassen. Ernst und bärtig sitze ich an den Nachmittagen im living room des dunkelroten Hauses, lese die Zeitung, sehe fern oder lausche den brütenden Akkordblöcken von Paul Gonsalves' Tenorsaxophon in ›Mood Indigo‹ oder ›Come Sunday‹, meinen Lieblingsstücken aus der Diskothek der Dorrances.*

98

*Dann kommt manchmal Eliza herein, bleibt neben mir stehen und legt ihre Hand leicht auf meine Schulter. Sie kommt von den Tennisplätzen im Blackstone Park und ist noch etwas erhitzt. Sie trägt irgendein Parfum.*

99

*»Eliza«, sage ich, ohne mich umzuwenden. »Was ist?« fragt sie mit ihrer dunklen Stimme, in der sich – ich habe es schon geschrieben – Wärme und Spott mischen. »Nichts«, erwidere ich.*

100

*Dennoch halte ich es für so gut wie ausgeschlossen, daß Eliza mir auf die Dauer widerstehen wird. Ich gehöre zu denen, die annehmen, daß keine Frau sich die Chance entgehen läßt, mit zwei Männern zu leben statt mit einem, wenn sie ihr geboten wird, und da ich Eliza physisch nicht unangenehm bin … Aber sie zögert, denn sie vermutet, daß ich nicht mehr ihr Gefangener sein werde, wenn sie nachgibt.*

101

Wenn die Dorrances Besuch bekommen, müssen sie T. bitten, auf sein Zimmer zu gehen. Sie besitzen ein Sommerhaus an der Küste von Cape Cod. »Es liegt ganz einsam«, sagt Eliza, »aber dort macht es auch nichts aus, wenn du bei uns gesehen wirst.«

102

*Auf Cape Cod konnte ich sehr gut arbeiten. Gegen Mittag mußte ich immer die Läden schließen, weil die Dünen und das Meer zu flimmern begannen. Ich hörte dann das leise Gespräch meiner Gefangenen-Wärter, die unten im Schatten der Veranda saßen: Maecenas und seine Gattin.*

103

Einige Male erwägt T., den Roman aus der Perspektive Williams zu schreiben. Das Buch geriete dann zur Geschichte eines wissenschaftlichen Experiments: des Versuchs Williams, die Bedingungen einer absoluten und abstrakten Freiheit herzustellen. Der Arbeitstitel dieser Version, die T. schließlich verwirft, lautet: ›Ein amerikanischer Traum‹.

104

*In den sehr warmen Mondnächten auf Cape Cod badeten wir, einer Anregung Elizas folgend, nackt. Einmal, als wir nebeneinander lagen, in den Dünen, legte ich meine Hand zwischen Elizas Schenkel. Es schien ihr zu gefallen, denn sie schob meine Hand nicht weg, und William erhob keine Einwände.*

105

T. hat den Roman nun vollständig exponiert. Eine erste Faustskizze ergibt den folgenden Aufbau:

1. Reise in den USA
2. Fort Kearney
3. Erinnerung an N. = an den Krieg
   (1. Rückblende)
4. Gang durch Providence
5. Verschwinden in Providence

6. Die Motive der Dorrances I
   (2. Rückblende)
7. Erlebnisse in der Gefangenschaft I
8. Die Motive der Dorrances II
   (3. Rückblende)
9. Erlebnisse in der Gefangenschaft II
10. Erinnerung T.s an seine Frau = an den Nachkrieg
   (4. Rückblende)
11. Erlebnisse in der Gefangenschaft III
12. Die Motive der Dorrances III
   (5. Rückblende)
13. Erlebnisse in der Gefangenschaft IV
14. Cape Cod
15. Schluß.

Wie vor jedem seiner Romane ärgerte T. sich, daß eine solche Verlaufsskizze ihn auf lineares Erzählen festlegen möchte, von der Arbeit des Verschmelzens der verschiedenen Zeit-Ebenen in eine einzige Zeit, die Zeit des Romans, keinen Begriff gibt.

106

Die Entscheidung über die Erzähl-Perspektive lasse ich T. noch hinausschieben. Mache ich ihn zum Ich des Romans oder zum erzählten Erzähler? Scheue ich den Vorwurf, ihn, wie ein Gott, erfunden zu haben und sich bewegen zu lassen, maskiere ich ihn also als *Ich*, oder greife ich ruhig nach *Ihm*, im Vertrauen darauf, daß meine Leser mich schon nicht mit göttlichen Attributen ausstatten werden, nur weil ich die dritte Person Singular verwende?

107

Über den Schluß, dieses Kreuz jedes Romans, ist T. sich diesmal im klaren. (Im Gegensatz zur Erzählung, insbesondere zur *short story* oder *long short story*, sollte der Roman ja nicht in einem sogenannten offenen Schluß enden.) Er wird die Entscheidung darüber bringen, ob T. den Roman im Hause der Dorrances schreiben wird – er schätzt die zur Herstellung nötige Zeit auf zwei bis drei Jahre – oder in Freiheit.

108

Eines Tages also steckt T. diese Entwurfszeichnung, zusammen mit den Ausführungsproben, in einen großen Umschlag aus orangefarbigem Packpapier, den er in Williams Schreibtisch gefunden hat, und schreibt darauf: *To whom it may concern.* Es wäre natürlich richtiger und den Dorrances gegenüber fairer gewesen, wenn er ihn mit der Adresse seines Verlegers versehen und ordnungsgemäß am Schalter des Postamts an der Kennedy Plaza aufgegeben hätte. Aber er ist ein Schriftsteller, und so wünscht er, was sich aus dieser Mystifikation unvermeidlich ergeben wird: das Erscheinen der Polizei-Jeeps vor dem Stephen Hopkins-Haus, die Auffahrt der Fernseh-Übertragungswagen, die Vernehmungen, die Pressemeldungen, die Interviews, die Bilder – kurz, den Skandal.

109

Die Sache hat nur den Haken, daß die Polizei – da T. das Stephen Hopkins-Haus als Modell des Hauses der Dorrances benützt hat – ratlos dieses Museum durchsuchen wird. T. muß sich also ganz wo anders befinden – vielleicht doch in Savannah? – Roland Barthes wird in einer strukturalistischen Zeitschrift zu dem Vorfall bemerken, es sei nur logisch, daß der Roman zu seinem Verschwinden die Museen benütze.

110

*Nach unserer Rückkehr aus Cape Cod gehe ich häufig in der schönen Oberstadt von Providence spazieren, die in ihrer Art ja ebenso geschlossen, ebenso bedeutend ist wie Dinkelsbühl oder*

*San Gimignano. Von Gefangenschaft kann kaum noch die Rede sein. Eliza macht manchmal noch den schwachen Versuch, mich daran zu erinnern, indem sie mir, wenn sie hört, daß ich das Haus verlasse, zuruft: »Paß auf, wenn du ausgehst – man könnte dich erkennen!«*

## *Die Inseln unter dem Winde*

Franz Kien war viel zu früh dran. Gestern, am späten Nachmittag, vor dem Ausgang des Deutschen Museums, hatte Sir Thomas Wilkins ihn gebeten, heute um zwei Uhr ins Hotel ›Vier Jahreszeiten‹ zu kommen, aber es war erst ein Uhr, als er schon am Odeonsplatz aus der Trambahn stieg. Er besaß eine Mark siebzig und beschloß, im Café Rottenhöfer eine Tasse Kaffee zu trinken. Gegen Abend würde er von dem Engländer den Lohn für zwei Stadtführungen erhalten; er hoffte auf zwanzig oder dreißig Mark.

Er ging nicht direkt in die Residenzstraße hinein, in der sich das Cafe befand, sondern er machte den Umweg durch die Theatinerstraße und die Viscardigasse. Auf diese Weise vermied er es, an dem Mahnmal der Nationalsozialisten vorbeigehen und den Arm zum Deutschen Gruß erheben zu müssen.

Das Café war um diese Zeit fast leer. Ein paar Frauen. An einem Tisch saßen zwei SA-Leute. Franz Kien hatte nicht erwartet, hier Bekannte zu finden. Noch im vergangenen Herbst war das Café Rottenhöfer der Treffpunkt ›seiner‹ Clique im Jugendverband gewesen. Franz Lehner, Ludwig Kessel, Gebhard Homolka und ein paar andere, dazu die Mädchen: Adelheid Sennhauser, Sophie Weber und Else Laub. Franz, Ludwig, Gebhard und alle anderen saßen noch immer in Dachau; von den Mädchen befand sich Adelheid in irgendeinem Frauengefängnis. Franz Kien hatte einmal den Versuch gemacht, Else Laub aufzusuchen, aber ihre Mutter hatte die Wohnungstüre nur einen Spalt aufgemacht und wütend und leise zu ihm gesagt: »Was wollen Sie? Gehen Sie weg. Wir werden von der Polizei überwacht!«, in einem Ton, als trage Franz Kien die Schuld an dieser Maßnahme der Gestapo. Plötzlich erblickte er Wolfgang Fischer. Er saß an einem Tisch im Hintergrund des Cafés, im Gespräch mit einem jungen Mann, den Franz Kien nicht kannte.

Erfreut ging er auf Fischer zu und streckte ihm die Hand entgegen.

»Mensch, Wolfgang!« sagte er. »Das ist ja fabelhaft, dich zu sehen!«

Wolfgang Fischer war nicht Kommunist, sondern Mitglied des Internationalen Sozialistischen Kampfbundes gewesen. Franz Kien dachte bereits ganz selbstverständlich das Wort *gewesen*, obwohl er wußte, daß kleine Überreste kommunistischer und sozialistischer Gruppen noch illegal existierten. In den Augen der Jungkommunisten war der ISK eine seltsame Sekte gewesen; die ISK-Leute aßen kein Fleisch, tranken keinen Alkohol und lebten überhaupt sehr rein. Sie waren keine Marxisten, sondern Anhänger eines Heidelberger Philosophen namens Leonard Nelson. Es war offenkundig, daß sie sich als Elite fühlten, aber sie traten zurückhaltend auf, gaben sich unauffällig; das machte sie anziehend. Sie hatten engen Kontakt mit den Jungkommunisten gehalten, waren mit ihnen gemeinsam auf Fahrten gegangen und zu ihren Versammlungen gekommen, um zu diskutieren.

Wolfgang Fischer hob den Kopf und sah ihn an. Er ergriff Franz Kiens Hand nicht.

»Ja, nicht wahr«, sagte er, »es ist fabelhaft, einen Juden zu sehen?«

Wolfgang Fischer war ein paar Jahre älter als Franz Kien. Er studierte an der Münchner Universität Chemie. Er war ein nicht ganz mittelgroßer, kraftvoll rechteckig gebauter Mann mit kurzgeschnittenen fuchsroten Haaren und der rötlichen, sommersprossigen Haut der Rothaarigen. Alles an ihm war hart: die kleinen blauen Augen mit den roten Brauen darüber, die Art, wie sich seine Haut fest über seine Muskeln und Knochen spannte. Er hatte als Langstreckenläufer eine Rolle im Arbeitersport gespielt; Franz Kien hatte einmal zugesehen, wie er die zehntausend Meter lief; er lief sie wie eine Maschine, zog nur während der letzten fünfhundert Meter das Tempo an, um alle anderen, die schon eine oder mehr Runden zurücklagen, noch einmal zu überrunden, ehe er, ohne ein Zeichen der Erschöpfung zu zeigen, den Lauf beendete. Sozialist war er aus ethischer Überzeugung. Im Gespräch mit Franz Kien vertrat er die Ansicht, der Sozialismus werde siegen, nicht weil er sich aus dialektischen Prozessen zwangsläufig entwickeln würde, sondern weil er im Recht begründet sei. Sachlich, bescheiden, ruhig trug er Franz Kien einen Extrakt aus den Lehren Kants und Leonard Nelsons vor. Franz Kien, achtzehn Jahre alt, Anfänger in Marxismus, war ihm in der Diskussion nicht gewachsen; er hatte nur gefühlt, daß, wenn Wolfgang Fischer recht hatte, die Entscheidung für den Sozialismus eine reine Willensentscheidung war, und vom reinen Willen hielt er instinktiv nicht viel. Aber er fühlte sich zu Wolfgang Fischer hingezogen: zu diesem energischen Willensmenschen, der sich geduldig, freundlich, leise mit ihm befaßte.

Einen Satz wie diesen hätte er niemals von ihm erwartet. Er war so überrascht, daß er nicht wußte, was er erwidern sollte. Langsam zog er seine Hand zurück, während er spürte, wie sein Gesicht vor Verlegenheit rot wurde.

»Wie meinst du das denn?« fragte er schließlich.

Er hatte sich auf den freien Stuhl am Tisch setzen wollen. Das hatte er für ganz selbstverständlich gehalten.

»Wie ich das meine?« Der Ton, in dem Wolfgang Fischer mit ihm sprach, war Franz Kien völlig neu. »Spiel doch nicht den Ahnungslosen! Ihr Deutschen seid euch doch jetzt alle einig über uns Juden.«

Er sprach jetzt an Franz Kien vorbei, sah ihn nicht mehr an. Aus irgendeinem Grund, den er sich erst später erklären konnte, brachte Franz Kien es nicht fertig, ihm zu erzählen, daß er das Frühjahr im KZ zugebracht hatte und sich noch immer jede Woche einmal bei der Gestapo melden mußte.

Vielleicht, dachte er, wäre es möglich, Wolfgang Fischer davon zu erzählen, wenn er bei ihm am Tisch säße. Aber so, im Stehen, das Gesicht von Blut übergossen, brachte er nur die Worte heraus: »Ich glaube, du spinnst!«

»Zu einem Juden kann man das ja jetzt sagen«, antwortete Wolfgang Fischer unverzüglich. Er deutete mit einer Schulterbewegung auf den jungen Mann, der neben ihm saß und ein ratloses Gesicht machte, weil ihm die Szene offensichtlich peinlich war. »Ich bitte dich, zu verschwinden. Wir gehen in den nächsten Tagen nach Palästina und haben noch viel zu besprechen.«

Franz Kien wandte sich jäh um und ging hinaus. In seiner Verwirrung bog er zuerst nach links ab, aber er sah noch rechtzeitig die SS-Männer, die unbeweglich neben dem Mahnmal standen, und kehrte um. Während er die Residenzstraße in Richtung Franz-Joseph-Platz entlangging, erinnerte er sich daran, daß er eigentlich eine Tasse Kaffee hatte trinken wollen. Statt dessen hatte ihn Fischer aus dem Café Rottenhöfer gejagt. Nach und nach fiel ihm ein, was er ihm hätte erwidern können. Beispielsweise hätte er zu Fischer sagen können: »Die ISK-Leute hat man nicht verhaftet. In Dachau sind keine ISK-Leute. Nicht einmal jüdische ISK-Leute. In Dachau sind nur Kommunisten, Kommunisten, Kommunisten.« Dann erinnerte er sich an die bürgerlichen Juden aus Nürnberg, die auch schon in Dachau waren.

Er ging in ein anderes Café, in dem er noch nie gewesen war. Es lag gegenüber dem Hoftheater und bestand aus einem einzigen winzigen Raum. Er hätte zu seiner Tasse Kaffee gern ein Stück Bienenstich gegessen, aber dazu reichte sein Geld nicht. Damals war er noch Nichtraucher. Nach einiger Zeit gelang es ihm, über den Vorfall mit Wolfgang Fischer den Kopf zu schütteln. Das war ja irre, einfach irre! Nachdem er den Kaffee getrunken hatte, spürte er, weil ihm der Kuchen versagt geblieben war, einen schwachen, aber nagenden Appetit, zu dem eigentlich kein Anlaß bestand, denn er hatte zu Hause ausreichend zu Mittag gegessen. Er wußte, daß er den ganzen Nachmittag, während er mit Sir Thomas Wilkins in der Stadt herumzugehen hatte, dieses Hungergefühl spüren würde. Er würde die ganze Zeit über hoffen, daß Wilkins die Stadtführung unterbrechen und ihn zu Tee und Kuchen einladen würde. In der Bäckerei neben dem Franziskaner kaufte er zwei Semmeln und aß sie, in einem Hausgang stehend, auf. Danach fühlte er sich satt.

»Engländer, die den Titel ›Sir‹ tragen, werden immer mit diesem Titel und dem Vornamen angeredet«, hatte ihm sein Bruder eingeschärft. Infolgedessen hatte Franz Kien es gestern im Deutschen Museum vermieden, im Gespräch mit Sir Thomas Wilkins die direkte Anrede zu gebrauchen. Sir Thomas Wilkins hatte vorgestern bei Franz Kiens älterem Bruder eine Wagner-Partitur gekauft und ihn dabei gefragt, ob er einen Studenten oder irgendeinen gebildeten jungen Mann kenne, der ihm München zeigen könne. Franz Kiens Bruder hatte eine Stellung in einem Musikaliengeschäft in der Maximilianstraße, während Franz Kien immer noch arbeitslos war. Er war seit drei Jahren arbeitslos.

»Ich habe keinen blassen Schimmer, wie man jemand München zeigt«, hatte er eingewendet. »Und ich kann nicht Englisch.«

»Der Herr spricht Deutsch«, hatte sein Bruder erwidert. »Und du kennst München sehr gut. Nimm dich zusammen! Sir Thomas ist hoher englischer Kolonialbeamter. So jemand lernst du nicht alle Tage kennen. Außerdem ist es eine Gelegenheit.« Man sagte damals noch *Gelegenheit*, nicht *job*. Danach war die Belehrung über die Anrede gekommen. Franz Kien merkte seinem Bruder an, daß er am liebsten selber die Begleitung des Engländers übernommen hätte.

»Ich hab aber keine Lust«, sagte er.

»Ich hab dich schon angemeldet«, erwiderte sein Bruder. »Morgen vormittag um elf im ›Vier Jahreszeiten.‹« Er sah seinen jüngeren Bruder prüfend an. »Deine Haare sind wieder lang genug. Kein Mensch kann dir etwas ansehen.«

Franz Kiens Haare waren ihm in Dachau abrasiert worden, und es hatte merkwürdig lang gedauert, fast den ganzen Sommer, bis sie wieder gewachsen waren.

Er hatte den ganzen Abend darüber nachgedacht, wie man

jemandem München zeigen könne, aber es war ihm nichts eingefallen; er war wie vernagelt gewesen.

Unbeholfen hatte er vor dem Fremden einige Möglichkeiten ausgebreitet, die Stadt zu besichtigen. Wilkins hatte plötzlich den Kopf gehoben, durch ein Fenster der Hotelhalle in den Regen hinausgesehen und erklärt, er wolle ins Deutsche Museum. Übrigens hatte sich herausgestellt, daß er schon ein paarmal in München gewesen war, wenn auch zuletzt in den zwanziger Jahren. Er sprach so sachkundig von München, daß Franz Kien sich fragte, warum er überhaupt einen Führer brauchte. Obwohl bei dem Regen tatsächlich nichts anderes zu machen war, hatte Franz Kien doch den Eindruck, als wolle ihm der Engländer aus seiner Verlegenheit helfen. Er war erleichtert, begann, sich zu verabschieden, weil zu einem Museumsbesuch ja nun wirklich kein Begleiter nötig sei, aber der alte Herr sagte freundlich und bestimmt, sie würden natürlich zusammen ins Museum gehen. Er bestellte ein Taxi. Franz Kien fuhr zum erstenmal seit sehr langer Zeit in einem Taxi. Er war froh darüber, daß Wilkins keine Lust hatte, die Bergwerke zu besichtigen. Es war langweilig, im Deutschen Museum durch die Bergwerke zu laufen. Wilkins erklärte ihm die Wattsche Balanciermaschine mit Wasserpumpe von 1813, den Vorgang der Gewinnung von reinem Stahl in der Bessemer-Birne sowie einige andere naturwissenschaftliche Prozesse, von denen Franz Kien keine Ahnung hatte. Er sprach ein ausgezeichnetes Deutsch, wenn auch mit englischem Akzent. Er sagte, er habe im Jahre 1888 in Dresden studiert. Im Herbst 1933 erschien Franz Kien die Jahreszahl 1888 wie eine Sage.

Um zwei Uhr schlug Wilkins vor, etwas essen zu gehen. Er wolle »in einem Münchner Gasthaus etwas Münchnerisches essen«, meinte er, »Leberkäs oder Schweinswürstl«, zwei Gerichte, an die er sich erinnerte. Franz Kien überlegte: in der Nähe des Museums war schwer etwas zu finden; dann fiel ihm eine Wirtschaft am Paulanerplatz ein, die ein Parteilokal gewesen war. Unter dem großen schwarzen Schirm des Engländers gingen sie zusammen im Regen über eine Brücke, unter der die Isar grün schäumte, und durch einige Straßen der Vorstadt Au. Die Wirtschaft war um diese Zeit völlig leer. Der Wirt erkannte Franz Kien wieder und sagte: »So, bist du wieder da!«, aber mehr auch nicht. Vielleicht war es ihm so unangenehm wie Else Laubs Mutter, daß Franz Kien wieder da war, aber er ließ es sich nicht anmerken, berührte nur einfach das Thema nicht weiter, und Franz Kien war es natürlich recht, daß er in Anwesenheit des Engländers keine Fragen stellte.

Es gab weder Leberkäse noch Schweinswürste, aber der Wirt hatte frische Milzwurst in der Küche, und so aßen sie an dem gescheuerten Tisch gebackene Milzwurst mit Kartoffelsalat und tranken Bier dazu. Beim Essen erzählte Sir Thomas Wilkins, er sei zuletzt Zivilgouverneur von Malta gewesen, vorher Gouverneur der Windward-Inseln, und davor Richter in Ostafrika. Er schien großen Wert darauf zu legen, daß Franz Kien den Unterschied zwischen einem Zivilgouverneur und einem Militärgouverneur begriff. Am längsten sprach er über die Windward-Inseln. »Ich hatte mein Haus in St. George's, Grenada«, erzählte er, »und fuhr auf meiner Yacht von einer Insel zur anderen. Aber es gab wenig zu tun. Wenig Streitigkeiten.« Er schwieg, schien zu träumen. »Aber sehr heiß ist es dort«, fügte er dann hinzu. »Meine Schwester strickte immer, und wenn ihr der Knäuel Wolle auf den Boden fiel und ich mich bückte, um ihn aufzuheben, war ich in Schweiß gebadet.«

Die Erwähnung der Schwester fand Franz Kien so merkwürdig, daß er es wagte, Wilkins zu fragen, ob er verheiratet sei.

»Oh, natürlich«, antwortete Wilkins bereitwillig. »Ich habe zwei Kinder. Sie sind erwachsen. Meine Frau lebt in London. Wir sehen uns manchmal. Seit ein paar Jahren führt meine Schwester mir den Haushalt.«

Beiläufig, doch ohne Ironie, erläuterte er: »Man muß unbedingt einmal verheiratet gewesen sein. Aber man braucht es nicht bis an sein Lebensende zu bleiben.«

Sie gingen wieder ins Museum zurück. Wilkins war begeistert

von den Planetarien. Er ging immer wieder zwischen dem ptolemäischen und dem kopernikanischen Planetarium hin und her, erklärte Franz Kien die Unterschiede und stellte sich mit ihm zusammen auf den Wagen, mit dem man unter einem beweglichen Modell der Erdbahn folgen konnte. Franz Kien hatte den Planetarien im Deutschen Museum bisher nie viel abgewinnen können. Trotz der Schwärze und der Lichteffekte, die in ihnen herrschten, fand er die Räume eigentlich nüchtern, langweilig. Auch hatte er sich noch nie für das Auffinden von Sternbildern am nächtlichen Himmel interessiert. Seit seinem sechzehnten Lebensjahr hatte er sich fast ausschließlich mit Politik beschäftigt. Er war Arbeitsloser. In Dachau war es den Gefangenen verboten gewesen, nach Eintritt der Dunkelheit die Baracken zu verlassen.

Am Abend holte er den Atlas hervor und suchte die Windward-Inseln. Er stellte fest, daß sie in seinem deutschen Atlas als ›Inseln unter dem Winde‹ bezeichnet wurden. Sie bildeten den südlichsten Archipel der Kleinen Antillen.

Er hatte sich vorgenommen, Wilkins heute mit den Worten »Guten Tag, Sir Thomas!« zu begrüßen, aber als der Engländer in die Hotelhalle kam, brachte er wieder nur eine stumme Verbeugung zustande. Wilkins hatte ihn, ohne daß es herablassend klang, ganz einfach ›Franz‹ genannt.

»Was zeigen Sie mir heute, Franz?« fragte er jetzt.

»Als ob ich Ihnen gestern was gezeigt hätte!« sagte Franz Kien. »Sie haben mir das Deutsche Museum gezeigt.«

Wilkins lächelte. »Heute ist schönes Wetter«, sagte er, »heute sind Sie dran.«

Der Tag war wirklich sehr schön, ein früher Nachmittag im späten September. Franz Kien führte Wilkins durch fast verlassene und schmale Straßen, die gleich hinter dem Hotel begannen, zur Kirche Sankt Anna im Lehel. Er wußte nicht, ob Wilkins sich für Kirchen oder Kunst interessierte, aber er hatte sich entschlossen, dem Fremden ein paar Dinge zu zeigen, die ihm, Franz Kien, in seiner Heimatstadt gefielen. In der Kirche redete er wie ein Reiseführer über Johann Michael Fischer und die Brüder Asam. Er konnte nicht feststellen, wie das bairische Barock auf den Engländer wirkte. Auf einen Mann, der Wagner-Partituren kaufte! Sir Thomas Wilkins setzte sich in dem ovalen Raum auf eine Kirchenbank, betrachtete aber nicht eigentlich die Asam-Fresken, sondern blickte geradeaus. Franz Kien blieb neben der Bank stehen und wartete. Der Engländer mußte seine langen Gliedmaßen zusammenklappen, um in der engen Bank Platz zu finden. Er trug einen grauen englischen Bart über der Oberlippe. Sogar jetzt, im Zustande leichter Abwesenheit, blickten seine Augen noch freundlich. Weiter vorn kniete eine Frau.

Durch die Galeriestraße klingelte eine blaue Trambahn. Sie gelangten in den Hofgarten, in dem die Linden damals noch nicht gefällt waren. Der Musikpavillon verwitterte gelb unter dem Spätsommerlaub. Sie gingen unter den Arkaden entlang, und Franz Kien blieb vor den Rottmann-Fresken stehen. Die griechischen Landschaften vergingen in Flächen aus dämmerndem Blau, Braun und Rot. Es war ihnen anzusehen, daß sie nicht mehr lange halten würden. Wilkins sagte, Griechenland sei tatsächlich so. Er erzählte von Ausflügen, die er von Malta aus zu den griechischen Inseln gemacht hatte.

Sie traten auf den Odeonsplatz hinaus, an den Wilkins sich gut erinnern konnte. Dort erblickten sie zum erstenmal wieder SA-Männer in ihren braunen Uniformen. Auch im Deutschen Museum waren welche gewesen. Franz Kien hatte erwartet, daß Wilkins etwas über sie bemerken, vielleicht sogar die politischen Verhältnisse in Deutschland betreffende Fragen stellen würde, aber er hatte nichts gesagt. Er hatte Franz Kien gefragt, wie lange er schon arbeitslos sei.

»Auch in England haben wir eine schwere Wirtschaftskrise«, hatte er gesagt, nachdem Franz Kien ihm Auskunft gegeben hatte. »Aber sie ist jetzt im Abflauen. Es wird bald besser werden, überall. Sie werden bald Arbeit finden.«

Er schien die braunen und schwarzen Uniformen zu betrachten, wie er alles betrachtete, gleichmütig und geraden Blicks. Franz Kien fragte sich die ganze Zeit, ob er ihm von seinem Aufenthalt in Dachau berichten solle, aber er konnte sich nicht dazu entschließen.

Es gelang ihm, ihn an der Feldherrenhalle vorbei in die Theatinerstraße zu lotsen, ohne daß Wilkins des Mahnmals ansichtig wurde. An der Perusastraße angekommen, blieb er stehen und sagte: »Wenn wir geradeaus weitergehen, kommen wir zum Rathaus. Es ist scheußlich. Und wenn wir rechts abbiegen, kommen wir zur Frauenkirche.« Nach einigem Zögern fügte er hinzu: »Sie ist eigentlich auch scheußlich. Wollen Sie sie sehen?«

Wilkins lachte. »Nein, natürlich nicht, wenn sie scheußlich ist«, sagte er. »Zeigen Sie mir etwas Schönes!«

Franz Kien führte ihn durch die Perusastraße und an der Hauptpost vorbei in den Alten Hof. Er war schon lange nicht mehr im Alten Hof gewesen und hatte ihn bedeutender, geheimnisvoller in Erinnerung, als er in Wirklichkeit war. In Wirklichkeit war der Alte Hof doch nicht mehr als ein Geviert aus Häusern, die wie ältere, relativ anständig gebaute Mietshäuser aussahen, in denen Behörden untergebracht waren. Immerhin gab es den Erker mit dem ›Goldenen Dach‹. Franz Kien stand verlegen neben Wilkins. Er hatte das Gefühl, sich blamiert zu haben, obwohl Wilkins den Alten Hof hübsch fand und sagte, die Häuser erinnerten ihn an gewisse mittelalterliche Häuser in Edinburgh. Vielleicht dieser Unsicherheit wegen, die ihn verwirrte, trat er mit Wilkins auf den näher gelegenen Franz-Joseph-Platz hinaus, anstatt ihn, wie er es eigentlich vorgehabt hatte, zum Alten Rathaus und über den Viktualienmarkt zu führen. Zu seinem Bedauern begann Wilkins sich dort für die Residenz zu interessieren; er betrachtete ihre Südfassade, und Franz Kien konnte ihn nicht daran hindern, ihre Westseite entlangzugehen.

Als sie bis vis-à-vis zum Café Rottenhöfer gekommen waren, blieb Franz Kien stehen. Er deutete auf die andere Straßenseite hinüber und sagte: »Das da ist das Preysing-Palais. Es ist das schönste Rokokopalais in München. Weiter vorn, an der Mauer der Feldherrnhalle, haben die Nationalsozialisten eine Gedenktafel angebracht. Dort, wo die SS-Männer stehen.«

Wilkins betrachtete die Vedute des Ausgangs der Residenzstraße, an deren linker Seite die Szene mit den beiden unbeweglichen Figuren aufgebaut war. Sogar ihre Stahlhelme waren schwarz.

»Gedenktafel?« fragte er. »Woran soll sie erinnern?«

»An den Hitlerputsch 1923«, sagte Franz Kien. »Damals haben die Nationalsozialisten zum erstenmal versucht, die Macht zu erobern. Sie machten einen Demonstrationszug, und die Polizei schoß hier auf sie. Es gab ein paar Tote.«

»Ich erinnere mich«, sagte Wilkins. »Auch General Ludendorff hat sich daran beteiligt, nicht wahr?«

»Ja.« Franz Kien wußte nicht, ob seine Stimme spöttisch klang, als er sagte: »Er ist der einzige gewesen, der aufrecht stehen blieb, als die Polizei feuerte.«

»Die Polizisten hatten sicher Anweisung, nicht auf ihn zu feuern«, sagte Wilkins. Er fügte hinzu: »Ich möchte damit nicht sagen, daß General Ludendorff kein tapferer Mann ist.«

Franz Kien sah zum Eingang des Café Rottenhöfer hinüber. Wolfgang Fischer war sicherlich längst fortgegangen. Franz Kien hätte Sir Thomas Wilkins von der Nacht des Hitlerputsches erzählen können. Sein Vater hatte mitten in der Nacht die Uniform eines Infanterie-Hauptmanns angezogen und war fortgegangen, um sich als Anhänger des Generals Ludendorff am Hitlerputsch zu beteiligen. Wie grau und leblos die Wohnung, eine Mietwohnung in einer bürgerlichen Vorstadt, zurückgeblieben war! Franz Kien war damals neun Jahre alt gewesen. In jener Nacht hatte er gehofft, sein Vater würde als Sieger zurückkehren, den nachtblinden Garderobenspiegel im Flur mit Leben erfüllen. Aber als er nach drei Tagen zurückgekommen war, hatte er schweigend seine Uniform ausgezogen. Ein paar Jahre später war er gestorben. Er hatte noch erlebt, wie

Franz Jungkommunist wurde. Franz dachte an seinen toten Vater. Was würde sein Vater zu Dachau gesagt haben? Er gab sich manchmal der Täuschung hin, sein Vater würde Dachau nicht gebilligt haben, besonders nicht, wenn er durch ihn, seinen Sohn, erfahren hätte, was dort geschah. Aber sein Vater hatte die Juden gehaßt. Er war ein Antisemit à la Ludendorff gewesen. Und Wolfgang Fischer würde nun also auswandern, nach Palästina.

»Alle Leute grüßen die Tafel, wie ich sehe«, sagte Wilkins.

»Es ist Befehl«, erwiderte Franz Kien.

Da er es für selbstverständlich hielt, daß der Engländer keine Lust haben würde, das Mahnmal zu passieren, wies er zur Viscardigasse hinüber.

»Wir brauchen da nicht vorbeizugehen«, erklärte er ihm. »Alle, die nicht grüßen wollen, gehen durch die Gasse zum Odeonsplatz. Es ist nur ein kleiner Umweg.«

Er versuchte ein Lächeln, als er sagte: »Die Gasse heißt in ganz München das Drückebergergäßlein.«

»Drückebergergäßlein?« wiederholte Wilkins. »Ah, ich verstehe.«

Nach kurzem Nachdenken sagte er: »Nein, ich möchte doch lieber geradeaus weitergehen.«

Erst einige Zeit später, immer wieder seine Erinnerung an den Nachmittag mit Sir Thomas Wilkins prüfend, machte Franz Kien sich klar, daß er in diesem Augenblick mit der Sprache hätte herausrücken müssen. Vielleicht hätte er nur zu sagen brauchen: »Entschuldigen Sie, wenn ich Sie das kurze Stück nicht begleite. Wir sehen uns gleich wieder auf dem Odeonsplatz.« Vielleicht, nein sicher, hätte Wilkins sofort begriffen und entweder keine Fragen weiter gestellt oder ihn ausgefragt. Franz Kien hatte allerdings keine Ahnung, wie Wilkins auf seine Mitteilungen reagieren würde. Es war ja möglich, daß er die Herrschaft der Nationalsozialisten in Deutschland ganz in Ordnung fand. Es war nicht ausgeschlossen, daß er mit ihnen sympathisierte. Für die Kommunisten hatte er sicherlich nichts übrig.

Aber Franz Kien war nicht geistesgegenwärtig genug gewesen.

Er hatte weiter geschwiegen und war infolgedessen gezwungen gewesen, neben Wilkins weiterzugehen. Anstatt geistesgegenwärtig zu sein und auszupacken, hatte er die müßige Überlegung angestellt, was geschehen würde, wenn Wilkins, am Mahnmal vorbeigehend, nicht den Arm zum Gruß erhöbe. Franz Kien wußte, daß dann die beiden Gestapo-Beamten in Zivil, die in der Toreinfahrt zur Residenz gegenüber der Tafel standen, auf Wilkins zutreten und ihn zur Rede stellen würden, um sich unter Entschuldigungen zurückzuziehen, wenn dieser – hoffentlich so hochmütig wie möglich! – seinen englischen Paß vorgewiesen hätte. Die Überlegung war müßig, denn noch während Franz Kien sich den billigen kleinen Triumph ausmalte, sah er bereits, wie der Engländer seinen rechten Arm zum Deutschen Gruß erhob und ausstreckte. Er tat es ihm nach, ganz mechanisch übrigens, wobei er nicht zu der Tafel auf der anderen Straßenseite hinüber blickte, sondern, zur Linken von Wilkins gehend, dessen Gesicht beobachtete. Er stellte fest, daß es den gleichen Ausdruck von Ausdruckslosigkeit annahm, den es in der Sankt Anna-Kirche im Lehel gezeigt hatte, während der Minuten, die Wilkins in einer Kirchenbank zubrachte, mit zusammengeklappten Gliedmaßen und geradeaus gerichtetem Blick.

Sie ließen gleichzeitig die Arme sinken. Wilkins schlug vor, im Annast den Tee zu nehmen. Sie bekamen einen Fensterplatz, mit Blick auf die Theatinerkirche und die Einmündung der Briennerstraße.

Während Franz Kien noch überlegte, ob der Engländer vielleicht deshalb den Deutschen Gruß entrichtet hatte, weil es ihm als eines Gentleman unwürdig erschien, durch das Drükkebergergäßlein zu gehen, hörte er, wie Wilkins sagte: »Ich mache in einem fremden Land gerne alles, was die Bewohner machen. Man versteht sie besser, wenn man ihre Sitten annimmt.«

»Ich habe gehört«, sagte Franz Kien, »die Engländer blieben Engländer, wo sie auch hinkämen.«

»O ja, wir bleiben Engländer«, sagte Wilkins. »Wir wollen nur verstehen.«

Franz Kien betrachtete den ehemaligen Zivilgouverneur von Malta, Gouverneur der Windward-Inseln, Richter in Ostafrika. Ein Engländer, der mit ausdruckslosem Gesicht die Sitten der Eingeborenen studierte. Die Sitten der Eingeborenen von Malta und den Windward-Inseln, von Ostafrika und München. Dieser hier wollte wahrscheinlich nicht einmal mehr herrschen. Es genügte ihm, mit seiner Gouverneursyacht von einer Insel zur anderen zu fahren und Streitigkeiten zu schlichten, wenn man ihn darum bat. Vermutlich konnte er sich keinen Streit vorstellen, der nicht zu schlichten war. Es kätte keinen Zweck gehabt, ihm von Dachau zu erzählen.

Es hätte doch Zweck gehabt, dachte Franz Kien, als es zu spät war. Sir Thomas Wilkins hätte wahrscheinlich aus dem, was er ihm erzählt haben würde, einen vertraulichen Bericht an seine Regierung gemacht.

Wilkins schob ihm einen zusammengefalteten Hundertmark-Schein hin.

»Das ist zu viel«, sagte Franz Kien.

»Es ist nicht zu viel«, erwiderte Wilkins in dem gleichen Ton, in dem er bestimmt hatte, daß Franz Kien ihn ins Deutsche Museum begleitete. Er reichte Franz Kien seine Karte. Darauf stand nur sein Name, und in der rechten Ecke: St. James's Club, London S.W.1.

»Ich bin viel unterwegs«, sagte er. »Falls Sie mir einmal schreiben wollen, Franz – unter dieser Adresse erreichen mich alle Briefe.«

Franz Kien schrieb ihm nie. Nach dem Krieg, als er zum erstenmal in London war, suchte er den St. James's Club auf. Der Mann am Empfang holte das Register des Clubs herbei, dann sagte er: »Es tut mir leid, Sir, aber Sir Thomas Wilkins ist am 5. März 1941 gestorben.«

Auch Franz Kien tat es leid. Auf den St. James Square hinaustretend, konnte er sich vorstellen, wie Sir Thomas – jetzt nannte er ihn im Geiste so – an der runden Gartenanlage inmitten des Platzes entlanggging, bis er an der Öffnung zur Pall Mall seinen Blicken entschwand. Auf ganz ähnliche Weise war er damals in München fortgegangen, durch die Anlage auf dem Promenadenplatz, ein hochgewachsener alter Herr in einem dünnen Regenmantel, der einen eng gerollten schwarzen Schirm trug. Franz Kien war mit der Trambahn nach Hause gefahren. Er hatte noch einmal den Atlas hervorgeholt und versucht, sich den Wind vorzustellen, der so stark war, daß er den Inseln, die unter ihm lagen, trotz der Hitze, die dort herrschte, den Namen gab.

# *Festschrift für Captain Fleischer*

## I

Das Licht in der Ladehalle war sehr hell, aber nicht kalt, sondern gelb. Hinter dem offenen Tor drang die Nacht dunkelblau in gläserne Tiefen. Vor dem Quadrat aus virginischem Indigo stand ein Marine-Offizier mit einer weiß leuchtenden Mütze.

Sie bekamen die bequem geschnittenen, olivgrünen Drillichuniformen der amerikanischen Armee, mit großen weißen Prisoner-of-War-Zeichen auf den Rücken. Franz Kien beobachtete Frerks, wie er seine deutsche Uniformjacke sorgältig faltete und auf dem Boden des Seesacks verstaute. Einige warfen die schweren Tuchjacken weg. Franz Kien überlegte eine Weile, ob er die seine behalten solle. Sie roch nach Schweiß. Die Nacht sandte Wellen aus Wärme und Duft in die Ladehalle. Schließlich trug auch er sein Zeug zu dem Haufen gebrauchter Kleidungsstücke und Stiefel, neben dem ein amerikanischer Soldat stand, der von Zeit zu Zeit rief: »Schmeiß alles weg, kriegst alles neu!« Es war besonders angenehm, in den leichten Schuhen mit den geriffelten Gummisohlen zu gehen. In den tiefen Außentaschen auf der Brustpartie der neuen Jacke brachte er alles mögliche unter: einen Block Schreibpapier und Bleistifte, zwei Pfeifen, ein Päckchen Tabak, einen Umschlag mit Briefen und Fotos.

Ein Zug wurde in die Halle geschoben. Sie fuhren noch in der Nacht ab. Richmond war unverdunkelt. Am Tage sahen sie Fredericksburg, Alexandria, Washington, Baltimore. Ehe sie nach Harrisburg kamen, überquerten sie den Susquehanna, einen weiten grauen Fluß mit Inseln, Reihern, einer Hängebrücke aus geflochtenen Ästen; in den Uferwäldern wanden sich parasitäre Gewächse um die Baumstämme. Auf dem Bahnsteig in Washington hatte ein alter Mann gestanden, den Franz Kien den

Senator nannte. Der Senator war schlank, hochgewachsen, trug einen rechteckig geschnittenen grauen Bart, einen breitkrempigen Hut, eine goldene Uhrkette, hielt zwei irische Setter kurzgeschlossen. Neger gingen an ihm vorbei.

Nachdem es Franz Kien gelungen war, aus dem Krieg zu flüchten, hatte er eines Morgens den Felsen von Gibraltar gesehen, sandfarben unter einer gelbgrauen Wolke. Die afrikanischen Berge gegenüber trugen weiße Burgen auf ihren Höhen.

In den Nächten schliefen sie auf den schwarzen Lederbänken der Couch-Waggons. Der Zug wurde immer kürzer, zuletzt blieb nur noch ihr Waggon übrig. Er wurde in St. Louis an einen fahrplanmäßigen Schnellzug gekoppelt. Daß Frerks sich in ihrem Wagen befand, war sicher ein Irrtum. In den anderen Waggons waren die gewesen, die ihre deutschen Uniformjacken eingepackt hatten. In dem Waggon, in dem Franz Kien fuhr, waren die Seesäcke leichter.

In St. Louis hing Nebel über dem Mississippi. Die Amerikaner lebten in Holzhäusern, in Schaukelstühlen auf Veranden. Bei einem Ort namens Cairo floß der Ohio in einem flachen Bogen dunkelgrau durch dunkle Laubwälder in den helleren Mississippi. In einem Ort namens Carbondale wurde ihr Waggon abgehängt, mußte zwei Stunden auf einen anderen Zug warten; während dieser Zeit wurde ihnen ein Waschkorb voll Orangen hereingereicht. »Von den Damen von Carbondale«, sagte der Sergeant, der sie begleitete, »sie haben gehört, daß hier ein Gefangenen-Transport steht.«

Er hatte in St. Louis eine amerikanische Zeitung in deutscher Sprache gekauft, die er herumgehen ließ. Jeder wartete ungeduldig darauf, daß die Reihe an ihn kam; nur Frerks gab sie ungelesen weiter.

»Hoffnungslos, der«, sagte Maxim Lederer halblaut zu Franz Kien.

Seine Stimme klang immer rauh, er räusperte sich oft, schloß seine fanatischen Geschichten aus der Emigration immer mit einem kurzen Auflachen. Er behauptete, in Prag in der Emigration gewesen zu sein; er habe zurückkehren müssen, weil er sonst verhungert wäre. Durch ihn erfuhr Franz, was in den vergangenen Jahren aus der Kommunistischen Partei geworden war. Es interessierte ihn nur halb. Während er die Landschaften und Städte betrachtete, hatte er genug damit zu tun, über die phantastische Tatsache nachzudenken, daß er aus dem Krieg hatte flüchten können und jetzt durch Amerika fuhr. Maxim Lederer sah selten aus dem Fenster.

In der folgenden Nacht kamen sie durch Memphis. Am Morgen überquerten sie den Mississippi auf einer hohen Brücke bei Jackson. Die Ufer des Mississippi bestanden aus Sandbänken und niedrigem Sumpfwald. Hinter den Deichen wieder feuchte Wälder mit verlandenden Gewässern, an denen Reiher und Pelikane hockten, aufflogen, sich wieder setzten. Der Zug fuhr langsam. Das Holz der Häuser in den Siedlungen der Neger war so verwittert wie die Gesichter der alten schweren Männer, die vor den Türen standen und zu dem Zug hinaufblickten. Später gelangten sie auf die flachen Trockenböden von Louisiana, leeres Land, Land für lange, eintönige Wanderungen, wie Franz Kien sie liebte, über trockenes Präriegras, das knisterte, durch brüchigen Kiefernwald. In Ruston, wo sie ausgeladen wurden, hingen weiße Reiter in ihren Sätteln, gekrümmt zwischen Texashüten und silbernen Sporen. Ihre samtbraunen leichten Pferde hoben kaum die Köpfe, denn der Septembertag war heiß und still.

## 2

Der Adler, der unter den schleierigen Schlierenwolken seine Kreise zog, flößte Franz Kien nicht den Wunsch nach Freiheit ein. Nach allen Gesetzen der Metaphorik, dachte Franz Kien, ist dieses Vieh dort oben dazu da, mich verrückt zu machen; doch er empfand nur die Lautlosigkeit des Flugs über dem Lager, über der ebenen Landschaft, während er auf den Stufen des hinteren Eingangs der Hospital-Baracke saß und von seinem Buch aufblickte, im milden Sonntagnachmittag-Licht des südlichen November. Der Stacheldrahtzaun in der Ferne war nichts als ein filigranes Gitter ohne Bedeutung.

Er wollte weiterlesen, als er aus dem Inneren der Baracke Schritte hörte, Stimmen. Er klappte das Buch zu, stand auf, ging die Stufen hoch und stieß die statt mit Glas mit einem Fliegengitter versehene Schwingtüre auf. Sie knarrte zweimal in den Scharnieren, ehe sie hinter ihm zufiel. Im Mittelgang des *ward*, zwischen den beiden Reihen Betten, standen zwei amerikanische Wachsoldaten, zwischen ihnen Frerks. Seine Hände waren mit einem Strick zusammengebunden. Franz Kien hatte noch niemals einen gefesselten Menschen gesehen. Einer der Amerikaner fragte, wo sie Frerks hinlegen könnten, und Franz Kien bezeichnete ihm ein Bett. Die beiden Patienten, die sich in der Baracke befanden, hatten sich in ihren Betten aufgesetzt. Jetzt kam auch Maxim Lederer herein. Die Soldaten drängten Frerks zu dem Bett hin und gaben ihm einen Stoß, als er nicht begriff, daß er sich hinlegen sollte. Er fiel, wegen der Fesseln, unbeholfen auf das Gesicht, den Bauch, blieb reglos liegen. Der Amerikaner, der redete, sagte, er würde den Doktor schicken, ehe er dem anderen folgte, der schon gegangen war.

Franz Kien und Maxim Lederer drehten Frerks herum, konnten ihn aber nicht ausziehen.

»Sollen wir ihm die Fesseln nicht abnehmen?« fragte Franz Kien. »Was ist denn eigentlich los mit ihm?«

Maxim Lederer schüttelte den Kopf. Sie deckten Frerks zu. Er starrte ins Leere, war offensichtlich nicht anwesend. Er hatte über dem Hemd einen Pullover an, trug nicht seine berühmte und verhaßte Jacke, obwohl Sonntag war.

»Frerks hat endlich durchgedreht«, berichtete Maxim Lederer mit seiner heiseren, unpersönlichen Stimme. »Er lag den ganzen Tag auf dem Bett, ging nicht zum Essen, auf einmal fing er an zu toben. Er riß Bilder herunter, dann griff er den Barackenführer an. Sie hielten ihn fest, bis die Wachen kamen.«

Er schloß jeden Satz mit seinem kurzen, kehligen, freudlosen Auflachen. Er war nicht schadenfroh. Maxim Lederer hatte nichts gegen Frerks, außer das, was alle gegen ihn hatten.

»Und wieso kommt er hierher«, fragte Franz Kien, »nicht in die Arrestbaracke?«

»Weil ich gesagt habe, er sei krank«, sagte Maxim Lederer. »Ich war unter denen, die ihn festhielten, und ich hab's ihm angesehen.«

Franz Kien nahm Frerks' Temperatur. Frerks hatte 41,5 Grad Fieber.

»Na bitte«, sagte Maxim Lederer.

»Er muß schon den ganzen Tag krank gewesen sein«, sagte Franz Kien.

Maxim Lederer blieb im Hospital, obwohl sein Nachtdienst erst um acht Uhr begann. Er und Franz Kien hatten den September über Baumwolle gepflückt, wie alle, ehe sie sich zum Sanitätsdienst meldeten, als die Jobs im Gefangenen-Hospital ausgeschrieben wurden. Die Arbeit auf den Baumwollfeldern war nicht schwer gewesen; sie gingen zwischen den endlosen Reihen der Stauden und pflückten mit beiden Händen die weißen Flocken aus den geöffneten Fruchtkapseln in die Säcke, die rechts und links von ihren Schultern hingen. Mittags lagen sie im dichten Schatten der Bäume, die das Farmhaus umstanden, und dösten vor sich hin. Das Haus brütete stumm in der Mittagshitze. Der Neger, der das Eiswasser gebracht hatte, saß an einen Baum gelehnt und schlief. Übrigens war er der einzige Neger, mit dem sie in Berührung kamen; nicht einmal in der Ferne sahen sie Neger auf den Feldern arbeiten, die Neger sollten nicht sehen, daß es Weiße gab, die Baumwolle pflückten. Am Nachmittag arbeiteten sie weiter; wenn Franz Kien aufblickte, sah er die Gefangenen als blaue Flecken, die sich inmitten des flimmernden Meeres der Baumwollbällchen bewegten. Später hielten er und Maxim Lederer die Monotonie dieser Tage nicht mehr aus. Inzwischen waren auch die Baumwollfelder abgeerntet, die Gefangenen schlugen jetzt Zuckerrohr, mit breiten, an der Spitze gekrümmten Messern, Macheten. Wenn sie ins Lager zurückkehrten, sprachen sie über die Negermädchen, die sie während der Fahrt gesehen hatten, von den Lastautos aus, auf denen sie zu den Plantagen gefahren wurden.

Es dauerte zwei Stunden, bis der Arzt kam. An Sonntagen waren die Ärzte immer schwer zu erreichen. Franz Kien fühlte manchmal Frerks' Puls, spürte das rasend schnelle Klopfen. Daran konnte er sich erinnern, zwanzig Jahre später, an das Gefühl, das ihm Frerks' Handgelenk einflößte, während er sich an Frerks selbst nicht mehr erinnern konnte. Es war äußerst merkwürdig, aber er wußte nach zwanzig Jahren nicht mehr, wie Frerks ausgesehen hatte. Captain Fleischers Bild hingegen hatte sein Gehirn gut auswendig gelernt. Beispielsweise konnte er die Szene, wie der Arzt im Offiziersrang, Captain Fleischer, in der Abenddämmerung jenes Sonntags am Lagertor aus dem Jeep stieg, die Wachen passierte und in seinem schmalen, genau geführten Gang auf das Hospital zukam, jederzeit hervorholen und ablaufen lassen wie einen Film. Vielleicht, weil er Fleischer damals, an einem Fenster nach ihm ausspähend, so ungeduldig erwartet hatte? Fleischer hatte die linke Hand in die Tasche seiner Uniformjacke gesteckt, mit dem rechten Arm schlenkerte er ein wenig, wobei er die Hand krampfhaft nach hinten bog. Franz Kien wußte, daß er mit der linken Hand nach einer Zigarette wühlte, und wie immer zog er die Zigarette heraus und schob sie zwischen seine Lippen, ohne sie anzuzünden. Weiß hing sie in seinem braunen Gesicht, unter dem schwarzen, sorgfältig geschnittenen Schnurrbart. Zwischen dem Bart und der Oberlippe war ein Abstand von drei Millimetern ausrasiert. Alles an Captain Fleischer war schmal und genau, auch seine Nase über dem Bart und die goldene Einfassung seiner Gläser. Innerhalb dieser Genauigkeit war er dann schlenkernd, lässig, mit Verkrampfungen da und dort, zum Beispiel wenn er seine Hand im Gehen nach hinten bog.

Jenseits des Hospital-Geländes lagen die niedrigen langen Baracken in Reihen unter einem grünlichen Helldunkel, wie es immer entstand, wenn der klebrige Südwind aufkam. In einigen von ihnen brannte schon Licht. Die Kies-Straßen zwischen den Baracken waren fast leer. Um diese Zeit wuschen sich die Gefangenen, ehe sie zum Abendessen gingen.

Franz Kien war froh darüber, daß nicht der ranghöhere Arzt kam, Major Moulton, sondern Captain Fleischer. Fleischer war Internist, nicht Chirurg wie Moulton. Moulton war Armee-Arzt, während Fleischer eine Privatpraxis in New York City hatte. Aber er trug die Uniform mühelos. Franz Kien vermutete, daß er sich seine Uniform von einem Schneider anfertigen ließ. Er fing Fleischer im Vorraum ab und erstattete ihm Bericht.

"Oh, it's him", sagte Fleischer, als er Frerks erblickte.

Franz Kien wunderte sich, daß Fleischer Frerks kannte, obwohl er kaum je das Wohnareal des Lagers betrat, niemals am Sonntag in der Suite des Kommandanten erschien, wenn Oberst Taylor die Front der zum Appell angetretenen Kriegsgefangenen abschritt. Er muß wohl von diesem Gefangenen gehört, sich ihn einmal angesehen haben, dachte Franz Kien. Frerks war der einzige, der zu jedem Sonntagmorgen-Appell in seiner deutschen Uniformjacke antrat. Er hatte sie, gleich nachdem sie ins Lager gekommen waren, gewaschen und gebügelt, und er trug sie mit den Obergefreiten-Winkeln, dem Fallschirmjäger-Abzeichen, dem schwarz-weißen Bändchen des EK II, dem Adler mit dem Hakenkreuz. Sie hatten ihn ins zweite Glied geschubst, aber Oberst Taylor stellte ihn sofort ins erste, winkte den Dolmetscher herbei und unterhielt sich mit ihm über seine militärische Vergangenheit. Es verging kaum ein Sonntag, an dem der Kommandant nicht mit Frerks ein paar Worte wechselte. Er machte ihn zum Leiter eines Arbeitstrupps. Frerks wurde im Lager geschnitten. Es gab niemanden, der mit ihm sprach.

Fleischer war erstaunt, als er sah, daß Frerks angezogen im Bett lag. Er schlug die Decke zurück und erblickte die Fesseln.

»Gee«, sagte er.

Er nahm die Zigarette aus dem Mund. Manchmal war in der

Art, wie Fleischer seine ärztlichen Anweisungen gab, eine leise, gefährliche Schärfe. Diesmal sah es so aus, als würde er sich gehenlassen. Aber er fing sich wieder, befahl, die Fesseln abzunehmen und Frerks auszuziehen. Franz Kien ärgerte sich, weil er nicht gewagt hatte, es selber zu tun, ehe Fleischer kam. Er wußte, daß Fleischer ihn dafür verachtete.

Frerks war kaum bei sich und fühlte sich heiß an. Fleischer untersuchte ihn, als er wieder im Bett lag. Er sagte, Frerks habe eine Lungenentzündung. Er bereitete die erste Penicillin-Injektion selbst vor. Sein Gesicht war wieder ruhig, fast gleichgültig, als er die Nadel ins Licht hielt und prüfte; die Zigarette hing wieder in seinem linken Mundwinkel. Ehe er ging, sagte er, Frerks müsse viel zu trinken bekommen.

Franz Kien blieb noch zwei Stunden im *ward* und hörte Maxim Lederer zu, wie er seine fanatischen Geschichten aus der Emigration erzählte. Maxim Lederer behauptete, die Kommunistische Partei habe ganze Zellen in Deutschland hochgehen lassen, der Gestapo ausgeliefert, wenn sie nicht mehr der Generallinie aus Prag gehorchten. Wenn seine Erzählungen stimmten, dann war die Kommunistische Partei verkommen. Wenn sie nicht stimmten, so war der, der sie erzählte, mit Vorsicht zu genießen. Er redete nicht gern über seine Rückkehr aus Prag nach Deutschland, wich aus, wenn Franz Kien ihn fragte, was damals mit ihm geschehen war. Franz Kien wußte, daß mit Menschen, die in gewisse Verhöre, zwischen gewisse Fronten geraten waren, alles mögliche geschehen sein konnte. Eine Nacht in einem Untersuchungsgefängnis entschied da oft über ein Leben. Es wäre besser, sich von dieser undurchsichtigen Existenz fernzuhalten, dachte Franz Kien manchmal, aber er mochte Maxim Lederers hoffnungslose, unpersönliche Stimme, die mit jedem ihrer Sätze die Revolution liquidierte. Maxim Lederer sprach niemals über sein Privatleben, äußerte keine Zukunftspläne, wie alle anderen im Camp. Es war auch charakteristisch für ihn, daß man das Gespräch mit ihm einfach abbrechen konnte; er hörte dann sofort und ganz unbeleidigt auf zu reden, wandte sein kleines bleiches Gesicht, die Augen hinter der Brille aus schwarzem Horn ab, griff wieder nach der Zeitung.

Als er in seine Wohnbaracke ging, spürte Franz Kien die zerrenden, plötzlich aufflackernden Windstöße, die unter dem wolkigen Nachthimmel aus dem Golf von Mexiko kamen. Er dachte an die Revolution als an etwas Gleichgültiges. Es würde Kriege geben, Gewalt, auch Revolutionen, sicher, aber das alles war ziemlich gleichgültig. Nicht gleichgültig war es, daß es die Nacht gab, den Wind, Wolken, Adlerflüge, einen Golf, Schlafende in Baracken . . .

Am Morgen hatte Frerks noch immer über vierzig Fieber, aber er schlief ruhig. Maxim Lederer sagte, Fleischer sei in der Nacht noch einmal gekommen und habe Frerks eine zweite Penicillin-Injektion gemacht.

»Ich hab ihm erzählen müssen, welche Rolle Frerks im Lager spielt«, sagte Maxim Lederer. »Wahrscheinlich überlegt er«, sagte Franz Kien, »ob er ihn in psychiatrische Behandlung geben soll.«

»Er schien außer sich zu sein, als ich ihm erzählte, daß niemand von uns mit Frerks zu tun haben will. Ich hab versucht, ihm klarzumachen, daß Frerks sich selbst isoliert hat. Er gehört einfach nicht in dieses Lager, hab ich gesagt.«

Er räumte die Bücher und Zeitungen weg, in denen er nachts gelesen hatte. Durch die Glasscheibe des Sanitätsraumes überblickte man den Bettenraum der Baracke, in dem Frerks und die beiden anderen Patienten lagen und schliefen.

»Diese Juden mit ihren Illusionen«, sagte Maxim Lederer. »Weißt du, was Fleischer sagte, ehe er ging?« Er wartete Franz Kiens Gegenfrage nicht ab. »Er stand da am Bett von Frerks und sagte: 'It's easy to hate, easier than to love.'«

Nicht einmal nach diesem Zitat klang Maxim Lederers Auflachen böse, höhnisch, sondern so wie immer: kurz, rauh, feststellend.

Franz Kien hätte etwas darum gegeben, zu erfahren, ob Fleischer den Satz, daß es leicht sei zu hassen, leichter als zu lieben, an Maxim Lederer gerichtet hatte oder an den bei diesen Worten sicherlich noch schlafenden oder halb bewußtlosen Frerks. Hatte er dabei einen von den beiden angesehen oder keinen, sondern vielleicht auf die Wand hinter dem Bett geblickt? Es war zwecklos, Maxim Lederer danach zu fragen, der darauf sicherlich nicht geachtet hatte. Nach allem, was vorher gesprochen worden war, mußte er Fleischers Bemerkung auf sich beziehen. Wie aber, fragte sich Franz Kien, wenn Fleischer weder den einen noch den anderen gemeint hatte, sondern sich selbst?

Der Hospital-Tag verlief ruhig, mit den üblichen Beschäftigungen: Betten richten, Temperaturen nehmen, Essen holen. Einer der Patienten hatte eine Blinddarmoperation hinter sich, durfte noch nicht aufstehen, bekam die Bettflasche, was Franz Kien nichts ausmachte. Der andere war Syphilitiker, erhielt alle zwei Stunden eine kleine Dosis Penicillin, intramuskulär. Er war wehleidig, spannte vor Angst sein Gesäß, anstatt es zu entspannen, so daß Franz Kien einen unkontrollierten Moment abwarten mußte, ehe er ihm die Nadel ins Fleisch senkte. Nach dem Mittagessen meldeten sich zwei ambulante Fälle, Männer vom Holzfällerkommando, die mit Gifteiche in Berührung gekommen waren; Franz Kien bestrich ihre entzündeten Beine und Hände mit einer Tinktur.

Im Laufe des Vormittags war Frerks einmal so weit bei sich, daß er die nötigsten Angaben für das Krankenblatt machen konnte. Er war 1923 geboren, in einem Dorf bei Eutin, hatte noch keinen Beruf, er war bei Kriegsausbruch sechzehn gewesen, sie hatten ihn Ende 1940 eingezogen. Er sagte, er sei Offiziersanwärter. Sein Vater war Angestellter im Landratsamt. Diese Mitteilungen erschöpften ihn.

Am Nachmittag hatte Franz Kien wieder Zeit zum Lesen. Er ging auch einmal eine Viertelstunde spazieren, zwischen dem Hospital und dem Stacheldrahtzaun, in südöstlicher Richtung, wo es Partien gab, auf denen Kiefern standen, die das Camp verdeckten. Er sammelte einen Strauchzweig mit weinroten und grünen Blättern, zwei Gräser mit Blättern wie Lanzenspitzen, ein Gewächs mit traubigen roten Blüten und einem grünen Stengel, in dessen Mitte eine violette Blüte saß. In Louisiana gab es selbst im November noch Blüten, unter dem bedeckten Himmel, in der warm-feuchten Luft, die manchmal von Windstößen aufgeregt wurde.

Um fünf Uhr, als er Frerks weckte, um ihm Orangensaft einzuflößen, eine neue Spritze zu geben und sein Fieber zu messen, erinnerte er sich daran, wie er einmal im Lagerkino neben ihm gesessen hatte, während eines Films mit dem Titel *The Great Flamarion*. Der große Flamarion war ein ehemaliger französischer Offizier, und es war unheimlich gewesen, zu sehen, wie in Erich von Stroheim eine Figur der alten europäischen Kriegsgeschichte aufstand und durch die fremde amerikanische Welt ging. Als das Licht wieder anging, hatte Franz Kien den ekstatischen Ausdruck in Frerks' Gesicht wahrgenommen. Diese Erinnerung war es übrigens, die ihm später beinahe dazu verhalf, sich Frerks' Gesichtszüge vorstellen zu können, aber sie entglitten ihm dann doch wieder, lösten sich in dem ungenauen Eindruck auf, wie ihn magere, hartknochige Jungen gewöhnlich hinterlassen.

Ehe Maxim Lederer ihn wieder ablöste, betrachtete er in einer Zeitschrift Bilder von Marsden Hartley. Die Reproduktionen waren schlecht, aber Franz Kien spürte doch, daß *Der Berg Katahdin im Herbst* ein Bild war. Marsden Hartley hatte geschrieben: »Es gibt nicht mehr als zwei Leute im Land, die Berge verstehen.« Er hatte nicht geschrieben: ». . . die etwas von Bergen verstehen.«

Fleischer kam zur Abend-Visite. Er war schon am Vormittag dagewesen und hatte Kien gezeigt, wie man Penicillin intravenös spritzt. Franz Kien fand es verflucht schwierig, und bei zwei Spritzen hatte er Frerks erhebliche Schmerzen zugefügt. Fleischer war mit Frerks' Zustand zufrieden; das Fieber war auf 39,5 Grad gefallen. Er fragte, ob Frerks Englisch spreche; Franz Kien wußte es nicht, aber er hatte beobachtet, wie Frerks, wenn Oberst Taylor ihn anredete, seine Antworten gab, noch ehe der Dolmetscher ihm Taylors Worte übersetzt hatte.

Fleischer war Anfang Oktober zum erstenmal ins Lager gekommen, als ein fremdartiger, leiser, raffinierter Mensch. Major Moulton wirkte neben ihm vierschrötig und militärisch. Der Kommandant und Major Moulton hatten es sicherlich nicht gern gesehen, daß Captain Fleischer seine Frau mit ins Camp nahm, ihr die Häuser und Einrichtungen zeigte, sie durch das Hospital führte. Captain Fleischers Frau war fabelhaft hübsch, weder ein Mädchen noch eine Dame, sondern eine junge Frau, ein schwieriges, elegantes Geschöpf. Die Gefangenen waren benommen von ihrem Anblick. Es ging das Gerücht, sie sei ein New-Yorker Mannequin. Sie trug ihre weichen, blond gefärbten Haare halblang. Übrigens schien sie das Ungehörige der Situation eher zu empfinden als ihr Mann, denn Franz Kien bemerkte, daß ihr schöner, zart herausfordernder Gang etwas Unfreies bekam, wenn sie neben den wie immer eng geführten Schritten des Arztes, neben seinem locker schwingenden und doch in der Verkrampfung der Hand endenden Arm – die andere Hand wühlte in der Tasche nach einer Zigarette – auf das Hospital zukam.

Nach einem Besuch des Paares im *ward* hatte Franz Kien mitangehört, wie sich zwei Patienten über Captain Fleischer und seine Frau unterhielten.

»Die geilt sich ganz schön an uns auf«, hatte der eine von ihnen gesagt.

»Irrtum!« hatte der andere erwidert. »Er ist es, der sich dabei aufregt, daß er uns seine Frau vorführt.«

An diesem gemeinen Kommentar war so viel wahr, daß Fleischer wahrscheinlich wirklich den Gefangenen eine Freude bereiten wollte, wenn er seine allzu anziehende Frau mit ins Lager brachte. Eine unerhörte Fehlleistung für einen Mann von dieser Intelligenz, dachte Franz Kien, nur zu erklären aus blinder Verliebtheit. Er bemerkte, wie enttäuscht Fleischer war, daß seine Frau nicht mit den Patienten sprach, ihnen nicht die Hand reichte, immer halb abgewendet hinter ihm stehenblieb, in der Haltung eines Menschen, der entschlossen ist, bei dem geringsten Zeichen von Gefahr zu fliehen. Sie kam nach ihrem zweiten Besuch nicht wieder.

Erst am Dienstag konnte Fleischer mit Frerks sprechen. Zwar lag Frerks auch dann noch in einem Zustand von Apathie, aber er war doch bei klarem Bewußtsein. Sein Fieber war weiter gefallen, und Fleischer setzte das penicillin ab und verordnete statt dessen Sulfonamid-Tabletten. Er zog sich einen Stuhl heran und setzte sich neben Frerks' Bett, erzählte ihm, daß er am Sonntag erst so spät habe kommen können, weil er am Mississippi gewesen sei, um sich den Dammbruch anzusehen. Es habe in Tennessee viel geregnet, erzählte er, und die Wassermassen, die der Strom mit sich führte, hätten bei Vicksburg die Deiche gesprengt. Er schilderte die Wasserwüste. Frerks sah ihn unverwandt an, aber Franz Kien konnte nicht herausfinden, ob ihn die Erzählung des Arztes wirklich interessierte. Er selbst hätte Fleischer gern über den Mississippi ausgefragt, er hatte das Gefühl, daß Fleischer den Mississippi verstand, aber er begriff, daß dessen Erzählung nur für Frerks bestimmt war, auch wenn es sich um ein ganz zufällig herausgegriffenes Thema handelte und Fleischer ebensogut über irgend etwas ganz anderes hätte sprechen können, über New York vielleicht oder über den zu Ende gehenden Krieg. Fleischer redete flüssig in seinem leisen Sprechstil; wenn er sich manchmal unterbrach, dann nicht, weil er nicht mehr weiter wußte, sondern weil er sich die Freiheit nahm, darüber nachzudenken, was er gesagt hatte oder sagen würde.

»Can we go a way together?« fragte er nach einer dieser Pausen.

Gleich nachdem Fleischer gegangen war, erörterte Franz Kien mit Maxim Lederer, der im *ward* erschienen war und Fleischers Monolog an Frerks' Bett mitangehört hatte, das Problem, ob sich diese Frage auf deutsch stellen lasse.

»Nein, Gott sei Dank nicht«, sagte Maxim Lederer. »Wir sind nicht so sentimental wie die Amerikaner.«

»Es klang aber gar nicht sentimental, so, wie er es sagte«, wandte Franz Kien ein.

Er mußte aber zugeben, daß der Satz *Können wir ein Stück Weges zusammen gehen* in der Situation, wie sie zwischen Fleischer und Frerks bestand, auf deutsch unerträglich gefühlvoll klang. Den deutschen Satz *Es ist leicht zu hassen, leichter als zu lieben* konnte Franz Kien sich zur Not vorstellen, er war bloß pathetisch, und etwas Pathos konnte man schlucken wie eine bittere Pille, wenn es gar nicht anders ging, während es unter keinen Umständen zulässig war, etwas locker und freundlich Hingesagtes durch Übersetzen in etwas Klebriges zu verwandeln.

Maxim Lederer ging zu Frerks' Bett hinüber. »Hast du eigentlich verstanden«, fragte er, »was Fleischer dir alles erzählt hat?«

Frerks gab keine Antwort. Er lag da, mit geöffneten Augen, und blickte geradeaus.

»Captain Fleischer ist Jude«, sagte Maxim Lederer zu ihm. »Huh, huh, huh, richtiger Jude! Ich sag's dir nur, falls du es vielleicht nicht weißt.«

»Hör doch auf damit!« sagte Franz Kien.

Fleischer hatte keine Antwort auf seine Frage an Frerks abgewartet, sondern war aufgestanden, hatte sich mit den anderen Patienten beschäftigt, ein paar Anweisungen gegeben, ehe er ging. Franz Kien konnte nicht feststellen, ob Frerks enttäuscht war, als am nächsten Tag Major Moulton zur Visite erschien, weil Fleischer ein paar dienstfreie Tage hatte.

Er hörte die Schwingtüre mit dem Fliegengitter in ihren Angeln knarren, als er wieder einmal auf der Treppe hinter der Hospitalbaracke saß. Natürlich stand er auf, obwohl Fleischer sagte, er solle sitzen bleiben. Der Arzt stand in seiner lässigen und genauen Haltung, die Hand des rechten Arms nach hinten gebogen und verkrampft, auf der obersten Stufe und sprach sich gegen den Stacheldraht aus, auf dessen in der Ferne sich hinziehende Linie er blickte. Er sagte, man sollte solche Lager ohne

Stacheldraht einrichten. Dann kam er wieder auf Frerks zu sprechen, wandte sich erbittert gegen dessen unfaire Behandlung im Lager. Franz Kien notierte sich am Abend in sein Tagebuch, das er damals führte, einzelne Sätze, *Nobody talks to him* beispielsweise, und *He must be taken into the crowd, not segregated.*

Er selber sah nicht, wie Fleischer, den Stacheldrahtzaun, sondern das Tälchen dahinter, mehr eine Geländefalte, ganz in Braun und Gelb getaucht, mit den Bäumen am Horizont, zwischen ihnen das Negergehöft mit der bunten Wäsche, die immer da hing, und den schwarzen Kühen, die in dem hohen gelben Steppengras weideten.

## 3

Als Frerks wieder gesund war, zog er sonntags weiter seine deutsche Uniformjacke an; erst nachdem man ihnen Filme aus den Konzentrationslagern vorgeführt hatte, legte er sie ab. Er befreundete sich mit einem Kleinbauern aus der Eifel, einem alten Mann, der als primitiver Anarchist und Eigenbrödler vor dem Kriegsgericht gestanden hatte. Man sah die beiden lange Spaziergänge den Zaun entlang machen, miteinander redend. Das war schon nach dem Waffenstillstand.

Franz Kien verlor ihn, Maxim Lederer und fast das ganze Lager aus den Augen, weil er, zusammen mit zwanzig anderen, in ein Lager im Norden versetzt wurde. Wieder reisten sie in einem Waggon, der an reguläre Züge angehängt wurde. Sie überquerten bei Monroe den Red River, fuhren hinter Memphis wieder eine Strecke den Mississippi entlang, dann in die Ebene von Tennessee hinein.

Franz Kien überlegte manchmal, wo er, wo Maxim Lederer, wo Fleischer und Frerks zwanzig Jahre später sein würden. Oder der Neger, der ihnen das Eiswasser gebracht hatte, mittags, beim Baumwollpflücken. Wie würden sie leben, jeder für sich, zwanzig Jahre später?

Er dachte niemals an die Revolution, sondern nur an die Länder. Amerika, Tennessee, Gibraltar, Europa. An die Einsamkeit der Länder.

Er hatte einen ruhigen Herbst und Winter in Louisiana verbracht, in dem alten Sklavenland.

Ein betagter, schwerer Neger, ein Streckenarbeiter, stand neben dem Gleis, als sie an einem frühen Morgen auf einer Station in Tennessee hielten. Er trug ein Hemd aus verschossenem Ziegelrot. Als Franz Kien ihn betrachtete, sah ihn der Neger lange an, ohne sich zu bewegen, ohne zu lächeln.

Auf einem Holzhaus jenseits des Bahnhofs stand in abblätternder Schrift *Moses Playhouse Nice clean rooms Meals Cold drinks*. In der Frühe waren alle Fenster und Türen verschlossen. Hier wäre Franz Kien gerne ausgestiegen, um ein Zimmer zu nehmen.

Lothar Baier

# *Alfred Andersch*

Eine Skizze

Der Schriftsteller Alfred Andersch (1914–1980) hat es seinen Zeitgenossen nie leichtgemacht und macht es auch demjenigen nicht leicht, der zehn Jahre nach seinem Tod das abgeschlossene Werk überblickt. Der zeitliche Abstand glättet nicht und mildert nicht. Eine Geschichte von Widersprüchen und Ungleichzeitigkeiten, die sich auch im Rückblick nicht linear nacherzählen läßt: das Beharren auf der Autonomie der Kunst steht neben der entschiedenen Einmischung in die öffentlichen Angelegenheiten, das Engagement schlägt in den Wunsch nach Rückzug um, weltoffene Neugier kontrastiert mit Eigensinn, Mißtrauen gegenüber allen geschlossenen Gedankengängen und radikaler Parteinahme. Ein literarisches Werk, das autobiographisch beginnt, dann aus der autobiographischen Begrenzung hinausdrängt, nach Erfahrungen der Fremde greift, und wieder zum Stoff des früh Erlebten zurückkehrt, und das heißt Niederlage der Linken, Triumph des Nationalsozialismus, Krieg und Flucht aus der Katastrophe. Hauptfigur des letzten abgeschlossenen Buchs ist der Münchner Gymnasialdirektor, der in seinem Sohn den Massenmörder Heinrich Himmler herangezogen hat. Eine vertrackte, eine deutsche Geschichte.

Alfred Andersch kam im europäischen Katastrophenjahr 1914 auf die Welt, in München, als zweiter Sohn des Buchhändlers und Antiquars Alfred Andersch. »Alle Berichte über den 1. August 1914 bezeugen, daß der Ausbruch des Ersten Weltkriegs von den Menschen als Erlösung aus der dumpfen Schwüle eines langen geschichtlichen Sommers begrüßt worden ist«, schrieb Andersch fünfzig Jahre später und wehrte sich dagegen, unter Hinweis auf das Schicksalhafte kollektiver Gefühle die Menschen aus der Verantwortung zu entlassen. »Es gab damals Verantwortliche. Es gibt sie auch heute. Sollte ein neuer Krieg kommen, so wird er gemacht worden sein.« In Anderschs Elternhaus waren andere Lehren aus der europäischen Völkerschlacht gezogen worden.

Als Fünfjähriger wurde Andersch Augenzeuge des letzten Gangs von Verteidigern der Münchner Räterepublik auf dem Weg zu ihrer Exekution. Erst später begriff er, daß er zugesehen hatte, wie eine Revolution zu Grabe getragen wurde. Der Vater, der verwundet, krank und verbittert aus dem Krieg zurückgekehrt war, hielt es mit der Konterrevolution. Er fand nicht mehr ins Berufsleben und rächte sich dafür an der Gesellschaft der neuentstandenen Republik, indem er sich für die Umsturzpläne der extremen Rechten erwärmte. 1923 war er am Rande an Hitlers Putschversuch in München beteiligt. Der Sohn Alfred Andersch bekam die Krise frühzeitig am eigenen Leib zu spüren, fand aber eine ganze andere Antwort als der Vater, der 1929 nach langer Krankheit starb. Nach abgebrochenem Gymnasiumbesuch und anschließender Lehre als Verlagsbuchhändler wurde er Anfang der dreißiger Jahre arbeitslos und schloß sich den Kommunisten an. Von da an widmete er seine Zeit ganz der Arbeit in der Jugendorganisation der Kommunistischen Partei Deutschlands. 1932 wurde er Organisationsleiter des Verbands im Bezirk Südbayern.

Am 30. Januar 1933 ergriff Hitler die Macht in Deutschland und machte nach dem Reichtagsbrand seine Drohung war, als erstes die kommunistischen Organisationen zu zerschlagen. Am 10. März wurde der Jugendfunktionär Andersch verhaftet und in dem frisch eingerichteten Konzentrationslager Dachau vor den Toren Münchens eingesperrt. In den ersten Wochen noch von der Polizei verwaltet, wurde das Lager im April von der SS übernommen. Der neunzehnjährige Andersch erlebte mit, wie jüdische Häftlinge gequält und ermordet wurden. Er erfuhr sehr früh, was nationalsozialistischer Terror bedeutet. Seine Mutter erreichte es unter Hinweis auf die nationalen Verdienste des Weltkriegsoffiziers Andersch senior, daß der Sohn nach drei Monaten aus Dachau entlassen wurde. Ende 1933 wurde er noch einmal verhaftet, aber bald darauf wieder freigelassen. Später bekannte Andersch, daß er bei der zweiten Verhaftung in Panik geraten war, weil er nun wußte, was den Opfern der Nazis bevorstand.

Andersch ging nicht wie einige seiner Genossen in den Untergrund. Er löste sich von der verbotenen und verfolgten Partei. In *Die Kirschen der Freiheit* hat Andersch fast zwanzig Jahre danach eine Begründung für diesen Schritt formuliert, die zu verstehen geben will, daß der Bruch mit den Kommunisten weder ihrer Ausrichtung nach Stalins Interessen wegen erfolgte noch dem Marxismus als Theorie galt. »Es gibt keine glänzendere Analyse als die marxistische. Es gibt keine elendere Aktion als die marxistische. Noch im Augenblick der Tat beschielt sie sich selbst – ob sie es ›richtig‹ macht, ob sie den Gesetzen folgt, die sie aufgestellt hat.«

Das Bild, das den Vorwurf an die Adresse der Kommunisten festhält, stammt aus den Tagen vor Anderschs Verhaftung im März 1933. Die Nazis haben das Gewerkschaftshaus in München besetzt, auf der Straße versammeln sich organisierte Arbeiter und Schaulustige. Ein Motorradfahrer der SA fährt heran, macht ein ungeschicktes Manöver, kommt zu Fall: aber selbst dieser Schwächeanfall der diktatorischen Macht bleibt ohne Wirkung auf die Umstehenden, deren Erstarrung anhält. Andersch versuchte sich vorzustellen, was geschehen wäre, wenn sich die Zeugen der Szene auf den SA-Mann gestürzt und ihm die Waffe entrissen hätten, wenn sein eigener straff organisierter Verband beizeiten bewaffnet worden wäre: ein Bürgerkrieg hätte im März 1933 ausgelöst werden können, und die Geschichte Deutschlands wäre womöglich ganz anders verlaufen. Aber die Partei, »die wir für spontan, frei, lebendig und revolutionär hielten«, rührte sich nicht, weil sie schon im Sterben lag. Andersch fügte in *Die Kirschen der Freiheit* allderings hinzu, daß er selbst zu den Zuschauern gehört hatte, die den Schrei nicht ausstießen, der zum Signal für den Aufstand gegen die nationalsozialistischen Machthaber hätte werden können.

Den totalen Staat beantwortete Andersch nach seinen eigenen Worten mit der »totalen Introversion«. Während er nach 1933 seinen Lebensunterhalt als Verlagsangestellter und später als Werbeleiter in der Industrie verdiente, suchte er Zuflucht im Erleben von Kunst, holte autodidaktisch literarische Bildung nach, begeisterte sich besonders für Rilke, schrieb Gedichte und kleine Erzählungen. Schriftsteller hatte er immer schon werden wollen, fand im nationalsozialistischen Deutschland mit seiner reglementierten und zensierten Kultur aber keine Möglichkeit, seinen Traum zu verwirklichen. Ein einziger Prosatext wurde 1943 in einer Kölner Zeitung gedruckt.

Kurz nach Ausbruch des Zweiten Weltkriegs wurde Andersch zur Wehrmacht eingezogen. Einer Verfügung Hitlers, wonach ehemalige KZ-Häftlinge nicht würdig seien, in der Armee zu dienen, verdankte Andersch die vorübergehende Entlassung; Ende 1943 wurde er ein zweites Mal eingezogen und einer Einheit zugeteilt, die den Vormarsch der in Italien gelandeten amerikanischen Streitkräfte zurückschlagen sollte. Am Tag der alliierten Landung in der Normandie, von der er nichts wußte, desertierte Andersch und schlug sich zu den amerikanischen Truppen durch. Mit einem Gefangenentransport wurde er im August 1944 in die USA gebracht.

Die Zeit im amerikanischen Gefangenenlager wurde für Andersch zur entscheidenden literarischen, journalistischen und politischen Lehrzeit. Als Anti-Nazi eingestuft, konnte er in die Redaktion der Zeitung *Der Ruf* eintreten, die für die deutschen Kriegsgefangenen herausgegeben wurde. Andersch erlernte dabei das Handwerk des Redigierens und realistischen Schreibens. Er erhielt Einblick in die zeitgenössische amerikanische Literatur, die aus dem nationalsozialistischen Deutschland ausgesperrt gewesen war. Und der enttäuschte ehemalige Kommunist erlebte die politische Praxis der Demokratie, so wie sie Roosevelts Amerika geprägt hatte und die bis in die Kriegsgefangenenlager hinein spürbar war.

Nicht als ein oberflächlich »umerzogener«, sondern als ein

überzeugter Demokrat kehrte Andersch Ende 1945 nach Deutschland zurück. Das Zeitungsmachen ließ ihn nicht mehr los. Zunächst arbeitete er in seiner Heimatstadt München in der von Erich Kästner geleiteten Kulturredaktion der *Neuen Zeitung* mit, dann gründete er zusammen mit dem ebenfalls aus amerikanischer Kriegsgefangenschaft zurückgekehrten Schriftsteller Hans Werner Richter eine eigene Wochenzeitung, die den alten Titel *Der Ruf* erhielt. Mit ihrem Untertitel *Unabhängige Blätter der jungen Generation* wandte sich die Zeitung vor allem an die desillusionierten und orientierungslos aus Krieg und Gefangenschaft zurückgekehrten ehemaligen Soldaten. Unter Berufung auf Roosevelts New Deal skizzierte der von Andersch verfaßte Leitartikel der ersten Ausgabe des *Ruf* eine Zukunft im Zeichen demokratischer Freiheit und sozialisierter Ökonomie: »Das junge Europa formt sein Gesicht« war der programmatische Text überschrieben. Es ging den Autoren der Zeitung nicht nur um den Aufbau eines demokratischen Deutschland, sondern um die Zivilisation Europas. Großes Gewicht wurde von Anfang an auf die Verständigung mit Frankreich gelegt. Mittlerdienste dabei leistete der *Ruf*-Mitarbeiter Walter Maria Guggenheimer, der im Krieg in den Forces Françaises Libres gekämpft hatte.

Die beiden vom Geist des demokratischen Amerika geprägten Herausgeber kamen jedoch mit der amerikanischen Militärregierung in Konflikt, als sie zu erkennen gaben, daß die von der Militärregierung lizenzierte Zeitung dem Anfang 1947 von den USA eingeschlagenen Kurs hin auf den Kalten Krieg nicht unterstützte. Andersch sah voraus, daß Präsident Trumans Politik der Eindämmung der ehemals verbündeten Sowjetunion die Teilung Deutschlands und Hochrüstung auf beiden Seiten bedeuten würde. *Der Ruf* trat für ein antifaschistisches, nichtgeteiltes, neutrales Deutschland ein. Im April 1947 wurde die Zeitung von der amerikanischen Militärregierung verboten.

Das Verbot wurde zum Segen für die Entwicklung der deutschen Literatur in der Nachkriegszeit. Im Herbst 1947 rief Hans Werner Richter die ehemaligen Mitarbeiter des *Ruf* bei Füssen in

Bayern zusammen: Auftakt zur Arbeit der »Gruppe 47«, die zwanzig Jahre lang bestand und in dieser Zeit entscheidend mitbestimmte, was in der Literatur der Bundesrepublik als neu, zukunftsweisend, tonangebend galt. Es handelte sich dabei nicht um eine geschlossene Gruppe (wie etwa in den sechziger Jahren *Tel Quel* in Frankreich), sondern um ein Forum, dessen Teilnehmer ständig wechselten. Der einzige Fixpunkt der Gruppe war der Initiator Hans Werner Richter, der sich das Recht vorbehielt, die Gäste der Gruppentagungen auszuwählen. Für die eingeladenen Schriftsteller, die dort ihre Texte vorlasen und zur Diskussion stellten, war das Echo ihrer Kollegen ein wichtiger erster Test ihrer Arbeit außerhalb der Welt der Verlage. Im Herbst 1947 gehörte auch Alfred Andersch zu den Gästen der Gruppentagung.

Nach dem Ende des *Ruf* kam Andersch mit dem ehemaligen Buchenwald-Häftling und Autor von *Der SS-Staat*, Egon Kogon, in Kontakt, der die vielgelesene Zeitschrift *Frankfurter Hefte* herausgab. Er wurde Redakteur und Autor der Zeitschrift. Gleichzeitig arbeitete Andersch an einem längeren Essay, der 1948 als Buch herauskam: *Deutsche Literatur in der Entscheidung*. Es war der Versuch, die Herausforderung der Literatur durch die Konflikte in der zerrissenen deutschen Gesellschaft mit einem an Sartres Denken geschulten Blick zu bestimmen. Mehrere Texte Sartres, *Le mur*, *Les mouches* und *L'existentialisme, est-il un humanisme?* waren 1947 in deutscher Übersetzung erschienen und hatten heftige Debatten ausgelöst. Andersch rechnete auch sehr viel später die Lektüre Sartres zu den wesentlichen Einflüssen auf sein Denken. In seinem Essay von 1948 griff er auf Sartres Bestimmung der Freiheit als Wahl zurück, um die Schriftsteller aus dem Schlaf des deterministischen Glaubens an ein Schicksal aufzuwecken. Nur wenn sie die Verantwortung für sich selbst übernehmen und ihre eigene Existenz mit der Freiheit verknüpfen, so Anderschs Appell, können sie zur Veränderung der Welt, und im Fall Deutschlands, zum Aufbau einer freien Gesellschaft beitragen.

Im Jahr 1948, dem Jahr der Währungsreform in den westlichen Zonen, die der politischen Teilung vorausging, wechselte Andersch zum Rundfunk, dem er als Redakteur dann lange Zeit verbunden blieb. Inzwischen mit der Malerin Gisela Groneuer verheiratet, war er nicht in der Lage, seine Familie als freier Autor zu ernähren. Im Sender Frankfurt, aus dem später der Hessische Rundfunk hervorging, übernahm er die Aufgabe, unter dem Titel »Abendstudio« ein Programm für kulturell interessierte Hörer aufzubauen. Bevorzugte Form war das Streitgespräch über aktuelle Themen, so wie Sartre und die Mitarbeiter von *Les Temps Moderndes* es eine zeitlang am Französischen Rundfunk praktiziert hatten: es ging um Demokratie, Massengesellschaft, Technik, Fortschritt. Der Redakteur Andersch legte großes Gewicht darauf, daß die gesellschaftliche und kulturelle Entwicklung in anderen europäischen Ländern, insbesondere in Frankreich, in dem Frankfurter Abendstudio zur Sprache kam. So wurde über die Bewegung der Arbeiterpriester und über den linken Katholizismus berichtet. Sartre, Camus, Gide und andere wurden porträtiert. Der Surrealismus kam in ausgewählten Textbeispielen zu Wort. Aber auch ältere und jüngere deutsche Autoren, von Bertolt Brecht und Gottfried Benn bis zu noch unbekannten Nachwuchsschriftstellern hatten Platz in Anderschs Programm: einer der bedeutendsten deutschen Schriftsteller der Nachkriegszeit, Arno Schmidt, ist von Andersch früh gefördert worden. Hinzu kamen die gerade aus dem amerikanischen Exil nach Frankfurt zurückgekehrten Denker der Kritischen Theorie, Max Horkheimer und Theodor W. Adorno, die häufig ins Frankfurter Studio eingeladen wurden.

Andersch machte sich auf diese Weise als Anreger und Vermittler einen Namen. Neben der Radioarbeit hatte er nie aufgehört, Aufsätze und Erzählungen, Hörspiele und Theaterstücke zu schreiben. Pläne für Veröffentlichungen und Aufführungen zerschlugen sich jedoch häufig. Die Situation änderte sich, als Andersch 1952 mit dem von Eugen Kogon verlegten Buch *Die Kirschen der Freiheit* an die Öffentlichkeit trat. Sein Name war in der Bundesrepublik plötzlich in aller Munde, aber kaum der literarischen Qualitäten dieser Prosa wegen, sondern des Themas der Erzählung halber. Zu einem Zeitpunkt, als die Wiederbewaffnung des westlichen Deutschlands bereits beschlossene Sache war, wurde der autobiographische Bericht von einer Desertion im Zweiten Weltkrieg als ein Manifest gegen Adendauers Politik der Wiederbewaffnung und Integration in ein westliches Militärbündnis aufgefaßt und entsprechend angegriffen. Andersch erntete aber auch manchen lebhaften Zuspruch, zum Beispiel von Heinrich Böll, der *Die Kirschen der Freiheit* in einer Gewerkschaftszeitung als »Trompetenstoß in schwüler Stille« begrüßte.

Über dem Skandalthema Desertion wurde damals kaum beachtet, daß der Autor Andersch zu einer Schreibweise gefunden hatte, die erzählende und reflektierende Elemente kunstvoll miteinander verbindet. Es fiel auch nicht auf, daß Andersch die Anstrengung unternommen hatte, den Sartreschen Freiheitsbegriff in Gestalt einer Freiheitserfahrung literarisch darzustellen. Einen »einzigen Augenblick der Freiheit« habe der Autor beschreiben wollen, heißt es in *Die Kirschen der Freiheit* – vielleicht hat Andersch dabei an eine Notiz René Chars gedacht – den er in seinem Radioprogramm vorgestellt hatte – die da lautet: »Die seltenen Augenblicke der Freiheit sind diejenigen, in denen das Unbewußte zum Bewußten, das Bewußte zu nichts wird (oder zum wildwuchernden Baumgarten).« Die erzählte (autobiographische) Geschichte läßt sich als Versuch ansehen, zeitliche Kontinuität nicht begrifflich, sondern sinnlich erfahrbar darzustellen, damit sich der Augenblick der Freiheit als Ausbruch aus der Kontinuität, oder als Bewußtsein des Unbewußten, zum Vorschein kommen kann.

In Frankreich wurde man auf den Schriftsteller Andersch aufmerksam. *Die Kirschen der Freiheit* wurden rasch übersetzt und bei Le Seuil veröffentlicht, und Maurice Nadeau lobte Andersch in *Les Temps Modernes.* Andersch, der sich seit jungen Jahren von Italien angezogen fühlte, wandte sich nun auch nach Frankreich, nahm an Schriftstellertreffen teil und beschäftigte sich mit dem damals gerade zu Ende gegangenen Indochinakrieg. Die Kontakte, die er in Paris knüpfen konnte, wurden für Andersch wertvoll, als er ein neues, ehrgeiziges publizistisches Projekt in Angriff nahm: die Gründung der Literaturzeitschrift *Texte und Zeichen,* deren erste Ausgabe Anfang 1955 erschien.

Die Zeitschrift, die Andersch als alleinverantwortlicher Herausgeber leitete und die unübersehbar den Stempel seiner literarischen Interessen und ästhetischen Neigungen trägt, ist in der Geschichte der literarischen Periodika in der Bundesrepublik ohne Beispiel. Sie gab sich nicht international, sondern verfuhr von Anfang an international. Cummings und Borges, Neruda und Césaire, Beckett und Cayrol, Pavese und Vittorini zum Beispiel wurden mit Texten vorgestellt. Einige der Zeitungsartikel des in Deutschland noch völlig unbekannten Roland Barthes, die später als *Mythologies* in Buchform erschienen, wurden für *Texte und Zeichen* übersetzt. Maurice Nadeau und Bernard Dort schrieben über die Literatur- und Theatersituationen in Frankreich. Die Leser erfuhren etwas über schwedische Poesie und über die Lage der Literatur in der Volksrepublik China. Allerdings wirkte der Kalte Krieg insofern in die Zeitschrift hinein, als die Literatur der Sowjetunion und die anderer osteuropäischer Länder unberücksichtigt blieb.

Dem literarischen Essay war entsprechend Anderschs eigener Praxis ein breiter Platz eingeräumt, besonders dann, wenn er nicht nur von Literatur handelte, sondern auch die bildende Kunst, die Musik und den Film in die Reflexion einbezog. Etwas von dem »synthetischen Geist«, den Sartre bei der Gründung von *Les Temps Modernes* beschworen hatte, war auch in *Texte und Zeichen* lebendig: Viele ihrer kritischen Beiträge lesen sich heute als aufschlußreiche Beschreibungen der kulturellen Situation in der Bundesrepublik der fünfziger Jahre; auch Autoren aus dem Ausland wurden eingeladen, ihre Beobachtungen zum intellektuellen Klima im Nachkriegsdeutschland mitzuteilen.

Obwohl sich die Zeitschrift direkter politischer Stellungnahmen enthielt, galt sie rasch als Forum literarischer Opposition. Andersch selbst gab seine Einschätzung der politischen Verhältnisse nur indirekt zu erkennen, indem er in einem Essay über »Thomas Mann als Politiker« dessen »um der reinen Demokratie willen zwischen den Linien bezogenen Posten« unterstrich und seine Hoffnung als Traum von einem globalen New Deal umschrieb, einer »Synthese von Freiheit und Sozialismus in menschlicher Relation.« Opposition drückte sich aber kaum in politischen Begriffen aus; sie richtete sich gegen den Prozeß der Restauration, der die ökonomisch prosperierende Bundesrepublik erfaßte, und griff auf der Ebene ein, auf die sie allein Einfluß zu nehmen vermochte, auf der Ebene der Kultur. Die Restauration konnte sich nur dann im allgemeinen Bewußtsein erfolgreich durchsetzen, waren Andersch und seine Mitstreiter überzeugt, wenn es ihr gelang, sich auch kulturell zu legitimieren; diesen Vorgang aber versuchten sie zu stören, indem sie auf die Widerstandsfähigkeit der Kunst setzten, die radikal nur ihren eigenen Gesetzen gehorcht.

»Nie war die Literatur von einer ernsteren Gefahr bedroht: die amtlichen und halbamtlichen Instanzen, die Regierung, die Zeitungen, vielleicht sogar die Hochfinanz und die Schwerindustrie entdecken ihre Macht und wollen sie zu ihrem Vorteil ausnutzen.« Der Satz aus Sartres Aufsatz »La nationalisation de la littérature«, den *Texte und Zeichen* in Übersetzung abdruckte, war im Zusammenhang der Politik der Zeitschrift als ein Aufruf zur Verweigerung zu verstehen. Andersch ging noch einen Schritt weiter und forderte die Künstler auf, sich nicht nur gegenüber den gesellschaftlichen Apparaten, sondern auch gegenüber der Kultur zu verweigern. Denn die Kultur selbst ist der Industrialisierung nicht entgangen und hat dadurch ihren einstmals emanzipatorischen Charakter verloren: »Dieser Begriff (Kultur), noch im 19. Jahrhundert ein legitimes humanistisches Leitbild, ist innerhalb der von Ideologien ausgefüllten Gesellschaft zum Gegenteil all dessen geworden, was Kunst heranruft. Kultur ist heute als Gegenstand staatlicher Verwaltung und als Erzeugnis der nach ihr benannten Industrien das Anti-Künstlerische schlechtin; sie ist als Etat, terminiertes Programm, Tagung, ›Gespräch‹, Spielplan, paritätisch fixiertes Ausstellungswesen, Organisation von Akademien und Festspielen, Selbstkontrolle, ›Förderung‹ und Erziehung nichts anderes als ein totaler Versuch, den Strahlungskern der Kunst und des schöpferischen Denkens einzuzäunen und unschädlich zu machen.«

Wenn Andersch ein kunstpolitisches Programm verfocht, dann dieses: die Kunst aus der Kultur heraussprengen, um sie für Zwecke der Legitimation unbrauchbar zu machen. Fast alle Schriftsteller, deren Werke inzwischen den Kern der westdeutschen Literatur nach dem Zweiten Weltkrieg bilden, haben mit ihren Textbeiträgen für die Zeitschrift Anderschs oppositionelles Projekt mitgetragen: Arno Schmidt, Wolfgang Koeppen, Wolfdietrich Schnurre, Helmut Heißenbüttel, Günter Grass, Martin Walser, Hans Magnus Enzensberger und andere. Anderschs Entdeckerfreude und Gespür für Qualität hat großen Anteil daran, daß Grass, Walser, Enzensberger, damals noch Debütanten, dem Publikum bekanntgemacht wurden.

Der Herausgeber von *Texte und Zeichen* setzte unterdessen nicht nur die Rundfunkarbeit fort (von Frankfurt wechselte er nach Hamburg und dann nach Stuttgart), sondern schrieb auch an einem neuen Buch, seinem ersten Roman. 1957 erschienen *Sansibar oder der letzte Grund*, im Walter Verlag. Die Kritik nahm den Roman sehr günstig auf, mehrere ausländische Verlage erwarben die Rechte, im Lauf der Jahre wurde auch ein Verkaufserfolg daraus.

Wenn Maurice Nadeau dem Autor von *Sansibar* damals nachsagen konnte, er sei einer der wenigen deutschen Schriftsteller, »die der Welt etwas zu sagen haben«, dann bezog er sich vor allem auf die Sprache, in der die vom historischen Stoffgehalt her durch und durch deutsche Geschichte erzählt ist. Der Erzähler Andersch war inzwischen bei Camus und bei Faulkner in die Schule gegangen, hatte sich für Elio Vittorini und seinen Widerstandsroman *Uomini e no* begeistert. Etwas von der lakonischen, anti-psychologischen Deskription des *L'Etranger* läßt sich, deutsch anverwandelt, in *Sansibar* wiedererkennen, und das Erzählen mit verteilten Stimmen weist auf Faulkners *As I lay dying* zurück; doch die Motive, die der Roman aus diesen Sprachen heraus entwickelt, sind unverwechselbar von Andersch geprägt.

Es geht um Flucht, sich Absetzen, Ausbrechen, Überschreiten der Grenze, hinter der Rettung oder Untergang warten. Wie auf der Bühne eines Theaters läßt der Autor in der kleinen Stadt Rerik an der Ostsee verschiedene Figuren zusammentreffen, die unabhängig voneinander, aber unter den Bedingungen, die im Nazideutschland des Jahres 1937 herrschen, sich Wendepunkten in ihrem Leben nähern. Judith, eine junge jüdische Frau, ist in die Hafenstadt gefahren, um ein Schiff zu finden, das sie illegal aus dem Land der Nürnberger Gesetze wegbringt; Gregor, Funktionär der illegal arbeitenden Kommunistischen Partei, ist nach Rerik gekommen, um dem zusammengeschmolzenen Rest der Partei die Direktiven der Führung zu übermitteln; Knudsen, ein kommunistischer Fischer, sorgt sich weniger um die Politik als um das Schicksal seiner gemütskranken Frau, der die Entdekkung durch die Schergen der nationalsozialistischen »Volksgesundheit« droht; Helander, protestantischer Pfarrer, erwartet die Ankunft eines Kommandos der Nazipolizei, die eine Plastik von Ernst Barlach, den »lesenden Klosterschüler«, als Beispiel »entarteter Kunst« aus seiner Kirche entfernen soll; und Knudsens Schiffsjunge träumt bei der Lektüre von *Huckleberry Finn* von einer Reise weit über die Ostsee hinaus.

An einem Ort und an einem Tag geraten diese Personen in eine Beziehung zueinander, die sie alle, jede auf eine andere Weise, verändert und aus der Rolle fallen läßt. Der Kommunist Gregor und der Pfarrer Helander machen dabei die radikalsten Wandlung durch: Gregor gibt ganz für sich seinen Parteiauftrag zurück und entscheidet sich dafür, mit Hilfe des Fischers die im Vorübergehen getroffene Judith nach Schweden in Sicherheit zu bringen, was er als eine Aktion betrachtet, mit der er sich von politischer Strategie verabschiedet, um sich als selbständig Handelnder zu erfahren. Von dem Pfarrer hat sich der Marxist Gregor schließlich überzeugen lassen, daß es bei der Rettung der Plastik von Barlach vor den Nazis nicht um einen wertvollen Gegenstand handelt, sondern um ein Symbol der Freiheit, die sich jenseits der Welt der Zwecke, auch der politischen, in der Form der Kunst verwirklicht. Während Knudsens Fischkutter mit dem jüdischen Flüchtling und dem »lesenden Klosterschüler« an Bord die rettende schwedische Küste erreicht, bereitet der konservative Pfarrer, der seiner Kirche und dem Staat immer treu gedient hat, seinen privaten Aufstand gegen das Naziregime und gegen die christliche Schicksalsergebenheit vor: Er wird seinen gewaltsamen Tod provozieren, in dem er der Gestapo, die nach der Plastik sucht, mit der Waffe in der Hand gegenübertritt (wie der Held von Vittorinis *Uomini e no,* der seinen faschistischen Verfolgern bewaffnet gegenübertritt, um sowohl zu kämpfen als auch, aus persönlichem Lebensüberdruß, zu sterben.)

*Sanisbar oder der letzte Grund* ist 1957 als erzählte Episode aus der Geschichte Nazideutschlands gelesen worden, mehr aber noch als eine Parabel, die sich der Zeitumstände von 1937 als Kulisse bedient, sie aber überschreitet, um das Modellhafte menschlichen Verhaltens unter den Bedingungen eines Ausnahmezustandes zu zeigen. Diese Lesart hat dem Roman im Lauf der Jahre sogar Zutritt zum Literaturkanon der Schulen verschafft, ist aber von einigen zeitgenössischen Kritikern vehement zurückgewiesen worden. Arno Schmidt begrüßte *Sansibar* als »unwiderlegbare Anklage gegen Deutschland«, und zwar nicht nur gegen das vergangene, sondern auch das westliche Deutschland von 1957: »Unterricht in (ja fast Anleitung zur) Flucht als Protest. Vorzeichen einer neuerlichen, nur durch ein Wunder noch aufzuhaltenden Emigration aller Geistigkeit (aber wohin heute?). Ein Mißtrauensvotum ersten Ranges gegen unser behäbig-aufgeblasenes ›Volk der Mitte‹«.

Anderschs Biographie stützt das bittere Fazit, das Arno Schmidt aus seiner Lektüre zog. 1958 ist Andersch aus der Bundesrepublik weggezogen und hat sich in der Schweiz, in dem kleinen Tessiner Dorf Berzona nahe am Lago Maggiore niedergelassen. In der Bundesrepublik schienen die restaurativen Tendenzen endgültig den Sieg über die Kräfte eines ›New Deal‹ davonzutragen, der, wie sich Andersch und andere vorstellten, die Front des Kalten Krieges durch die Verbindung von liberaler Demokratie und sozialistisch gebändigter Wirtschaftsproduktion überwinden würde. Die Teilung Deutschlands war durch die Integration der Bundesrepbulik in das westliche Militärbündnis besiegelt. Die seit 1957 mit absoluter Mehrheit regierende CDU hatte nicht nur die Wiederbewaffnung durchgesetzt, sondern spielte auch mit dem Gedanken, die Streitkräfte mit Atomwaffen auszurüsten. 1956 wurde die Kommunistische Partei verboten, dafür machte Kanzler Adenauer einen Spitzenbeamten aus Hitlers Regierung, den ehemaligen Kommentator der Nürnberger Rassengesetze Hans Globke, zu seinem Staatssekretär. Die massive Abgrenzung gegenüber dem Regime der DDR war wichtiger als die klare Absage an das, was vom Nationalsozialismus in der Nachkriegsrepublik überlebte.

In diesem politischen Klima wurde der Herausgeber von *Texte und Zeichen* vom Verleger der Zeitschrift unterrichtet, daß man beschlossen hatte, die zwar angesehene, aber nicht in großer Auflage verkäufliche Zeitschrift nach drei Jahren einzustellen. Der Redakteur und Animator Andersch leitete seinen Rückzug aus dem Kulturbetrieb der Bundesrepublik ein. Im Rückblick hat er sich später jedoch dagegen verwahrt, die Übersiedlung in die Schweiz allein als Geste politischer Protests zu deuten. Es spielte auch der Wunsch mit, dem allmählich expandierenden literarischen Betrieb der Bundesrepublik zu entkommen, um mehr Zeit für die eigene Produktion zu finden. Der Erfolg von *Sansibar* ermutigte Andersch, eine Existenz als freier Schriftsteller ins Auge zu fassen. Die Jahre nach *Sansibar* und dem Umzug in den Tessin waren erfüllt von rastloser Produktivität. 1958 brachte Andersch den Erzählungsband *Geister und Leute* heraus, eine Sammlung von zehn Prosatexten, die mit verschiedenen

Perspektiven und Techniken des Erzählens expermientieren, und deren methodischer Ansatz jedesmal erläutert wird.

Zwei Jahre danach kam der zweite Roman heraus, *Die Rote.* Wieder die Geschichte eines Ausbruchs, eines Ausbruchs aber aus der Normalität der prosperierenden Bundesrepublik. Und wieder die Begegnung mit der nationalsozialistischen Vergangenheit und das für Andersch zentrale Motiv der Kunst, die den Schmerz der Enttäuschung an der Wirklichkeit zeigt und zugleich die Hoffnung auf das Überschreiten der Wirklichkeit aufbewahrt. In *Die Rote* ist Andersch erzählerisch jedoch in Neuland vorgestoßen: einmal hat der Erzähler den exterritorialen Standort verlassen, den er in *Sansibar* bezogen hatte, und sich der Heldin des Romans an die Seite gestellt, ist also das Wagnis eingegangen, aus einer weiblichen Perspektive zu erzählen, und er hat eine erzählende Sprache gewählt, die Raum läßt für die psychologische Entwicklung der Figuren, für atmosphärische Beschreibungen, auch für Erzeugung von Spannung. Während einer Italienreise mit ihrem Geliebten setzt sich Franziska aus ihrem bisherigen mittelständischen Leben in der Bundesrepublik ab, durchstreift allein das winterliche Venedig, wird dort in eine Affäre um einen untergetauchten Kriegsverbrecher hineingezogen, lernt einen ehemaligen kommunistischen Widerstandskämpfer kennen, der zu seinem Beruf als Musiker zurückgekehrt ist und die fremde Deutsche Claudio Monteverdi entdecken läßt. Am Ende wechselt Franziska auch die soziale Welt und geht als Arbeiterin in die Industrie von Mestre. Diesen von ihm selbst später als romantisch-ouvrieristisch empfundenen Schluß hat Andersch in einer zweiten Fassung geändert.

Haben Anderschs vom Tessin aus unternommene Italienreisen in der präzisen Ortsbeschreibung von *Die Rote* ihre Spuren hinterlassen, so führten andere Reiserouten des unentwegt neugierigen Autors in die Provence, nach Großbritannien, in den hohen Norden Skandinaviens. 1962 erschien *Wanderungen im Norden,* der Bericht von einer Fußwanderung durch die Einöde Lapplands. Wie häufig bei Berichten und Essays hatte der Radiomann Andersch vor dem Druck eine Fassung für den Rundfunk hergestellt; er gehörte bald zu den Klassikern einer Gattung, in der Bundesrepublik »feature« genannt, die Elemente der Reportage, zum Beispiel Originalaufnahmen, mit der Technik und Ästhetik des Hörspiels kombiniert. Andersch ist ebenso als Autor einer Reihe von Hörspielen hervorgetreten, die vielfach Vorformen oder Bearbeitungen von Erzählungen sind.

1963 erschien wieder eine Sammlung von Erzählungen, *Ein Liebhaber des Halbschattens*. Die Titelgeschichte ist das psychologisch interessante Porträt eines Mannes, der es unerträglich findet, als Archivar im Dritten Reich ein »Buchhalter der Unmenschlichkeit« und damit weder Opfer noch Täter gewesen zu sein, und der trotz dieser Erkenntnis auch in seinem späteren Leben in dieser Rolle gefangen bleibt. Zum ersten Mal taucht die Figur des Franz Kien auf, die Anderschs *alter ego* in weiteren autobiographisch bestimmten Erzählungen darstellt, bis hin zu *Der Vater eines Mörders*, dem letzten Werk.

In rascher Folge kamen zwei weitere Bücher heraus: der Essayband *Die Blindheit des Kunstwerks* (1965) und die Sammlung von Reiseskizzen *Aus einem römischen Winter* (1966). Beide Bücher lassen die bewundernswerte Breite von Anderschs Interessen und Neugierden erkennen: Die Sujets reichen vom zeitgenössischen Kino über den englischen Gegenwartsroman bis zur Trivialliteratur. Andersch, der früh Walter Benjamin gelesen hatte, schloß die technisch reproduzierten Massenkünste nicht aus seinen Überlegungen zur zeitgenössischen Ästhetik aus. Er setzte als literarischer Kritiker auf alles Avantgardistische, das in Neuland vorstieß, lehnte aber den esoterischen Nimbus ab, mit dem sich der l'art pour l'art umgibt. Beharren auf der Autonomie der Kunst bedeutete für ihn nicht, die Kunst aus den gesellschaftlichen Zusammenhängen herauslösen und sie dem Zugriff der technischen Zivilisation entziehen. Andersch ließ es nicht nur zu, daß einige seiner erzählenden Werke verfilmt oder fürs Fernsehen adaptiert wurden, sondern arbeitete oft selbst an den Drehbüchern mit.

In den Reiseberichten geht es viel weniger um das Erlebnis des Reisens selbst als um die Antworten eines zeithistorisch geschärften Bewußtseins auf sich verändernde Umgebungen. Sie sprechen nicht nur von dem Reisenden selbst, sondern auch von den Motiven, die ihn dazu bewogen haben, der Bundesrepublik den Rücken zu kehren. Wenn Andersch in London durch die Dean Street geht, in der Marx den *18. Brumaire* und die Entwürfe zum *Kapital* schrieb, fällt ihm ein, daß der aus Deutschland emigrierte Marx in der Bundesrepublik der sechziger Jahre immer noch kein geistiges Aufenthaltsrecht genießt: »Ach, noch immer ist im deutschen Sprachbereich nicht durch Lächerlichkeit gerichtet, wer sich als ›Anti-Marxist‹, als Verächter der Psychoanalyse bezeichnet. Noch immer schreiben die Geistesgelehrten deutscher Zunge über Nietzsche und Heidegger zehn Bücher im Jahr, doch höchstens zwei über die beiden deutschen Juden, die den Geist der Welt beeinflußt haben wie nichts aus Deutschland sonst. Es war London, das sie aufnahm, es ist London, das seit hundert Jahren und selbst heute noch dem Geist, der aus Deutschland emigrieren muß, eine Herberge bietet.«

1967 legte Andersch ein weiteres Buch vor, seinen dritten Roman, *Efraim*. Auch diesmal ist eine Absetzbewegung das vorwärtstreibende Moment, eine Absetzbewegung allerdings, die keine geographischen oder sozialen Grenzen überschreitet, sondern sich als Bewußtseinsprozeß vollzieht. Die Ich-Form, die der Autor gewählt hat, erlaubt uns, diesen Bewußtseinsprozeß gleichzeitig zu erzählen und zu reflektieren. Efraim, der Ich-Erzähler, hat seine Laufbahn als Journalist als britischer Kriegsberichterstatter im Zweiten Weltkrieg begonnen und arbeitet als »grand reporter« für eine konservative Londoner Zeitung. Er ist viel in der Welt herumgekommen, hat von den Schauplätzen der letzten Kolonialkriege und aus den großen Metropolen berichtet. In Rom ansässig, seit er sich von seiner in London lebenden Frau getrennt hat, ist er mit journalistischem Auftrag nach West-Berlin gereist, das seit kurzem durch die Mauer vom Ostteil der

Stadt abgetrennt ist. Es ist die Zeit der Spiegel-Affäre, das heißt des damaligen Angriffs der deutschen Bundesregierung auf die Pressefreiheit, der zu einer schweren innenpolitischen Krise führte. Der Reporter Efraim nimmt die Aufregung um ihn herum zwar zur Kenntnis, aber sie berührt ihn nicht, weil er damit beschäftigt ist, aus der Haut des Reporters zu schlüpfen und die Welt mit den Augen des Schriftstellers wahrzunehmen, der er künftig sein will.

Der Roman *Efraim* ist in gewissem Sinn das Protokoll dieser intellektuellen Metamorphose, die den Prozeß des Wahrnehmens in den Prozeß des Schreibens überführt.

Seine versteckte Spannung erhält der Roman dadurch, daß der Ich-Erzähler die ihn umgebende Wirklichkeit stets mit einem doppelten Blick wahrnimmt. Das West-Berlin von 1962 ist ihm nah und zugleich unendlich fern. Efraim ist in Berlin aufgewachsen, als Jude von den Nazis aber ins Exil vertrieben worden. Seine Eltern, loyale jüdische Deutsche, lehnten die Auswanderung ab und wurden im Vernichtungslager ermordet. Er ist den Nachkriegsdeutschen gegenüber mißtrauisch, im Grunde interessieren sie ihn aber nicht. Efraim wird ohnehin wieder nach Rom zurückkehren. Es werden Beobachtungen notiert, die wie im Vorübergehen ein vernichtendes Urteil über das Geschichtsbewußtsein der post-nationalsozialistischen Deutschen fällen: »Ich habe herausgefunden, daß das Wort Jude von den Deutschen meistens ganz falsch ausgesprochen wird: mit etwas belegter Stimme, als handle es sich um etwas Ungehöriges. So, als müßten sie sich einen kleinen Ruck geben, ehe sie das Wort aussprechen. Es klingt immer so, wie wenn ein Prüder das Wort *nackt* in den Mund nimmt.«

Der Roman *Efraim* ist in der Bundesrepublik von 1967 äußerst kritisch aufgenommen worden. Einwände gegen die konventionelle Erzählhaltung und gegen den Stil, in dem der Autor seinen ›grand reporter‹ Efraim sprechen läßt, umschrieben häufig nur die Ablehnung des distanzierten Blicks, den der Roman auf die Gesellschaft im Nachkriegsdeutschland wirft. Er lehnt es bei aller Indifferenz gegenüber der Richtung, die das östliche Deutschland eingeschlagen hat, ab, sich auf die Seite des Westens zu schlagen. Eine mit unverkennbarer Sympathie porträtierte Randfigur ist ein alter Kommunist, der in West-Berlin lebt und den Sozialismus im östlichen Deutschland nicht als seine Sache ansieht. So etwas mißfiel im juste milieu der Bundesrepublik. Andersch wurde vorgehalten, zu hoch gegriffen zu haben, als er einen Ich-Erzähler mit jüdischer Identität wählte. Aber es gab auch Kritiker, die dem Autor von *Efraim* beisprangen und von ihrer Biopgrahie her am besten befugt waren, Anderschs Wahl zu beurteilen. Zu ihnen gehörte Jean Améry, der aus Österreich stammende jüdische Autor, der Auschwitz überlebt hatte und nach dem Zweiten Weltkrieg im belgischen Exil geblieben war. Améry hat sich in Anderschs Efraim vielleicht auch ein Stück weit wiedererkannt, denn er war in den sechziger Jahren selbst im Begriff, sich vom Journalismus zu lösen und sich dem literarischen und essayistischen Schreiben zu widmen. Er schrieb über Andersch in einer Schweizer Tageszeitung: »Er hat, wie die Franzosen das so trefflich und unübersetzbar ausdrücken, ›du métier‹, énormément du métier. Die Prosa ist straff, gerafft und von nobelster Sprachmelodie. Kaum ein Bild, das nicht der Aussage wie angegossen säße, kein Satz, der schwerfällig wird und seinen Sinn vernebelt, kein Füllsel, keine Verlegenheitsphrasen. ›Nicht ein Gramm Literaturfett‹, wie Polgar einst von Hemingway gesagt hat, aber auch keine forcierten Brüskerien und pseudovirilen Brutalitäten, wie wir sie von den Hemingway-Epigonen nur allzugut kennen.«

Im Jahr des Erscheinens von *Efraim,* 1967, erreichte die Protestbewegung in der Bundesrepublik ihren ersten Höhepunkt, nachdem die Kritik an der amerikanischen Kriegsführung in Vietnam mit der Empörung über die Erschießung des Studenten Benno Ohnesorg während einer Demonstration gegen den Schah des Iran in West-Berlin zusammengetroffen war. Die Protestbewegung ergriff auch den Bereich der Kultur. Eine Tagung der Gruppe 47, an deren Treffen Andersch seit Anfang der sechziger

Jahre nicht mehr teilgenommen hatte, wurde von Studenten gesprengt: eine symbolische Aktion, die den Übertritt der radikalen Opposition von der Literatur auf die Straße ankündigte. Die von Andersch vermißte Marx- und Freud-Lektüre fand nun massenhaft statt. Eine Reihe bekannter Schriftsteller erklärten sich mit dem Studenten solidarisch, die von Teilen der bundesdeutschen Presse als von der DDR gesteuerte Unruhestifter verleumdet wurden. Anderschs ehemaliger Mitarbeiter beim Radio, Hans Magnus Enzensberger, veröffentlichte in der von ihm herausgegebenen Zeitschrift *Kursbuch* eine vielbeachtete Erklärung, in der er die Schriftsteller aufforderte, künftig nur noch gesellschaftlich brauchbare Literatur zu verfassen, Analysen, Reportagen, Dokumentationen.

Alfred Andersch, der 1960 einen Appell zugunsten des Pariser Manifests der 121 unterzeichnet und dadurch den Zorn der konservativen Presse auf sich gezogen hatte, hielt sich überraschenderweise von der Protestbewegung Ende der sechziger Jahre völlig fern. (Das Manifest der 121 hatte während des Algerienkrieges die französischen Soldaten offen zur Desertion aufgerufen.) In einem Radiogespräch mit Enzensberger hat Andersch einige Jahre später seine Distanz mit der Befürchtung begründet, das ungeklärte Verhältnis der Revoltierenden zur Gewalt könne zu gewalttätigen Konfrontationen führen und Verhältnisse entstehen lassen, wie er sie als Jugendlicher vor dem Machtantritt Hitlers erlebt hatte. Abgestoßen fühlte er sich auch von dem kulturrevolutionären, bisweilen ikonoklastischen Zug, den die Revolte 1967/68 annahm. Der Marx-Leser Andersch fand es unmarxistisch, die Kunst anzugreifen, der Marx und Engels eine höhere Bedeutung als der Geschichtsschreibung zusprachen. Und er fühlte sich, wie er Enzensberger sagte, in seinem Beruf als Schriftsteller in Frage gestellt.

In seinem Tessiner Haus arbeitete Andersch unbeirrt an seinem größten Romanprojekt, das er gern als ein marxistisches bezeichnete und das ihn mehrere Jahre vollauf in Anspruch nahm. 1974 erschien der 600 Seiten starke Roman *Winterspelt,* zweifellos Anderschs summum opus, sein literaturästhetisch radikalstes und intellektuell am klarsten durchkonstruiertes Werk. Es kehrt in die Epoche und zum Sujet von *Die Kirschen der Freiheit* zurück, zieht dem existentialistischen Moment der Entscheidung zur Desertion aber einen materialistischen Unterbau ein, damit die Frage formulierbar wird: Was wäre gewesen, wenn die Desertion in einer bestimmten Phase des Zweiten Weltkriegs zu einem mehr als individuellen Akt, wenn sie zu einer organisiernden Operation geworden wäre?

Winterspelt ist der Name eines Dorfs in der Eifel, unweit der Grenze zu Belgien. Im Herbst 1944 werden auf der deutschen Seite alle verfügbaren Streitkräfte zusammengezogen, um die in den Ardennen aufmarschierten amerikanischen Armeen am Grenzübertritt zu hindern. Major Dincklage, der Kommandeur eines in Winterspelt einquartierten deutschen Bataillons, rechnet damit, daß die bevorstehende Schlacht ungeheure Opfer kosten, aber am Ausgang des Krieges nichts ändern wird. So faßt er den Plan, sich heimlich mit der gegenüberliegenden amerikanischen Einheit in Verbindung zu setzen, um die kampflose Übergabe seines Bataillons vorzubereiten, bevor die Offensive in Gang kommt.

Daß und warum das Vorhaben scheitert, ist der am wenigsten überraschende, weil romanhafte Aspekt von *Winterspelt.* Das Faszinierende an dem Roman ist die Konstruktion der Versuchsanordnung, die bis ins kleinste Detail durchdacht wird. Der Roman untersucht nicht nur die militärischen, logistischen und geographischen Voraussetzungen der geplanten Übergabeoperation, sondern durchleuchtet jede der beteiligten Personen auf ihre politische, psychologische und charakterliche Disposition zu dieser ordnungswidrigen Handlung hin, so daß die Möglichkeit der organisierten Desertion ein Höchstmaß an Plausibilität erhält. Dieser winzige Ausschnitt aus Nazideutschland beherbergt einen Mikrokosmos von Personen, die sich nicht zu Befehlsempfängern haben abrichten lassen und die der Roman liebevoll porträtiert: den konservativen Offizier, der aus militärischem Kalkül zum Hochverräter wird, die Lehrerin Käthe, die sich ihre Selbständigkeit erkämpft hat, den enttäuschten, aus dem KZ entlassenen Kommunisten Hainstock, der mit marxistischer Argumentation bei der Vorbereitung der Aktion berät, den zwischen die Fronten geratenen Kunsthistoriker Schefold, der ein Bild von Klee vor den Nazis gerettet hat und den Vermittler zwischen dem deutschen Offizier und den Amerikanern spielt. Alle diese Figuren sind dem Andersch-Leser vertraut und geben in der Konstellation, in die *Winterspelt* sie bringt, doch immer wieder neue, unerwartete Seiten zu erkennen. Gegenüber der militärischen Utopie tritt eine humane Utopie in den Vordergrund, die Andeutung einer veränderten Welt, in der Dincklage, Käthe, Hainstock, Schefold und ein paar andere keine Ausnahmeerscheinungen, keine literarischen Figuren mehr wären.

*Winterspelt,* von einem der besten deutschen Dokumentarfilmer, Eberhard Fechner, 1977 verfilmt, ist von der Kritik in der Bundesrepublik vielfach mit Unverständnis behandelt oder einfach übergangen worden. Nicht nur der Roman, sondern auch sein Autor Andersch standen quer zu dem Zeitgeist, der sich nach dem Ende der Revolte von 1967/68 in der Bundesrepublik breitmachte. Während eine konservative Tendenzwende das öffentliche Klima erfaßte, radikalisierte sich Andersch mit zunehmendem Alter immer mehr. Der unerschütterliche Verteidiger der amerikanischen Demokratie wurde zum scharfen Kritiker der amerikanischen Politik, nachdem bekanntgeworden war, daß die USA am Putsch gegen den chilenischen Präsidenten Salvador Allende beteiligt waren. Die inzwischen von Sozialdemokraten und Liberalen regierte Bundesrepublik fand genausowenig Gnade in seinen Augen wie die restaurative Adenauerrepublik. Die Kommunisten waren zwar nicht mehr verboten, aber ein Briefträger, der auf einer kommunistischen Liste für den Gemeinderat kandidierte, mußte seinen Dienst quittieren.

In dieser Situation schrieb Andersch »Artikel 3 (3)« – damit auf den Artikel der Verfassung anspielend, der die Meinungsfreiheit garantiert –, ein Gedicht, das einen Sturm der Entrüstung auslöste, weil er es gewagt hatte, die demokratische Substanz der Bundesrepublik in Zweifel zu ziehen und die Kontinuität zwischen nationalsozialistischem und bundesdeutschem Antikommunismus zu unterstreichen. Mit keinem großen literarischen Werk hatte Andersch soviel Staub aufgewirbelt wie mit diesem agitatorischen, aus seiner eigenen Ästhetik herausfallenden Gedicht.

Bis an sein Lebensende im Jahr 1980, er starb 66jährig an den Folgen einer Krankheit in seinem Haus in Berzona, inzwischen Schweizer Staatsbürger geworden, blieb Alfred Andersch seiner widerborstigen Natur treu. Er befand sich nicht nur oft im Widerspruch zu der Mehrheitsmeinung in der Bundesrepublik, sondern geriet auch mit seinem Schreiben immer wieder in Widerspruch zu der Ästhetik, deren Programm er sich verschrieben hatte. »Art ist not about abstractions or ultimate issues or infinity or eternity. Art ist about buttons«, diesen Satz von Idris Parry hatte Andersch seinem Erzählungsband *Mein Verschwinden in Providence* vorangestellt. Es ist ihm dann aber doch nicht gelungen, nur über Knöpfe zu schreiben, wenn er schrieb. Der Wille zur Veränderung, die Unzufriedenheit mit dem Bestehenden drängten immer wieder über die Deskription hinaus. Zwischen Engangement und Distanzierung bewegt sich Alfred Anderschs literarisches Werk, das nicht nur das Zeugnis eines rebellischen Geistes ist, sondern auch eine gegen den Strom geschriebene Chronik deutscher und europäischer Geschichte in der Mitte des Zwanzigsten Jahrhunderts.

# *Nachweis*

*Weltreise auf deutsche Art.* In: *Geister und Leute,* Walter, Olten/Freiburg 1958; Diogenes, Zürich, detebe 20158, 1974.

*Mit dem Chef nach Chenonceaux.* In: *Geister und Leute,* Walter, Olten/Freiburg 1958; Diogenes, Zürich, detebe 20158, 1974.

*Grausiges Erlebnis eines venezianischen Ofensetzers.* In: *Die Rote,* Walter, Olten/Freiburg 1960; Neufassung Diogenes, Zürich 1972, detebe 20160, 1974.

*Ein Liebhaber des Halbschattens. Drei Erzählungen.* Walter, Olten/Freiburg 1963; Diogenes, Zürich, detebe 20159, 1974.

*Noch schöner wohnen.* In: *Mein Verschwinden in Providence,* Diogenes, Zürich 1971, detebe 20591, 1979.

*Mein Verschwinden in Providence. Neun neue Erzählungen.* Diogenes, Zürich 1971, detebe 20591, 1979.

*Die Inseln unter dem Winde.* In: *Mein Verschwinden in Providence,* Diogenes, Zürich 1971, detebe 20591, 1979.

*Festschrift für Captain Fleischer.* In: *Mein Verschwinden in Providence,* Diogenes, Zürich 1971, detebe 20591, 1979.

# *Alfred Andersch im Diogenes Verlag*

*Efraim*
Roman

*Die Kirschen der Freiheit*
Ein Bericht

*Hohe Breitengrade oder Nachrichten von der Grenze*
Ein Reisebericht mit 48 Farbtafeln nach Aufnahmen von Gisela Andersch

*Sansibar oder der letzte Grund*
Roman

*Wanderungen im Norden*
Ein Reisebericht mit 32 Farbtafeln nach Aufnahmen von Gisela Andersch

*Aus einem römischen Winter*
Reisebilder

*Mein Verschwinden in Providence*
Neun Erzählungen

*Die Rote*
Roman. Nach der vom Autor revidierten Fassung von 1972

*Hörspiele*
Fahrerflucht / Der Tod des James Dean / Russisches Roulette / In der Nacht der Giraffe

*Winterspelt*
Roman

*Geister und Leute*
Zehn Geschichten

*Ein Liebhaber des Halbschattens*
Drei Erzählungen

*empört euch der himmel ist blau*
Gedichte und Nachdichtungen 1946–1977

*Die Blindheit des Kunstwerks*
Literarische Essays und Aufsätze

*Neue Hörspiele*
Die Brandung von Hossegor / Tapetenwechsel / Radfahrer sucht Wohnung

*Der Vater eines Mörders*
Eine Schulgeschichte. Mit einem Nachwort des Autors

*Flucht in Etrurien*
Zwei Erzählungen und ein Bericht

*Erinnerte Gestalten*
Frühe Erzählungen

*Die Romane*
Vier Bände: Sansibar oder der letzte Grund / Die Rote / Efraim / Winterspelt

*Meistererzählungen*
Nachwort von Lothar Baier

*Das Alfred Andersch Lesebuch*
Herausgegeben von Gerd Haffmans. Mit Lebensdaten und einer Bibliographie

*Über Alfred Andersch*
Essays, Aufsätze, Rezensionen von Thomas Mann bis Arno Schmidt. Interviews, Chronik, Bibliographie der Werke. Auswahlbibliographie der Sekundärliteratur. Erweiterte Neuauflage 1980

Stephan Reinhardt
*Alfred Andersch*
Eine Biographie. Mit zahlreichen Abbildungen, Anmerkungen und Zeittafel

Stephan Reinhardt
*Alfred Andersch*
*Eine Biographie*

»Ein Buch über die Interna des westdeutschen Kulturbetriebes und zugleich über die Entwicklung der deutschsprachigen Literatur, das mit dieser 768 Seiten umfassenden Andersch-Biographie vergleichbar oder ihr auch nur annähernd ähnlich wäre, gibt es nicht. Wer sich für die aufgewühlte Zeit nach dem Zweiten Weltkrieg (die seltsam verzerrt in der DDR gegenwärtig variiert wird) und für die Geschicke der westdeutschen Nachkriegsliteratur interessiert – hoffend, immer wieder enttäuscht, von allem irgendwie Gelungenen betroffen wie von etwas Belangvollem –, muß diesem Buch erliegen. Er wird es nicht brav durcharbeiten als Pflichtlektüre oder materialreiche Spezialstudie, sondern wird sich in ihm verlieren, wie man sich in einem Haufen alter Briefe verliert, bei der Suche nach etwas ganz anderem. Gelebtes Leben zieht in Bann, Streitereien von einst schütteln den Staub ab. Gräber öffnen sich. Ungewöhnlich und faszinierend an dieser Biographie ist, daß sie Literaturgeschichte gleichsam ›von unten‹ gibt.«
*Joachim Kaiser / Süddeutsche Zeitung, München*

»Auf solche Lebensbeschreibung, so anschaulich und penibel, so aufschlußreich und unterhaltsam, trifft man nur selten.«
*Klaus Bellin / Die Weltbühne, Berlin*

»Eine umfangreiche Biographie über den Publizisten, Kritiker und Erzähler Alfred Andersch schildert ein Stück deutscher Kulturgeschichte. Die minutiös belegte Biographie von Stephan Reinhardt spiegelt zugleich auch die jüngere (west-)deutsche Geschichte wider.« *Der Spiegel, Hamburg*